KB253637

문예신서
332

宋詩槪說

요시카와 고지로〔吉川幸次郎〕

호승희 옮김

東文選

宋詩概説

宋詩概説

차 례

서장

송시의 성질

제1절 송의 시대

송나라는 중국의 역사 중세 후반에 연이어 있던 다섯 개의 대제국, 즉 당·송·원·명·청나라 가운데 그 두번째에 해당하는 나라이다. 송나라 천자의 성은 조씨이다. 송나라의 역사는 북송과 남송으로 나뉜다. 그 중 북송은 10세기 중반 무렵부터 12세기 초반까지 약 160년 동안 거의 중국 전 지역을 다스렸으며 수도는 변경(汴京), 즉 지금의 하남성 개봉시였다.

송나라와 대립했던 적국은 만주를 본기지로 하는 거란족 국가 요나라가 있었다. 요나라의 영토는 현재의 북경을 포함한 하북성 북부 및 산서성 북부라는, 이른바 '연운십육주(燕雲十六洲)'까지 미치고 있어 송나라의 수치가 되고 있었다.

또 중기에는 탕쿠트족 국가인 서하(西夏)가 위협을 가해 왔다. 그러나 나라 안은 강고한 중앙집권 정치로 인해 평화가 확보되고 있었다. 마지막 황제인 휘종(徽宗) 숭녕(崇寧) 연간 1100년 무렵 국가의 호수(戶數)는 2백88만 2천2백58, 인구는 4천6백73만 4천7백84명, 수도 개봉의 인구는 44만 2천9백40명이었다고 《송사(宋史)》 지리지에 기록되어 있다. 인구는 남자만 헤아린 숫자였다. 그 무렵 번영하고 있던 수도 개봉의 모습은 맹원로(孟元老)의 《동경몽화록(東京夢華錄)》에 상세하게 적혀 있다.

소식(蘇軾), 즉 소동파(蘇東坡)가 지은 다음의 칠언절구도 그 당시 수도 및 그 주변 농촌의 풍요로움을 이야기하고 있다. 뒤에서 두번째 군주인 철종(哲宗) 황제 원우(元祐) 8년 1093년 상원절(上元節), 즉 음력 정월 보름달 밤에 청년 황제가 조모인 태후와 함께 떠들썩한 수도의 모습을 궁궐 문 위에서 내려다보고 있었다. 시인은 예부상서 즉 교육부장관으로서 배석하고 있었다. 상원절은 원단(元旦)으로 수도 도처에서 등불이 켜지고, 축제용 수레가 줄을 잇는, 1년 가운데 가장 떠들썩한 밤이었다. 그때의 감상을 동료에게 보여준 것으로 〈상원, 누상에서 시연하며 동렬에게 보이다〔上元侍飮樓上二首呈同列〕〉라는 제목이다.

薄雪初消野未耕　　賣薪買酒看升平
吾君勤儉倡優出　　自是豊年有笑聲
남은 눈 처음 녹아도 들은 아직 경작되지 않고
장작을 팔아 술을 사면서 승평을 기대한다
우리 군주 근검하시고 배우 서투르니
절로 오는 풍년이라 웃음소리 퍼지네

제1구의 '박설(薄雪)' 운운은 때마침 농한기임을 말한다. 이 밤을 더욱더 떠들썩하게 만드는 것은 근교에서 온 농민들이었다. 장작 판 돈으로 산 술병을 들고 속속들이 태평한 수도 구경을 하러 온다. '승평(升平)'은 태평. '창우(倡優)'는 축제용 수레 위에서 연기되는 여러 가지 연예(演藝). 우리들의 군주가 근검하고 부화로움을 좋아하지 않는 영향일까, 어느 수레의 기예도 제대로 된 것이 없다. 그러나 풍년을 기뻐하는 떠들썩한 웃음소리가 저절로 터져 나온다.

소식의 〈춘야(春夜)〉, 즉 봄밤이라는 제목의 유명한 칠언절구도 그 무렵 변경에서 쓴 작품일 것이다.

春宵一刻値千金　　花有淸香月有陰
歌管樓臺聲細細　　鞦韆院落夜沈沈
봄밤 한 시각은 천금의 값어치
꽃에는 맑은 향기 나고 달 그림자 지네
누대에서 들려오는 노래 피리소리 가늘가늘하고
그네 드리운 뜰의 밤 깊어만 가네

'달에 그림자 있다'란 달도 몽롱하다는 뜻. '누대(樓臺)'는 이층집. 약간 떨어진 어딘가의 집 이층으로부터 들려오는 것은 가늘가늘해진 노래와 피리소리. 달만 있을 뿐 바람 멈춘 밤과 잘 어울린다. '추천(鞦韆)'은 그네. 그 끈은 색실로 장식되어 있다. '원락(院落)'은 안뜰. 이것은 우리 집 뜰일 것이다. 낮에 여자들이 깔깔거리며 떠들던 그네에 이젠 여자들의 모습은 사라지고 침침한 봄밤의 뜰에서 희미한 달빛을 받으며 조용히 늘어져 있는 그네의 줄.

또 평화가 농촌에 교육을 침투시킨 것은 소식의 제자에 해당하는 조충지(晁冲之)의 〈야행(夜行)〉, 밤 여행이라는 제목의 절구에서 볼 수 있다.

老去功名意轉疎　　獨騎瘦馬取長途
孤村到曉猶燈火　　知有人家夜讀書
늙어가니 공명의 뜻은 더욱더 멀어지고
홀로 야위어 말을 타고 먼 길을 간다

외로운 마을 새벽에 도착하니 아직도 켜진 등불
밤을 새며 책을 읽는 이가 있구나

'공명(功名)'은 전쟁으로 쌓은 것이 아니라 공무원 시험에 급제함으로써 얻어지는 그것. 작가 자신은 시험에 번번이 낙제하는 불우함을 한탄하며 밤길을 서두르고 있다. 문득 보니 이런 벽지에 있는 외진 마을에 새벽에 가까운 시간 아직도 등불을 켜고 있는 집이 있다. 분명 이전에 내가 그랬던 것처럼 밤을 새며 시험공부를 하는 청년이 있을 것이다.

농촌의 아이들을 교육하는 서당이 가장 먼 남쪽의 외딴 섬 해남도(海南島)에도 있었음은 만년에 그곳으로 유배된 소식의 시에도 보인다.

북송 160년의 평화가 파괴된 것은 만주의 후방에서 일어난 여진족 금나라가 북송의 숙적이었던 요나라를 멸망시킨 다음 침략의 칼끝을 북송으로 향한 후부터였다. 1126년 수도 변경은 함락되고 군주인 휘종과 흠종 부자가 포로로 잡혀 만주로 끌려갔다.

휘종의 다른 황자인 고종이 관리, 백성들과 함께 남쪽으로 피신하여 임안(臨安), 지금의 절강성 항주시를 수도로 삼아 양자강 유역을 통치하게 된다. 그것이 남송의 시작이다. 이후 150년 동안 영토가 중국 남쪽으로 좁혀지는 이른바 '반벽(半壁)의 천하'였다. 처음에는 금나라와 대치하다가 나중에는 칭기즈칸의 몽고와 대치한다. 그러나 나라 안에서 평화가 유지된 것은 북송과 같았다.

중기의 황제 영종(寧宗) 가정(嘉定) 11년인 1218년의 통계로는 1천3백66만 9천6백84명의 호수가 영토 내에 있었다. 몽고군이 수도 항주를 함락하고 쿠빌라이칸 밑으로 병합된 것은 1276년 무렵이었다. 오자목(吳自牧)의 《몽양록(夢粱錄)》은 함락되기 2년 전에 씌어진 것으로 유수한 명승인 서호(西湖)를 바라보고 있는 수도 항주의 번영을 자세하게 기록하고 있다. 또 베네치아인 마르코 폴로는 당대 최고의 도시를 함락되기 직전에 방문하여 경탄하는 말을 하고 있다.

평화가 농촌에도 침투된 것은 남송시의 대표인 육유, 즉 육방옹(陸放翁)이 쓴 1만 수에 가까운 시 속에 싫증이 나도록 보인다. 칠언율시 〈촌에서 눈에 보이는 데로 쓰다〔村居目觸書〕〉에서 말한다.

雨霽郊原刈麥忙　　風淸門巷曬絲香
人饒笑語豐年樂　　吏省徵科化日長
枝上花空閑蝶翅　　林間葚美滑鶯吭
飽知遊宦無多味　　莫恨爲農老故鄕

비 논밭에 개여 보리 베느라 바쁘고
바람은 대문 앞 작은 길에 부니 실 말리는 향기 가득
사람들에게 웃음소리 많음은 풍년의 즐거움
관리는 세금 걷으러 다니니 화창한 나날 길고 기네
나뭇가지 위의 꽃은 지고 나비 날갯짓 한가롭고
숲속의 오디 아름답고 꾀꼬리 소리 매끄럽다
관리 생활 질리도록 겪어 재미를 모르겠으니
농부가 되어 고향에서 늙어가는 것을 한탄하지 마라

‘교원(郊原)’은 논밭. ‘문항(門巷)’은 문 앞의 골목길. ‘징과(徵科)’는 세금의 징수. ‘화일(化日)’은 좋은 정치로 갖게 된 문화적 시간. ‘유환(遊宦)’은 관리로서의 생활. 육유는 이때 60세, 관리 생활이 재미없다는 것을 이미 다 알고 있다면서 고향인 절강 동쪽에 있는 농촌의 평화를 칭송하고 있다.

요컨대 남송과 북송 모두 합쳐 310년 동안 대외적으로는 다사다난했지만 대내적으로는 대단히 평화로웠다. 무인의 세력은 진압되고 밖으로 향한 무력을 쓰지는 않았으며, 내란이나 내전은 거의 없었다. ‘과거(科擧)’라는 명칭의 공무원시험제도가 지방예비시험, 중앙시험으로 정비되고, 문관은 반드시 문학과 철학의 교양이 있는 지식인 가운데서 뽑혀졌다.

無譁戰士銜枚勇　　下筆春蠶食葉聲
싸운 법이 없는 전사들은 종이를 물고 용감하게
붓을 내리면 봄날 누에 잎 갉아먹는 소리

이것은 북송 인종(仁宗) 가우(嘉祐) 연간인 1057년, 수도 변경의 시험장 모습을 시험위원장이었던 구양수가 읊은 것이다. 평화의 전사인 수험생들은 입에 재갈을 문 듯이 필사적인 침묵에 쌓여 있다. 들려오는 소리는 다만 종이 위에를 달리는 붓소리, 사각사각 누에가 잎을 갉아먹는 소리와 비슷하다. 게다가 이때 급제한 사람 가운데 한 사람이 소식이었다.

이런 제도의 결과로서 왕왕 최고의 지식인이 행정의 중추를 담당했다. 시인이고 학자이며 동시에 재상이었던 인물로서 우선 왕안석(王安石)을 손꼽을 수 있으며, 그밖에 이 책에 나오는 시인 가운데 북송에서는 구양수, 남송에서는 진여의(陳與義)·범성대(范成大)·문천상(文天祥) 모두 재상을 역임한 경험자들이다. 최대의 시인 소식 또한 재상은 되지 않았지만 일찍이 국무장관의 일원이었다. 또 반대로 재상이며 국무장관이지만 시를 쓰지 않고 철학도 이야기하지 않는 이는 별반 없었다. 역대의 대제국 가운데 가장 문화적인 국가였다.

원래 지식인들은 종종 정치적 당파를 만들어 싸웠다. 구양수가 이릉(夷陵)으로 유배되고 소식이 해남도(海南島)로 유배된 것도 당쟁 때문이었다. 하지만 살육은 소수의 예를 빼놓고는 금기였다. 중국 역사상 가장 피비린내 나지 않는 시대였다.

이런 평화를 바탕으로 문학이 매우 발전했다. 그리하여 시는 문학의 중요한 부분을 차지하고 있었다.

제2절 송대 문학에서 시가 차지하는 지위

시가 문학의 중심적인 지위를 확립한 것은 송나라 바로 전의 대제국 당나라부터였다. 당시(唐詩)는 두 가지 시형(詩形)을 가지고 있었다. 하나는 구수(句數)나 시구(詩句)의 운율에도 구속이 없는 시형으로 '고시(古詩)'라고 부른다. 다른 하나는 구수나 시구의 운율 모두 정형이 있는 시형으로 '금체시(今體詩)'라고 부른다. 더욱이 금체에는 원칙적으로 8행이면서 대구(對句)를 위주로 하는 율시(律詩)와 4행의 절구(絶句)가 있었다. 이 두 개 내지 세 개가 서정시(抒情詩)의 시형으로 당대에 확립되었다. 그것들이 송대에 들어서 매우 광범위하게 계승되었다.

광범위하다는 것은 시인의 숫자가 엄청나게 많다는 것이다. 송나라 시인의 전기집(傳記集)으로서 가장 뛰어난 것은 청나라 때 여악(厲鶚)이 쓴 《송시기사(宋詩紀事)》인데, 남송과 북송 모두 합쳐 3천8백12명을 기록하고 있다. 청나라 강희제가 칙선(勅選)한 《전당시(全唐詩)》 작가가 2천2백여 명인 것에 비한다면 곱절에 가깝다.

그뿐 아니다. 한 시인이 때로는 막대한 분량의 시를 남기고 있다. 대시인일수록 그렇다. 남송을 대표하는 육유의 시로 지금 전하는 것이 9천2백 수, 게다가 이 숫자는 주로 40세 이후에 쓴 것이다. 그리고 매요신은 2천8백 수, 왕안석은 1천4백 수, 소식은 2천4백 수, 범성대는 1천9백 수, 양만리는 3천 수 이상이다. 당시인으로 작품을 많이 쓴 백거이(白居易)는 2천8백 수, 두보(杜甫)는 2천2백 수, 이백(李白)은 1천여 수 정도이고, 그밖에 왕유(王維)·한유(韓愈)를 비롯하여 모두 1천여 수 이하였던 것을 본다면 상당히 다르다.《전당시》는 이미 있지만,《전송시(全宋詩)》는 아직 없다. 만약 출현했다고 한다면 아마 시의 전체 숫자는 수십만 수,《전당시》의 4만 수와는 비교가 되지 않을 것이다.

원래 송대 문인의 문학은 이전의 당대 문인처럼 시에만 집중하지 않았다. "당시(唐詩), 송문(宋文)"이라는 말이 있다. 송나라 문학의 주류는 오히려 산문에 있다는 것이다. 물론 그것은 지나친 말이고, 시와 함께 산문에도 정력을 쏟고 있었다는 것은 당나라 때와는 조금 다르다고 할 것이다. 당나라 때의 산문은 중기의 한유 등이 '고문(古文)'이라는 이름의 자유로운 문체로 수상(隨想)이나 전기(傳記) 문학을 새롭게 만들었지만, 시의 홍수 속에서 고립되어 있었다. 그러나 이 '고문'의 문학도 당나라 말기에는 계승되지 못한 채 한때 끊어져 있었다. 그것을 계승하여 보편적인 문학으로 만든 것은 송나라 때의 문인들이었다. 송시의 대가인 구양수·왕안석·소식은 동시에 '고문'의 대가들이었다. 그러나 이것이 곧 시를 등한시했다는 것을 의미하지 않는다. 원래 예술적인 언어로 의식된 것은 여전히 운문이었던 시였다.

또 운문의 세계에서도 송나라 문인들은 원래의 시 이외에도 '사(詞)'라고 불리는 형식을 갖고 있었다. 이미 있었던 가요 멜로디에 맞추어 지은 가요곡으로 시가 오언 또는 칠언으로 행이 고정되는 것에 비해 장단이 불규칙한 행을 갖고 있다. 사는 당나라 말기 때에 싹텄다. 송나라 때에는 이것이 더욱 왕성하게 창작되었다. 구양수·왕안석·소식·육유를 비롯하여 대부분의 시인이 모두 몇 수 정도의 '사'를 지었고 그것을 전집에 부차적으로 올렸다. 한 예로서 구양수가 《답사행(踏莎行)》 멜로디에 맞추어 지은 작품을 들어 보자.

候館梅殘　　　　　溪橋柳細

草薫風暖搖征轡　　離愁漸遠漸無窮

迢迢不斷如春水

여인숙에 매화꽃 남아 있고

계곡의 다리에 버드나무 아직도 휘청거리네

풀은 향기로운 바람에 따뜻하여 나그네 고삐 흔들고

헤어지는 근심은 멀어질수록 더욱더 다함이 없네

저 멀리 끊어지지 않음은 봄 강물과 같아

다시 한번 같은 멜로디에 맞추어

寸寸柔腸　　　　盈盈粉淚

樓高莫近危欄倚　平蕪盡處是春山

行人更在春山外

마디마디 부드러운 가슴

흘러넘치는 흰 눈물

누각 높으니 위험한 난간에 기대지 말게나

아득한 잡초 다하는 곳은 봄의 산

나그네는 아직도 봄산 밖에 있으니

‘사(詞)’는 원래 이런 형식에 맞추어 부드러운 감정을 노래하는 장르이다. 그런데 송나라 때에는 보다 복잡한 형식, 복잡한 내용으로 사 문학(詞文學)이 발전했다. 또 북송의 유영(柳永), 주미성(周美成), 남송의 신기질(辛棄疾), 오문영(吳文英)처럼 이 장르만을 전문적으로 쓰는 인물도 있었다.

‘사’의 유행은 신기한 현상이었기 때문에 최근 문학사가들의 시선을 받고 있다. 그러나 과도하게 중시하는 것은 삼가야 할 것이다. ‘사’는

'시여(詩餘)'라고 불리듯이 시의 지류(支流)이며, 자잘한 서정으로 시 종일관하는 것을 소식이나 신기질과 같은 예외의 경우도 있지만 원칙으로 삼는다. 운문 문학의 본류는 역시 어디까지나 보통의 시에 있으며, 가장 중요한 감정은 '사'가 아니라 시에 기탁되었다. 그것이 송나라 때 갖고 있었던 자체적인 의식이었으며, 지금 판단해도 객관적이다. 또 원래 '사'는 창작된 양도 시에는 미치지 못한다. '전송시'는 아직 출현하지 않았지만 《전송사(全宋詞)》는 이미 편수되어 출판되어 있다.

제3절 송시의 서술성

이상과 같이 송대 문학의 본류(本流)로서 거대한 양을 보여주는 송시는 몇 가지 특수한 성질을 갖고 있다. 그때까지 이미 1천 년 이상의 역사를 가진 중국의 시가 수많이 보이지 않았던 성질로서 전대인 당시와는 왕왕 대조적인 느낌마저 준다. 한마디로 개괄하여 말한다면 시를 단순히 서정과 감정이 표출하는 장으로 생각하지 않고, 감정과 함께 이지(理智)를 표출하는 장으로 생각하는 것이다.

우선 아주 서술적인 시가 있다. 지성을 자랑하는 시이다. 이전의 문학이라면 산문으로 서술했을 내용, 제재가 자주 시로 읊어진다. 과거의 중국 비평가들이 말하는 이른바 "문(文)으로서 시를 쓴다" 그것이다. 송시풍의 창시자인 북송 구양수에게 이미 그 작품들이 몇몇 보인다. 혹은 창시자였던 만큼 더욱 그런 작품이 있을 것이다. 일본인에게 인연이 있는 예로 《일본도가(日本刀歌)》가 있다. 1060년 무렵 인종황제 가우 연간의 작품이다. 바로 고물(古物) 수집가였던 시인은 소흥(紹興)의 상인을 통해 일본도를 보았다. 시형은 칠언고시. 긴 시이니 조금씩 단락을 끊어 본다.

昆夷道遠不復通　　世傳切玉誰能窮
寶刀近出日本國　　越賈得之滄海東
곤이국은 길이 멀어 갈 수가 없고
세상에 옥을 자른다는 말이 전해지지만 누가 능히 찾으리오
보도가 최근 일본국에서 나오는데
월나라 상인 이것을 창해 동쪽에서 얻었다 하네

‘곤이(昆夷)’는 명도(名刀)를 만드는 외국으로 고전인 《서경(書經)》
에도 보인다. 그 나라에서 만드는 칼은 경옥(硬玉)도 잘랐다는 전설이
있다. 그러나 그 소식은 이제 분명하지 않다. 그것을 대신하는 외국의
좋은 칼은 일본의 칼이라는 것을 ‘월고(越賈),’ 즉 절강성 소흥 지방의
상인이 바다를 건너가서 손에 넣었다.

魚皮裝貼香木鞘　　黃白閑雜鍮與銅
百金傳入好事手　　佩服可以禳妖凶
물고기 가죽으로 장식하고 붙인 향목 칼집
노란색 흰색이 뒤섞인 것은 놋쇠와 동
백금으로 사들여 호사가의 손에 넣으니
옷에 차면 악마도 떨칠 수 있다네

그것을 차고 있으면 악마를 떨굴 수 있다고 한다. 다음에는 일본에
대한 서술로 옮겨진다.

傳聞其國居大島　　土壤沃饒風俗好
其先徐福詐秦民　　採藥淹留丱童老
전해 듣기로 그 나라는 큰 섬에 있으며

토양은 비옥하여 풍속이 아름답다고
그 전에 서복은 진나라 백성을 속여
약을 캔다고 붙드니 총각머리 아이 늙어가네

서복(徐福)이 진시황에게 선약을 찾아온다고 하고는 일본으로 건너가 데리고 간 동자의 'ㅐ' 총각머리라고 하는데, 노인이 될 때까지 살았다는 전설은 일본의 기주(紀州)에 전한다.

百工五種輿之居　　至今器玩皆精巧
前朝貢獻屢往來　　士人往往工詞藻
백공의 다섯 종류 이와 함께 있으며
지금도 기물은 모두 정교하다
전조에 공물을 바쳐 종종 왕래했으며
선비는 왕왕 시를 잘 읊는다

'백공(百工)'은 서복이 데리고 간 여러 공인들. '기완(器玩)'은 공예품. '전조(前朝)'는 당나라를 가리킨다. '사조(詞藻)'는 문학. 역사가이기도 한 구양수는 자신의 저서인 《신당서(新唐書)》 《동이열전(東夷列傳)》 일본조에서 조신(朝臣) 나카마로〔仲滿〕, 중국 이름 조형(朝衡), 다치바나노하야노리〔橘逸勢〕, 승려 고카이〔空海〕 등 당나라에 유학한 일본 문인의 이름을 기록하고 있다. 그런데 그것보다 더 큰 관심은 중국에서는 이미 없어진 고전이 일본에서는 아직도 보존되어 있다는 사실이다.

徐福行時書未焚　　逸書百篇今尙存
서복이 갈 때 서책이 아직 태워지지 않았기에

없어진 서경 1백 편이 아직도 있다

‘서(書)’란 일반적인 책을 가리키는 것이 아니라 공자가 편찬한 《서경(書經)》을 가리킨다. 《서경》은 원래 1백 편으로 되어 있지만 진시황의 분서갱유로 인하여 중국에 남은 것은 반 정도밖에 없다. 그런데 서복이 건너간 것은 분서갱유 이전의 일이라 원래의 완전한 텍스트 1백 편이 아직도 일본에 보존되어 있다고 한다. 다만 그 책이 나라의 보배이기 때문에 일본의 법으로 중국에 수출하는 것을 금지하고 있다고 한다.

令嚴不許傳中國　　擧世無人識古文
영이 엄하여 중국에 전하는 것을 허락하지 않고
세상 모두 고문을 아는 자 없도다

‘고문(古文)’이란 공자 시대의 서체(書體). 일본의 수출금지령 때문에 오래된 글자체를 판별하는 인간이 중국에는 한 사람도 없다.

先王大典藏夷貊　　蒼波浩蕩無通津
선왕의 대전 오랑캐에다 숨겨라
푸른 파도 끝이 없어 건너갈 수가 없구나

‘선왕(先王)’이란 중국 고대의 제왕. 일본은 ‘이맥(夷貊),’ 오랑캐의 나라, 괴물의 나라라는 것은 당시 중국인의 인식으로서는 어쩔 수 없는 일이다. ‘호탕(浩蕩)’은 파도가 드넓어 끝이 없음을 표현한 것이다.

令人感激坐流涕　　鏽澁短刀何足云

사람을 감격시켜 앉은 채로 눈물 흘리게 하니
녹슨 단검이 어찌 충분히 말해 줄 수 있으리오

저 멀리 대해 저편에 중국 고전이 보존되어 있다는 문제야말로 사람을 흥분시켜 눈물을 흘리게 만든다. '수삽(鏽澁)'은 녹이 슨 모습. 수(鏽)는 수(銹)와 같다. 녹슨 칼 등은 이 큰 문제 앞에서는 문제되지 않는다.

이처럼 진기한 기물에 대해 서술하는 것은 송시 스타일의 한 단면에 지나지 않는다. 유사한 제재로 명화, 진기한 음식, 기괴한 동물, 진기한 사건들을 서술한 시가 여럿 있다. 또 다른 종류로 긴 여행의 과정, 하루 동안 유람한 과정, 친구와의 만남, 술잔치, 그밖에 우정 어린 행위를 서술한 장편의 시가 송시에 많이 있다.

이와 같은 예가 당시에 아주 없다는 것은 아니다. 두보의 시에서 그 징후를 볼 수 있다. 걸작 《북정(北征)》이라는 장편시가 오랜 여행의 전 과정을 서술한 것을 비롯하여, 그림에 쓴 시도 두보에게는 여럿 있다. 한유도 또한 자주 지었다. 백거이의 《장한가(長恨歌)》《비파행(琵琶行)》도 각기 한 사건의 전말을 서술한다. 그러나 이러한 경향이 송시에서는 보편적이다.

이것은 앞서 말했듯이 송대 문학이 산문에게 정력을 쏟고 있었다는 것과도 관계가 있다. 산문가로서 쌓아올린 단련이 시에도 이입(移入)되어 이런 스타일의 시를 쉽게 성립할 수 있게 해주었을 것이다. 그러나 보다 더 근본적인 원인은 보다 더 깊은 데에서 찾아볼 수 있다. 서정을 위주로 한 종래의 시가 자주 함몰되던 공허한 추상, 그에 대한 반성 내지는 반발이 내발적(內發的)인 이유이다. 마음속에 솟구쳐 오르지만 그것의 정점만을 표출하는 것만으로는 만족할 수 없던 것이 송의 시인이었다. 마음의 응어리를 자극하는 것을 구해야 한다. 눈을 가능

한 한 밖으로 크게 뜨고 새로운 제재를 찾아 상세한 서술을 하는 것이
다. 혹은 새로운 제재가 아닐지라도 서술적으로 읊으려 했지 대략적
으로 대상의 정점만을 그리고자 하지 않았다. 그러나 그것이 반드시
앞서 예로 든 구양수의 경우처럼 한 편의 장시가 되어 읊어지는 것은
아니다. 짧은 금체시에도 왕왕 그런 태도를 보인다. 엄청난 편수를 남
긴 남송 육유의 칠언율시 한 편을 예로 들어 보자. 사천 성도시에서 벼
슬을 하던 중 어느 오래된 절에 그려진 벽화를 보고 지은 작품 〈건명
원에서 그림을 보다[觀畵乾明院]〉에 이렇게 말한다.

唐年蘭若占閑坊　　名畵蕭條半在亡
簌簌疎篁常似雨　　陰陰古屋自生涼
入門疊鼓初催講　　喚馬斜陽欲滿廊
顯晦熟思眞有數　　萬金奇蹟棄頹牆

당나라 때의 절 쥐죽은 듯 조용하고

명화는 쓸쓸하여 반쯤 남아 있구나

성긴 대나무 쇄쇄거림 빗소리 같고

어둑어둑한 옛집 냉기 저절로 올라온다

문을 들어서니 큰북소리 강론을 재촉하고

말을 부르니 석양이 회랑에 가득 찬다

나타나고 사라짐을 깊이 생각하니 이는 실로 운명일 뿐

만금의 기적, 퇴락한 벽에 버려져 있네

　순희(淳熙) 4년인 1177년 가을 어느 날 지은 작품이다. '난야(蘭若)'
는 절, '한방(閑坊)'은 쥐죽은 듯이 조용한 작은 길. '소조(蕭條)'는 쓸
쓸함을 나타내는 형용사. 찾아오는 이도 드문 정원에서 성긴 대나무가
쇄쇄거리는 소리는 늘 빗소리와 닮아 있다. 음습한 기운에 오래된 건

물은 썰렁하다. 처음 문을 통과할 때에는 계속 울리는 큰북소리가 큰 스님의 강론을 들으라고 재촉하고 있다. 하지만 그림을 둘러보고 밖으로 나와 시종에게 말을 끌고 오라고 했는데 석양이 회랑 가득히 쏟아지고 있었다. '기적(奇蹟)'은 명화. 만금의 값어치가 있는 명화가 퇴락한 벽에 그려져 있다. 세상에서 혹은 나타나고 혹은 사라지는 것이야말로 실로 '수(數),' 즉 운명임을 최후에는 감개 어린 말로 매듭짓고 있다. 이 단계까지의 서술은 떠들썩한 성도시의 구석, 모처럼 옛날 그림이 있는데도 관광 노선에서 벗어났기 때문에 찾아오는 사람도 드물고, 그런 만큼 호법(護法) 생활을 유지하고 있는 절의 분위기와, 거기서 보낸 육유의 반나절을 유감없이 그리고 있다.

이렇게 서술하고자 하는 심리와 연관되어 이해될 수 있는 현상은 앞서도 언급한 송대 시인의 다작 경향이다. 시인 한 사람이 1천 수 이상의 작품을 남기는 것을 오히려 일상적인 것으로 만드는 이유는 밖으로 향한 눈에 보이는 것을 하나도 놓치지 않고 시로 표현하려는 데 하나의 원인이 있을 것이다. 물론 다작(多作) 이유가 그것에만 있는 것은 아니다. 우정을 표현함에 있어 주로 시를 주고받으면서 했다는 것, 또 구양수가 자신의 친구 매요신에게 했던 것처럼 여러 사람한테 시를 지어달라는 의뢰를 받고 있었다는 것도 하나의 원인이 될 수 있다. 그러나 그런 원인이 있다고 해도 그 시들을 버리지 않고 시집에 실음으로써 시집의 양을 늘렸다는 사실을 본다면, 역시 현실을 다각도로 남김없이 반영하고 싶다는 심리의 일환에서 나왔다고 해도 좋을 것이다.

제4절 생활의 밀착

외부의 사물로 향한 송대 시인의 눈은 앞서 지적한 바처럼, 특별한 인상을 주는 사물에만 가 있었던 것은 아니다. 이와는 반대로 특별하지 않은 사물에도 오히려 눈길을 주었다. 즉 일상 생활에 대한 관찰이다. 이전의 시인이 놓치고 있었던 세부적인 일상 생활 혹은 사건을 빠트리지 않고 일상적인 보편, 너무도 친근하여 시의 소재로 될 수 없었던 것들을 송대 시인들은 자주 시로 표현했다. 그로 인해 송대 시인의 시는 이전의 시보다도 생활에 밀착된 일면이 더욱 강하다.

이런 현상이 구양수와 함께 새로운 송대 시풍을 창시한 매요신의 작품에 가장 먼저 두드러지게 나타난다. 나중에 매요신을 설명하는 부분에서 논하겠지만, 매요신 이후의 시인들도 이런 흐름을 현저하게 보여주고 있다.

소식의 시에서 하나의 예를 들어 본다면 〈소아(小兒)〉라는 제목의 시에서

小兒不識愁　　起坐牽我衣
我欲嗔小兒　　老妻勸兒癡
兒癡君更甚　　不樂愁何爲
還坐愧此言　　洗盞當我前
大勝劉伶婦　　區區爲酒錢

아이는 나의 근심을 모르니
일어나려니 앉으라고 내 옷을 잡아끈다
내가 아이를 꾸짖으려 하자
늙은 아내는 아이의 응석을 받아주라고 한다
아이도 응석부리지만 당신은 더 심하다
즐기지도 않고 근심하는 것은 무엇을 위해서인가
다시 앉아 이 말을 부끄러워하니
잔을 씻어 내 앞에 내놓는다

유령의 아내보다 낫구나

구구하게 술값을 위해서 하는 것이

어린아이는 근심을 모른다. 서재로 들어가려고 했는지 지사(知事)의 사무실로 가려고 했는지, 아무튼 거실 자리에서 내가 일어서자 내 웃옷을 잡아당긴다. 내가 화를 내고 아이를 꾸짖으려 하자 아내는 거꾸로 아이를 부추긴다. 아이를 바보라고 말씀하시지만 당신은 더 심하다. 무엇 때문에 대범하지 못하고 걱정만 하는 겁니까?라고 한다. 나는 아내의 말이 부끄러워 고쳐 앉고 술잔과 마주했다. 옛날 진(晉)나라 유령(劉伶)의 아내는 술값이 아까워 악착같이 남편이 술을 마실 수 없게 했다는데, 아내는 아무개보다는 낫다. 주석서에서 말하듯이 희녕 8년인 1075년 산동 밀주(密州)의 지사를 하고 있을 무렵에 지은 작품이라면 소식의 나이 40세, 아들인 소과(蘇過)는 4세이다.

또 소식과는 반대의 정치적 입장에 서 있는 왕안석의 시에서도 하나의 예를 들어 보자. 훗날 대재상이 된 왕안석도 불우한 시절에는 수도 변경에서 근무하는 대장 사무관이었다. 친척인 오충(吳充)한테 받은 〈그믐달 밤에 느끼는 바가 있어〔有感月晦夜〕〉라는 시의 답례시는 그 무렵 변경의 밤 분위기와, 그곳을 살아가는 자신의 생활을 이야기하고 있다.

夜雲不見天　　況乃星與月

蕭蕭暗塵定　　坎坎寒更發

樓歌客尙飮　　酩酊不畏雪

巷哭復有人　　隣風送幽咽

紛然各所遇　　悲喜孰優劣

君方感莊周　　浩蕩擺羈紲

歸來亦置酒　　　玉指調絃撥

獨我坐無爲　　　靑燈對明滅

밤 구름은 하늘을 보지 못하니

어찌 별과 달을 보리오

쓸쓸히 어두운 벽을 향해 앉으니

둥둥 밤시각을 알리는 태고소리

누각의 노랫소리에 나그네는 여전히 술 마시고

술 취한 노랫소리는 눈을 꺼리지 않는구나

거리에 곡하는 사람 있으니

바람은 우는 소리 보내온다

인간들은 잡다하게 각자의 처지가 있으니

슬픔과 기쁨 누가 우열을 가리겠는가

그대는 지금 장주에게 느끼는 바가 있어

호탕하게 인생의 속박을 떨구고

집으로 돌아와 또 술을 마련하니

옥같은 손가락으로 비파줄을 고른다

나 홀로 하는 일 없이 앉아

마주하는 푸른 등불 명멸하는구나

'한경(寒更)'은 겨울의 밤시각을 알리는 태고(太鼓). '감감(坎坎)'은 그 소리. 둥둥. 차가운 눈도 좋은 밤, 어딘가의 요리집 이층에서는 '명정(酩酊)'이라고 술에 취한 연회의 노랫소리가 들려온다. 또 어딘가의 집에서는 사람이 죽었는지, 우는 소리가 바람을 타고 들려온다. '분연(紛然)' 잡다하게 인간들은 각자 자기 처지에 놓여 있다. 그대는 비애와 환희에 우열을 가리지 않는 장주(莊周), 즉 장자의 철학에 감동하고, '호탕(浩蕩)' 커다란 파도를 탄 것처럼 대범하게, '기설(羈絏),'

즉 인생의 속박을 떨구고 관아에서 돌아와 술을 마련하여 비파줄과 현을 가지고 논다. 이렇게 그대의 시는 말하고 있다. 그러나 그날 밤 나는 멍하니 앉아 가물거리는 푸른 등불을 향하여 혼자 생각하고 있다.

이 왕안석의 시는 도회의 일상에 눈을 돌리는 것이지만, 농촌의 일상은 더욱 빈번하게 그리고 아주 세밀하게 시에 등장한다. 대부분의 시인이 농촌 출신이었다는 것이 하나의 이유일 것이다. 남송의 육유가 그런 경향을 가장 많이 보이는데, 여기서는 일부러 육유의 시가 아닌 소식의 4대 제자 가운데 한 사람인 진관(秦觀)이 북송 말기인 11세기 후반 자신의 출신지였던 강소성 고우현 농촌의 사계절을 읊은 〈전거사수(田居四首)〉의 첫번째 작품을 조금씩 나누어 살펴보겠다.

鷄號四隣起　　　　結束赴中原
戒婦預爲黍　　　　呼兒隨掩門

닭 우니 사방 이웃들이 일어나
허리띠 여미고 들판으로 달려간다
아내에게 일찍 기장밥 지으라고 이르고
아들 불러 따라나와 문 닫으라고 한다

'결속(結束)'은 몸차림, '중원(中原)'은 마을의 정가운데 있는 논, '서(黍)'는 낮에 먹는 점심. 집을 지키고 있는 아이들을 불러 아버지와 어머니가 나가면 곧장 문을 닫으라고 한다.

犁鋤帶晨景　　　　道路更笑喧
宿潦濯芒屨　　　　野芳簪鬢根

쟁기와 호미는 새벽빛을 띠고
도로에는 아이들 웃음소리 자자하다

엊저녁 비는 짚신을 씻고
들꽃을 상투뿌리에 꽂는다

　아침해를 가래와 호미에 받으며 온 가족은 떠들썩하며 들길을 간다.
저녁에 내리는 비는 짚신을 씻고 들꽃은 꺾여져 수염 밑둥에 꽂는다.
그런 가운데 날은 밝아져 온다.

　　　霽色披窘靄　　　　春空正鮮繁
　　　辛夷茂橫皐　　　　錦雉嬌空園
　　　개인 하늘 저 멀리 아지랑이 헤치고
　　　봄 하늘은 실로 선명하게 펼쳐 있다
　　　목련꽃 낮으막한 언덕에 탐스럽게 피어 있고
　　　화려한 꿩 텅 빈 동산에서 교태를 부린다

　'신이(辛夷)'는 목련.
　어느 집이나 이미 밭에 나와 있다. 무리를 짓는 젊은이들. 단 하나
소리개가 허공에서 멈춘 듯 웅크리고 있는 것은 은거(隱居).

　　　少壯已雲趨　　　　伶俜尙鴟蹲
　　　蟹黃經雨潤　　　　野馬從風奔
　　　젊은이들은 이미 구름떼가 되어 달려가고
　　　짝없는 외톨이 올빼미처럼 웅크리고 있네
　　　노란 게는 비 맞아 더욱 윤기가 나고
　　　아지랑이는 바람에 실려 달려간다

　'해황(蟹黃)'은 박아(博雅)의 가르침을 기다린다. '야마(野馬)'는 아

지랭이.

村落次第集　　　隔塍致寒暄
촌의 마을 사람들이 차례로 모여들어
두둑을 사이에 두고 인사를 건넨다

'한훤(寒暄)'은 날씨에 대한 인사.

眷言月占好　　　努力競晨昏
돌아보며 말하기를 달점도 좋으니
아침저녁으로 다투어 일하자고 한다

일생 생활에 대한 이러한 밀착은 일찍이 중국 시에서 보여져 왔다. 처음에 《시경(詩經)》 삼백수에서 노래된 것도 대개가 일상적인 소재였다. 육조 시대에는 도연명, 당시에는 두보, 백거이가 가정 또는 그 주변을 아주 세밀하게 그린다. 그러나 가장 세밀한 묘사는 송시에 이르러 처음으로 나타난다.

이 또한 외물에 천착하려는 송대 시인의 관점이 현실을 보다 많이 반영시키고자 우선 주변의 것을 다루고 있었다는 것에서 내재적인 원인을 찾아야 할 것이다. 그러나 이런 면모가 있었다고 해도 또 다른 원인도 생각할 수 있다. 송대 시인들의 생활 환경이 이전의 중국 시인들과는 달리 획기적으로 현대의 우리들과 아주 가깝다는 사실이다.

불우한 시절에 읊은 왕안석의 《성중(省中)》, 관공서라고 제목을 붙인 절구시에서 찾아볼 수 있다.

大梁春雪滿城泥　　　一馬常瞻落日歸

身世自知還自笑　　悠悠三十九年非

수도의 봄눈 성안은 온통 진흙투성이

말을 타고 석양을 바라보며 집으로 돌아간다

내 신세 내가 아니 내 스스로 웃고 말 뿐

기나긴 삼십구 년의 헛된 삶

　'대량(大梁)'은 변경. 이 도시는 도로 사정이 나쁜 것으로 유명하다. 날이 개이면 먼지, 눈이 내리면 진흙탕. 진흙탕 길을 말을 타고 관공서에서 집으로 돌아간다. 전철에 흔들리며 퇴근하는 것과 별반 차이가 없다. '신세(身世)'는 지나온 자기 처지. 과거 39년간은 잘못된 인생 행로이며 헛된 것이었다.

　또 관리의 녹봉이라는 것은 적어도 수도에 근무하는 한 충분하지 않다. 소식의 제자 진관은 스승의 후원으로 수도를 나가 도서관의 편수관이 되었지만, 그 녹봉으로는 제대로 살 수가 없다. 마찬가지로 수도에 사는 호부상서, 즉 재무부장관인 전협(錢勰)에게 절구시 〈기전협(寄錢勰)〉을 보냈다.

三年京國鬢如絲　　又見新花發故枝
日典春衣非爲酒　　家貧食粥已多時

3년 서울살이 수염은 실처럼 허옇게 되고

다시 보는구나 오랜 가지에 갓 피어난 꽃을

나날이 봄옷을 전당잡히는 것은 술 먹기 위해서가 아니라

집이 가난하여 시시때때 죽으로 때우기 때문이라네

　장관은 쌀 두 섬을 주었다고 한다. '경국(京國)'은 서울. '수염은 실과 같다,' 마흔을 넘은 진관은 이미 백발이었다.

또 지방에서 변경으로 전임해 온 관리는 우선 셋집을 찾는 데 고생해야 했다. 소식의 사촌으로 대나무 그림의 명수이기도 한 문동(文同)은 사천 지방의 관리를 하다가 수도로 전임되었을 때, 서강(西岡) 지역에서 열 칸 정도의 셋집을 겨우 찾았다. 왕씨라는 집주인에게 지불하는 집세는 월 4천 문, 침대와 의자 등을 두면 여유 공간도 없고 화장실, 주방은 나란히 이어져 마치 달팽이 껍질 속을 열 명이나 되는 가족들이 머리를 숙이고 고개를 움츠리고 오고간다. 특히 여름은 한증막 속에 있는 것 같다. 그러나 가족들에게 말한다. "그래도 이웃집은 차가운 굴뚝에 내일 아침 피울 연기도 없으니 낫지 않으냐." 으스스한 굴뚝에서 아침 지을 연기조차 피우기 어려운 이웃집보다는 낫다고 오언고시 〈서강에서 집을 빌리다[西岡僦居]〉에서 읊고 있다.

또 농촌의 현실이 송대부터 획기적으로 늘었다는 것도 육유의 시에 가장 많이 나타난 것은 아니다. 그밖의 시집도 사회사가 · 경제사가가 간과하기 어려운 보고(寶庫)이다. 소식의 시적 제자였던 승려 참료(參寥)가 《귀종도중(歸宗道中)》이라는 제목의 오언장시에서 11세기 후반 강서성 여산 기슭에 이미 근대 중국의 농촌과 같이 정해진 날에 열리는 장날이 '저점(邸店)'이란 이름 아래 섰다는 것을 상세히 그리는 것은 하나의 예에 불과하다.

제5절 연대감

송대 시인의 눈이 가정 혹은 가정의 주변과 주변적인 것만을 세밀하게 구석구석 들여다본 것은 아니다. 인간의 큰 집단인 사회 · 국가, 그것에 대한 감각 또한 획기적일 만큼 예리하다.

사람은 사람들 속에 있다. 나만 좋을 수는 없다는 연대감은 중국 문학이 일찍부터 하나의 사명감으로 갖고 있었던 것이다. 가장 빠른 것은 《시경》, 당시에서는 두보, 백거이 모두 사회의 양심이 되고자 했다. 그러나 당시까지는 아직은 보편적인 의식이 아니었다. 그런데 송시, 적어도 대가의 시에서는 보편적인 의식이었다. 사회와 정치를 비판하지 않은 시는 오히려 드물 정도이다.

이것은 오랫동안 구축해 온 중국의 인도주의(人道主義)가 송대에 이르러 하나의 획기적인 선을 그었음은 말할 나위도 없다. 그와 함께 부차적인 원인으로 시인 대부분이 서민 속에서 나와 일반인들의 생활을 잘 알고 있었다는 점도 있을 것이다. 소식의 집은 사천에서 양복점을 했다는 자료도 있다. 또 서민으로 고생하여 과거에 급제하고 지위가 높은 관리가 된 시인, 예를 들어 구양수·왕안석·소식은 정치가의 책임으로 더욱더 절실하게 백성들의 복지에 관심을 두었다.

몇 가지 예가 다음부터 인용될 것이다. 여기에는 왕안석의 시 하나를 보자. 역시 불우한 시절 어느 밤에 지은 작품이라고 생각하는데 〈억지로 일어나서(强起)〉라는 제목의 시이다.

寒堂耿不寐　　　轔轔聞車聲
不知誰家兒　　　先我霜上行
歎息夜未央　　　呼燈置前楹
推枕欲强起　　　問知星正明
昧旦聖所勉　　　齊詩有鷄鳴
嗟予以竊食　　　更覺負平生

차가운 방에서 잠들지 못해 뒤척이는데
덜컹덜컹 들리는 수레바퀴소리
어느 집 자제인지 알 수 없지만
나보다 먼저 일어나 서리 밟고 가는구나

탄식하는 밤 아직 한참인데
심지를 돋구어 툇마루 기둥에 걸치고
베개 밀치고 억지로 일어나 앉는다
별빛 아직 밝음을 물어 아니
새벽의 노고는 성인이 힘쓰는 바
제풍 계명이란 작품에 나와 있다
아, 나는 나라의 녹을 훔치는 자
새삼 평생 짊어질 것을 깨닫는다

겨울밤 거실에서 눈은 멀뚱멀뚱 좀처럼 잠들 수가 없다. 그 무렵의 왕안석은 인종황제 말년의 정치적 침체에 속을 끓이고 있는 데다가 병든 아내와 아이를 간호하려고 잠들지 못하는 밤을 거듭 보내고 있었다. 그때 덜컹덜컹 하면서 길 위를 가는 한 대의 수레바퀴소리. 어디 누군가 나보다 먼저 출근하여 서리를 밟고 가는가. 날은 아직 밝지도 않건만, 하면서 한숨 쉰다. 등불을 돋구어 툇마루 기둥에 걸쳐 놓고, 베개를 밀치고 일어나려고 한다. 시간을 물어보니 아직도 별이 반짝반짝 빛나고 있다고 한다. '매단(昧旦)'은 날이 밝기 전, 그 시간부터의 노고, 그 옛날의 성인도 그만큼 노력한 것이며, 그 노력을 칭송한 고전으로는 《시경》의 제풍(齊風)에 〈계명(鷄鳴)〉이라는 작품이 있다. 그것을 그대로 실행하는 저 젊은이. 그에 비해 나는 나라의 녹봉이나 축내고 있다고 할 수밖에. 백성의 충실한 봉사자가 되려던, 내 반평생의 이상에 등을 돌리고 있는 나를 더욱더 절실하게 느낀다.

제6절 송시의 철학성·논리성

지금까지 언급한 것은 송대 시인이 가진 성질 가운데 지금의 말로 말하자면 현실주의적 방향이다.

그런데 송시의 성질을 약간 다른 방향으로 파악할 수 있다. 시인이 각기 철학을 갖고 그것을 시로서 이야기하고 싶어하는 특징이다. 이것은 조금 전에 언급한 현실주의적 방향과 관련된 것이다. 인간적 현실에 대해 이전보다 극히 세밀한, 혹은 이전보다 훨씬 넓은 눈으로 돌려 인간이란 무엇인가, 어떻게 살아가야 하는가를 한층 더 절실하게 생각하는 것은 당연한 일이었다. 그런 철학적 서술을 위해서는 논리적인 말을 어떤 경우에는 시적 조화를 파괴한다는 생각이 들 정도로 연결된다. 과거의 비평가들이 말하는 이른바 "의론(議論)으로 시를 쓴다" 혹은 "이(理)로서 시를 쓴다"이다.

물론 이 시기가 중국철학의 최전성기였다는 배경도 있다. 잘 알고 있는 것처럼 북송의 주돈이(周敦頤), 정호(程顥)와 정이(程頤) 형제를 거쳐 남송의 주희(朱熹)에 이르러 크게 완성되는 철학의 계보는 '이학(理學)' '도학(道學)' '성리학(性理學)' 등으로 불리며, 유교 고전에 대한 재해석이라는 형태를 취하면서 민족 전통으로 내려온 사상을 집대성하고 체계화했다. 시의 대가와 철학의 대가는 혹은 개인적으로는 좋은 관계를 유지하거나 혹은 서로 반발했다. 소식이 정호와 정이 형제를 줄곧 냉소한 것은 후자의 경우이고, 육유가 주희의 친구였던 것은 전자의 경우이다. 그래도 여하튼 시인도 또한 철학을 사랑하는 시대적 분위기 속에 있었으며, 혹은 스스로 철학자로서의 업적을 시적 업적 이외에도 쌓고 있었다. 북송에서는 구양수·왕안석·소식, 남송에서는 양만리(楊萬理)가 모두 유교철학의 고전을 주석한 이들이며, 소식의 경우에는 제자인 황정견과 함께 참선(參禪)도 더불어 연구하고 있었다.

북송 제일의 시인 소식이 어떤 방식으로 철학에 대해 이야기하는가
는 나중에 소식편에서 언급하겠다. 남송 제일의 시인 육유는 시를 건
조시켜서는 안 된다는 노파심에서 오히려 철학 이야기하기를 꺼렸다.
그럼에도 다음과 같은 작품이 있다. 남송 효종(孝宗) 건도(乾道) 8년
육유가 44세 때 사천에서 벼슬을 하고 있을 때 쓴 작품이며 〈반룡의
폭포[蟠龍瀑布]〉라는 제목인데 실은 물에 빗댄 철학시이다.

遠望紛珠纓	近觀轉雷霆
人言水出奇	意使行人驚
人驚我何得	定非水之情
水亦有何情	因物以賦形
處高勢趨下	豈樂與石爭
退之亦隘人	强言不平鳴
古來賢達士	初亦願躬耕
意氣或感激	邂逅成功名

멀리서 보면 진주의 끈으로도 보이고

가까이서 보면 번개가 치는 듯하다

사람들은 말하기를 물은 기이함을 드러내고

뜻은 행인으로 하여금 놀라게 하는 데 있다고

사람들은 놀라도 나는 무엇을 얻을 것인가

틀림없이 물에는 정(情)이 없으니

물 또한 어떤 정이 있겠는가

물(物)로 인하여 형(形)이 부여되니

높은 데에 처한다면 기세로서 아래로 향하게 된다

어찌 기꺼이 돌과 다툴 것인가

퇴지 또한 좁은 사람인지라

무리하여 평평하지 않으면 소리낸다는 말을 했다

예로부터 현명하고 통달한 선비들

처음에는 또한 몸소 밭갈기를 원하지만

의기로 인해 때로 감격하여

뜻하지 않게 공명을 이루어 낸다

　멀리서 보면 서로 뒤섞인 진주의 끈으로도 보이고, 가까이서 보면 번개가 치는 듯한 이 폭포수의 모습을 상식적인 사람들은 물이 일부러 불가사의함으로 보이며 의식적으로 여행객을 놀라게 한다고 생각할 것이다. 그러나 인간이 놀랐다고 하여 네가 무슨 득이 될 것인가 하며 물은 말하고 있는 게 분명하다. 그렇다면 이 폭포처럼 매사에 기이한 광경을 만드는 것도 물이 본래 가지고 있던 감정이 아닌 것은 분명하다. 원래 물에 무슨 감정이 있겠는가. ‘물(物)’이란 것은 외물(外物), 환경. 그에 따라 수동적으로 형태를 부여받은 것에 지나지 않는다. 높은 곳에 있기 때문에 자연히 그 기세로 아래쪽으로 떨어진다. 능동적으로 돌과 싸우는 것도 아닌 것이다. 퇴지(退之), 즉 당대의 한유(韓愈)는 친구 맹교(孟郊)에게 준 문장에서 모든 것이 소리를 내고 울리는 것은 평형을 잃기 때문에 그렇다고 하는데 그런 점에서 그도 협소(狹小)한 견해를 지닌 남자이며, 그 설은 견강부회(牽强附會)를 벗어날 수 없다. 그렇지 않다. 이 폭포의 천둥소리도 환경의 반영인 것이다. 인간일지라도 그렇다. 예로부터 위인들은 처음에는 모두 스스로 밭을 갈고 식량을 얻는 평정(平靜)한 생활을 바라고 있었다. 다만 ‘의기(意氣),’ 사람과 사람의 정신적 만남에 의해 혹은 감격하고 흥분하여 뜻밖에도 ‘해후(邂逅)’ ‘공명(功名)’으로 훌륭한 사업을 해낸 것에 지나지 않는다.
　물에 빗댄 육유의 철학은 소식이 호주에서 지은 작품 〈청풍(淸風)〉은

과연 무엇인가〔清風定何物〕〉에서 바람에 빗대어 철학을 이야기하는
것과 함께 읽어보면 더욱 재미가 난다. 철학의 논리가 이처럼 장편시
가 되어 나타나는 것은 아니다. 이런저런 율시나 절구시에도 종종 기
탁된다. 예를 들어 소식의 유명한 절구시 〈서림사 벽에다 쓰다〔題西
林壁〕〉가 그것이다.

横看成嶺側成峰　　遠近高低無一同
不識廬山眞面目　　只緣身在此山中
가로로 보면 산줄기가 되고 세로로 보면 산봉우리
원근고저에 따라 제각기 다른 모습이라
여산의 참 모습을 알 수 없음은
다만 내 몸이 이 산 속에 있기 때문일세

여산(廬山)에 빗댄 소식의 인식론인 것이다.

제7절 송시의 인생관 — 비애의 지양(止揚)

지금까지 언급했듯이 송시는 원래 다각적인 시선을 갖고 있다. 크게
는 사회 문제를 전망하고, 작게는 생활의 세부적인 사항으로 파고든
다. 게다가 앞절에서 말했듯이 시가 철학을 이야기하고 싶어하고, 인
간과 인간을 둘러싼 세계의 상태를 큰 관점에서 파악하며 이야기한다
는, 대단히 거시적인 태도이다. 거시(巨視)는 인생을 보는 새로운 태도
를 낳는다. 그것이야말로 송시의 가장 큰 성질이며, 이전의 시로부터
가장 큰 전환점을 만들고 있다고 나는 생각한다.
　새로운 인생관은 다각적인 거시라는 관점에서 나오는 비애의 지양이

다. 인생은 비애만으로는 채워지지 않는다는 태도를 기반으로 하여 시는 시작한다. 이것은 이전의 시가 인생은 비애로 가득 찼으며 비애를 시의 중요한 소재로서 삼아온 오래된 관습으로부터의 이탈이었다.

중국의 시는 서정을 소재로 할 때 환희보다는 비애를 선택한다는 아주 오랜 관습을 가지고 있었다. 최초의 《시경》 3백 편을 보아도 비애시가 차지하는 분량은 환희시를 넘어선다. 다만 《시경》의 시대에는 인간의 선의(善意)가 개인 또는 사회의 행복을 만들 수 있다는, 적어도 인간적 바탕으로 하는 낙관이 상실되지는 않았다. 그런데 한대 이후 육조의 시에서는 인간을 절망적인, 비애로 가득 찬 존재라고 보는 관점이 시의 기조(基調)를 이루게 된다. 절망은 우선 인생은 미소(微小)한 존재이며 노력으로는 넘을 수 없는 운명이 지배한다는 관점에서 나왔다. 게다가 절망 혹은 비애는 인간이 짊어져야 할 가장 큰 운명이며, 인간의 삶은 죽음에 이르는 짧은 퇴폐 과정이라고 봄으로써 깊어졌다. 물론 그 시기의 문학과 사상 모두가 그런 방향으로 일관되었다는 것은 아니다. 적어도 시 장르에서는 이상과 같은 인생관을 기본 색조로서 희망보다는 절망을, 행복보다는 불행을, 환희보다는 비애를 읊는 것이 타성적인, 그러나 그런 만큼 강한 관습으로 되어 있었다.

관습은 당시에서도 청산되지 않는다. 두보는 시경적(詩經的)인 낙관을 회복하는 것을 신조로 삼았으며, 이백도 이와 가깝다. 그러나 절망의 유혹은 여전히 집요하여 당대의 대시인을 사로잡아 놓아 주지 않는다. 절망으로 보이는 인생에서 어떻게 하면 희망을 끌어내는가, 이 갈등이 당시의 긴장을 만들어 냈다고 할 수 있다. 인생을 희망적인 것으로 보고 싶다는 숙제는 당대 시인은 느끼면서도 그것을 해결할 기약을 갖지도 못하고 해결할 수 없어 수많은 정열을 담은 시어를 토해냈다고 할 수 있다.

이런 숙제를 해결한 것이 송대 시인들이다. 송대 시인들의 시를 전체적으로 둘러보면 우선 느껴지는 사항은 비애를 읊은 시가 적다는 사실이다. 혹은 비애를 노래해도 어떤 식으로든 희망을 남긴다. 절망이 아니다. 송대 시인의 다각적인 관점은 인생을 비애의 한 부분으로 보지 않는다는 것을 분명하게 느끼게 한 것이다. 철학에 의해 그것을 확인했을 경우에는 신념이라고도 할 수 있다.

이것은 문학사 내지 사상사에서 매우 큰 전환점이다. 특히 전환의 중심에 선 시인이 소식이다. 인생은 오랜 지속(持續)으로 보고 고요한 저항으로 보았다. 이것은 소식의 크고 넓은 인격에 의해 비로소 가능해질 수 있다고 볼 수도 있다. 그 상세한 내용은 나는 소식을 다루는 부분에서 설명하겠지만, 여기서 하나의 예를 미리 보이고자 한다.

1100년, 철종 황제 원부(元符) 3년 가을, 3년에 걸친 해남도 유배 생활에서 풀려나 북쪽으로 돌아오는 도중에 광서의 등주(藤州)에 들러 창오강(蒼梧江) 강가에 서서 〈밤에 일어나 달을 보며[夜起對月]〉라는 소(邵)씨 성을 가진 도사에게 준 오언고시이다.

江月照我心　　　江水洗我肝
端如徑寸珠　　　墮此白玉盤
我心本如此　　　月滿江不湍
起舞者誰歟　　　莫作三人看
嶠南瘴癘地　　　有此江月寒
乃知天壤間　　　何人不清安
床頭有白酒　　　盎若白露溥
獨醉還獨醒　　　夜氣清漫漫
仍呼邵道士　　　取琴月下彈
相將乘一葉　　　夜下蒼梧灘

강에 뜬 달은 내 마음을 비추고

강물은 나의 간장을 씻어주네
정확히 직경 한 치 되는 진주
이 백옥 쟁반에 떨어져 있다
내 마음 본래 이와 같아
달이 둥글어지고 강은 고요하다
일어나 춤추는 자 누구와 함께 춤출 것인가
세 사람이 함께 추는 것을 보지 마라
교남의 독기 서린 땅에도
이 강물의 서늘함 남아 있다
천지 사이에
행복하지 않은 인간이 있겠는가
침상 옆에 백주 있으니
넘치는 것이 흰 이슬 맺히는 듯
홀로 취하고 홀로 깨어나니
밤기운 맑게 퍼져간다
이에 소도사를 불러
달 아래에서 거문고 타달라고 하자
함께 일엽편주에 몸을 실어
이 밤중에 창오강 급류를 타보자

읊고 있는 백옥 쟁반 위에 놓인 직경 한 치 되는 진주란, 강물 위에 비치는 달 그림자이기도 하며 거기다 씻은 소식의 마음이기도 하다. 그것이 무엇이든간에 언제나 보름달과 같이 가득 차거나 큰 강물처럼 잔잔한 청결한 평정함을 유지하는 것이 나의 마음이다. 맑은 달밤에 느끼는 기쁨을 표현하고 일어나서 춤추기 시작한 이는 누구냐. 이전의 이백처럼 달과 자신 그리고 자기 그림자를 세 사람이라고 하는 식의 말은 할 것도 없다. 더욱 활달하게 모두 춤을 추자. 이곳은 중원(中原)을 가로지른 대산맥 남쪽에 있는 '장려(瘴癘),' 독을 품은 공기의 토지이지만 여기서도 큰 강물의 달은 이렇게도 서늘하다. 그렇다면 행복은 천지에 가득 차 있다. '천양(天壤)' 즉 천지 사이에 '청안(清安)' 하지 않은 인간, 행복하지 않은 인간이 있겠는가. 침상 옆에는 술도 있다. 표면장력에 의해 이슬의 둥긂처럼 둥글게 부풀어 있다. 그대가 마시지 않는다면 나 홀로 취하고 홀로 깨어나자. '만만(漫漫)' 하게 무한하게 퍼져 가는 상쾌한 밤공기. 무엇을 할까. 역시 소도사를 불러 거문고를 타달라고 하자. 그리고 함께 일엽편주를 타고 달 아래 창오강 급류로 내려가 보자.

유배지에서 돌아오는 길이라고는 해도 앞으로의 정치적 상황은 예측하기 어렵다. 소식에게 무조건 유리한 것은 아니었다. 그러나 그런 개인적인 괴로움을 떨쳐 버리고 커다란 낙관을 노래하고 있다. 당 이백의 시와 일정 정도 닮아 있으면서도 낙관은 그보다 크다. "천지의 사이 청안하지 않을 수 있는 사람 몇인가 알겠노라." 행복은 인류에게 모두 축복을 주고 있다. 자 이제부터 밝은 달빛을 받으며 창오강의 급류를 타고 내려가자는 결말도 상징적인 언어로 읽을 수 있다. 때로 소식의 나이 이미 65세였지만 자, 앞으로의 인생도 용감하게 살아가자는 의기가 느껴진다.

인간은 이미 작고 하잘것없는 존재가 아니다. 적어도 한대에서 당대까지의 시가 노래해 온 것처럼 작고 하잘것없는 존재는 아니다. 운명의 실에 마음대로 조종당하면서 어수선하게 죽음으로 향하는 존재인 것은 아니다.

이런 낙관은 송대 철학의 입장과 관계없지 않다. 나는 철학사에 깊은 지식은 없지만 송대 철학자들의 명제 하나가 고대의 낙관을 회복하는 데 있었다고 본다. 고대의 낙관이란 인간의 운명보다 인간의 사명을 보다 많이 이야기하는 유가의 고전 그것이다. 철학자이며 소식보다 약간 선배인 소옹(邵擁)은 시인으로서도 특이한 존재이지만 시집 《격양집(擊壤集)》은 낙관의 철학을 지속적으로 주장한다. 시험삼아 〈태평음(太平吟)〉을 들어 보자.

天下太平日　　　人生安樂時
更逢花爛漫　　　爭忍不開眉

천하는 태평세월

인생은 안락하여

활짝 핀 꽃 다시 보니

어찌 찡그릴 수 있겠는가

　또한 송대 철학의 완성자인 남송 주희, 즉 주자(朱子)는 한편으로는 시인이면서 뛰어난 문학비평가이기도 한데, 당대 두보의 시에 충분한 존경을 보내면서도 그의 〈동곡칠가(同谷七歌)〉가 비애에 몰입되고 있음을 비평하면서 말한다. 이 작품은 대범하게 긴장되어 있어 평범한 시인이라면 좀처럼 얻을 수 없는 경지이다. 하지만 마지막 장에 늙음을 한탄하고 신분의 낮음을 한탄하는 것은 비루(鄙陋)한 심리로서, 그것은 '도(道)'를 몰랐기 때문에 그렇게 된 결과라고 하였다. 주자가 말하는 '도'란, 인간을 미세한 존재로 보지 않는 철학을 말한 것으로 보인다.

제8절 당시와 송시

　이상 언급한 송시의 여러 성질은 그 앞의 당시의 성질과 대조적이라

는 인식이 있다. 인식은 송대 자체에서도 그 말년에 일어난다. 엄우(嚴
羽)의 문학평론 《창랑시화(滄浪詩話)》가 그것이다. 그리하여 다음 시
대인 원대 이후 청대에 이르기까지 시의 역사는 당시, 송시 그 어느 한
쪽을 모범으로 조술해야 하는가를 과제로 발전해 갔다고 할 수 있다.

　당시와 송시는 확실히 다르다. 서로 비교의 매개로 삼음으로써 서
로의 성질을 밝혀보자.

　우선 서술시 나아가서 그런 경향이 당시에도 없는 것은 아니다. 두
보·한유·백거이의 작품에 있음을 앞에서 지적했지만 송시처럼 보
편적인 사항은 아니다. 또 송시에서는 시인의 의무인 사회적인 연대감
도 당대의 두보와 백거이에서 기반된 것, 또 앞서 언급했지만 당대에
는 반드시 모든 시인의 의무는 아니었다. 화조풍월(花鳥風月)만을 소
재로 하는 것이 적어도 보통 시인들에게는 허용되었다. 송시는 그것을
허용하지 않으려 한다. 따라서 당시는 송시처럼 생활에 밀착되어 있
지 않다. 두보·한유·백거이의 시는 보다 많이 당대의 현실을 반영하
고 있지만, 위대한 두보의 시를 읽어도 당대인들의 가정 생활, 도시 생
활, 농촌 생활의 모습은 송대 소시인의 시를 읽고 송대 사람들의 그것
들을 알 수 있을 정도로는 알 수 없다. 조금 전에 송시가 농촌 생활을
그린 예로 든 진관은 분명 대시인은 아니다. 또 당시는 대부분 철학을
이야기하지 않는다. 당대 시인에게 철학이 없었다는 것은 아니다. 예
를 들어 두보는 말한다. "알기 쉬운 부생(浮生)의 이치, 일물(一物)로
서 어긋나게 하기 어렵다〔易識浮生理 以一物違難〕." 이것은 두보가
스스로 바짝 조려낸 철학이며, 이렇게 세계를 두루 조화시키려는 마
음이 두보시의 근저에 항상 있다. 그러나 이처럼 노골적으로 드러난
직접적인 언어로 말한다는 것은 두보에게는 좀처럼 드물다. 시 전체
가 그 상징이기를 바란다. 그런데 송대 시인은 철학을 노골적으로 직
접적으로 대량으로 말한다.

이상과 같은 점에서 보아 당시와 송시는 이미 대조적인 관계에 있다고 본다. 그러나 보다 미묘한, 그만큼 가장 큰 사항으로 하는 것은 역시 비애의 지양이 있는가 없는가이다.

앞에서 설명했듯이 송시인의 시는 비애를 지양한다. 그에 반해 당시인의 시는 비애를 지양하지 않는다. 비애로 가득 차 있다. 비애로부터의 탈출에 뜻을 둔 두보조차 "평생 근심한다"고 말한다. 당 말기 이른바 '만당(晩唐)'의 소시인에 이르러서는 비애라기보다는 절망, 오로지 그것을 노래하는 것을 임무로 하는 것 같다.

만당시를 대표하는 한 시인인 두목의 〈구일(九日)〉, 즉 음력 9월9일의 중양절, '제산(齊山),' 이 산은 두목이 지사를 하던 안휘성의 지주(池州)에 있는 작은 산인데, 거기서 그날의 행사인 '등고(登高)'를 했을 때 지은 칠언율시는 절망을 읊은 당시의 좋은 예이다.

江涵秋影雁初飛　　與客携壺上翠微
塵世難逢開口笑　　菊花須插滿頭歸
但將酩酊酬佳節　　不用登臨怨落暉
古往今來只如此　　牛山何必獨沾衣

강은 가을 그림자 머금고 기러기 처음으로 날아가니

나그네와 함께 술병 잡고 푸른 동산에 올라간다

세상살이 너털웃음 만나기 어려워

국화꽃은 모름지기 머리 가득 꽂고 돌아와야

다만 취기로서 좋은 계절에 보답할 뿐이니

산에 오르지 않고 석양을 원망하지 마라

고금으로 왕래함이 다만 이와 같으니

우산은 어찌 반드시 홀로 옷을 적시겠는가

경축스러운 '중양(重陽)'의 '가절(佳節),' 그것에 대처하는 것은 다만 '명정(酩酊)'한 깊은 취기, 떨어지는 해가 더욱 근심을 돋군다. 옛날부터 지금까지 인간에게 기쁨은 없다. 우산(牛山)이라는 산에 올라 옷소매로 눈물을 씻었다는 옛사람이여, 슬픔은 당신만의 것이 아니다. 인간의 역사는 모두 절망의 연속이라는 것이다.

이러한 시를 송시 가운데서 찾아보는 것은 오히려 어렵다. 비교하기 위해 송시인의 작품을 하나 들어 보자. 소식의 사대제자 가운데 한 사람 진사도(陳師道)의 역시 〈구일등고(九日登高)〉라는 작품이며, 시형은 똑같이 칠언율시이다. 장소는 강소의 서주(徐州)이며, 작가는 아직 서생의 신분이었다.

平林廣野騎臺荒　　山寺鳴鐘報夕陽
人事自生今日意　　寒花只作去年香
巾欹更覺霜侵鬢　　語妙何妨石作腸
落木無邊江不盡　　此身此日更須忙

평평한 숲, 넓은 들의 기대는 허물어지고
산사에서 울리는 종소리 석양에 보답한다
인간사 저절로 생겨난다는 오늘의 뜻
서리맞은 꽃은 작년의 향기를 내뿜는다
두건을 세우니 다시금 서리 수염에 내려앉음을 알게 되고
말은 묘해도 어찌 돌로 가슴을 만드는 것을 방해하리오
낙엽은 하염없이 강위에 떨어지고
이 몸 이 날 더욱 바빠지리니

내려다보이는 평야에 고대 콜로세움의 흔적이 황폐되어 있다는 것은 서주의 고적(古蹟)인 항우의 '희마대(戲馬臺)'를 말한다. 그것은 역

사의 시간이 가져오는 퇴폐를 생각하게 한다. 하루의 퇴폐인 석양의 시간이 왔음을 알리는 산사의 종도 울렸다. 그러나 그것이 진사도의 마음을 두목의 마음처럼 비애에만 몰입시키지 않는다. 나날이 바쁜 인간은 오늘은 오늘이기에 오늘의 마음으로 살아간다. 혹은 유쾌하지 못한 사건으로 유쾌하지 못한 기분을 가질지도 모른다. 하지만 새로운 기분을 낳는다. 서리 내린 국화꽃이 헛된 순환을 되풀이하여 작년의 향기를 내는 것 같다. 이 연에서 자연에 대한 인간의 우월 의식을 이야기하는 듯하다. 당시인이 유구한 자연을 마주하며 인간의 덧없음만을 이야기하는 것과는 아주 다른 태도이다.

나는 바람에 휘날리는 두건 밑의 수염이 더욱더 서리처럼 흰 부분으로 물드는 연령에 들어섰다. 그러면서 혹은 그런 이유 때문에 철석(鐵石)과 같은 마음으로 환경에 저항하자. 철석 같은 장이란 표현을 하여 미묘한 시어를 엮어내는 것도 모순된 관계는 아니다.

마지막의 ‘낙목(落木)’ 운운은 두보의 〈등고(登高)〉시에서 “낙엽은 한없이 쓸쓸하게 떨어지고, 다함이 없는 장강은 콸콸 흘러가는구나〔無邊落木蕭蕭下 不盡長江滾滾來〕”를 근거로 하고 있다. 다만 두보의 원래 시는 자기가 우주의 추이(推移) 속에서 늙어가는 슬픔, 그것을 자극하는 풍경으로서 그것들을 읊지만, 진사도는 그것을 근거로 하면서 인간인 나는 그러한 가지런하고 유연한 자연의 추이와 달리 이 하루도 일에 쫓겨야만 하는, 아니 기꺼이 쫓기자 하는 것이다. 완전히 전향적인 시라고는 할 수 없을 것이다. 그러나 눈은 미래를 향하여 되돌리지 않는다. 앞서 두목의 시가 미래에 눈길을 전혀 주지 않는 것과는 다르다.

두목의 ‘고금왕래’가 극단적인 예가 되듯이, 당시인의 시가 비애로 가득한 것은 한대와 육조 이래의 시의 연장선에서 인생을 죽음에 이르는 어수선한 퇴폐의 과정으로 보는 것이 시적 감정의 기조로 되어 있기 때문이다. 당대의 여러 대시인들도 혹은 그렇다. 이백은 말하기를

"나를 버리고 가는 자는 어제로 남을 수 없고, 나의 마음을 어지럽히는 자는 오늘로 근심 더욱 많아진다〔我棄去者 昨日不可留 我心亂者 今日煩憂多〕." 두보는 말하기를 "올봄도 눈앞에서 또 지나간다〔今春看又過〕." 송대 시인은 그렇지 않다.

그만큼 당대 시인의 시는 연소한다. 시가 태어나는 시간, 그것은 어수선하게 죽음으로 향하는, 인생에서 귀중한 시간이다. 그 순간을 응시하여 감정을 처넣는다. 감정은 응집하여 분출하고 폭발한다. 응시하는 것은 대상의 정점뿐이다. 거기서 당시의 격렬함이 나온다. 집중적이다. 다만 시선의 폭이 좁다.

송시는 다르다. 인생을 긴 지속으로 본다. 긴 인생에 대한 다각적인 고려가 있다. 거시가 있다. 눈은 시가 태어나는 순간에만 못 박혀서는 안 된다. 또 대상의 정점만을 응시하지 않는다. 넓게 주위를 둘러본다. 고로 평정하다. 혹은 냉정하다. 적어도 그것을 기본 바탕으로 한다.

이렇게 해서 태어난 격렬함과 평정, 그것들이 당시와 송시를 가장 대조적으로 느끼게 해주는 원인이다.

평정의 예로서 소식의 걸작 〈한식우(寒食雨)〉 첫수를 보자.

自我來黃州　　　已過三寒食

年年欲惜春　　　春去不容惜

今年又苦雨　　　兩月秋蕭瑟

臥聞海棠花　　　泥汗燕脂雪

暗中偸負去　　　夜半眞有力

何殊病少年　　　病起頭已白

내가 황주로 온 이래

이미 세 번의 한식을 보냈다

해마다 봄을 애석해하는 마음 강해져

봄이 가도 애석함을 용납하지 않는다

올해도 또 비에 고통을 받고

두 달 사이에 가을과 같이 소슬해졌다

누워서 듣는 것은 해당화

진흙이 연지색 눈을 더럽히는 것

어둠 속에 남몰래 지고 가는 것은

야반이야말로 실로 힘 있음을

어찌 다르겠는가 병든 소년

병에서 일어나니 머리가 이미 희어진 것과

호북 황주(黃州)로 유배되어 3년, 신종 황제 원풍(元豊) 5년인 1082
년, 소식이 47세 된 해의 봄의 '한식일,' 양력으로는 4월 초순. 그러
나 시는 평정 그대로이다.

시는 우선 황주에 와서 세 번의 봄은 모두 어수선하게 보냈다는 회
고로 시작한다. 그리하여 나라꽃과도 같은 해당화의 농염한 꽃잎을 비
가 연지와 같은 눈처럼 진흙투성이로 만드는 광경을 귀로 듣는 것처럼
베개를 세우고 가만히 '듣고' 있다. 그리하여 하나의 철학을 떠올리며
서술한다. 시간의 추이가 가져오는 퇴폐, 그것은 인간이 그것을 잊고
잠자고 있는 한밤중이야말로 가장 유효하게 작용한다. 바로 오랫동안
병상에 누운 내가 모처럼 병에서 일어난다고 해도 이미 백발이 될 것
이라고 철학은 보다 큰 차원으로까지 확대된다.

이렇게 기발하고 뛰어난 철학은 평정한 마음에서만 탄생된다. "해
마다 봄을 애석해해도 봄은 가고 애석함도 허용하지 않는다"는 기발하
고 뛰어난 사상도 마찬가지이다. 일견 시간의 추이 위에 있는 인간이
라는, 한대 이후 노래되기 시작하여 당시인도 즐겨 노래한 문제를 같
은 소재로 삼으면서도, 이전의 시가 가질 수 없었던 새로운 관점을 획

득하고 있다. 평정한 기반 위에서 새로운 관찰과 그 관찰에 기반된 철학이 성립되고 있는 것이다.

비교할 자료로 낙화를 애석해하는 시를 당시에서 찾는다면 누구나 다 알고 있는 맹호연(孟浩然)의 유명한 절구시 〈춘효(春曉)〉가 있다.

春眠不覺曉　　　處處聞啼鳥
夜來風雨聲　　　花落知多少
봄잠에 새벽도 느끼지 못하다가
도처에 새소리를 듣게 되는구나
밤새 울린 비바람 소리에
꽃이 얼마나 졌는지 알겠구나

당시로서는 평정한 편이다. 시간도 어젯밤의 폭풍을 거친 새벽이다. 그러나 철학은 없다. 적어도 표면에는 드러나지 않는다.

또 가는 봄은 애석해하는 시를 당시에서 찾는다면 중당의 가도(賈島)가 〈삼월 그믐날〔三月晦日〕〉에 친구에게 보낸 칠언절구를 들 수 있다.

三月正當三十日　　　風光別我苦吟身
共君今夜不須睡　　　未到曉鐘猶是春
삼월에 바로 삼십일
풍광은 고음하는 내 몸과 헤어진다
그대와 함께 오늘밤 모름지기 잠들지 못하리니
새벽종 아직 울리지 않으니 이 역시 봄이네

소시인 가도의 시는 충분히 연소되었다고는 할 수 없다. 그러나 가는 봄을 애석해하는 흥분은 음력 3월말이라는 흥분이 가장 고점으로 치달았을 시점으로 집중된다. 소식의 시처럼 황주에 와서 세번째 맞이하는 봄, 어느 해의 봄이라고 오랜 시간을 전망하지는 않는다. 또 원래 인생이란, 하면서 인생의 여러 모습에 눈을 주려고도 하지 않는다.

북송시의 거인 소식에 비해 남송시의 거인 육유는 격정(激情)을 보다 더 사랑하고 비애를 사랑한 시인이라고 한다. 육유는 자기가 살아가는 시대의 시가 지나치게 평정에 흘러 격정을 꺼리는 것을 시정하고 다시 당시적인 집중을 하고 싶은 마음이 있었다. 그러나 육유의 시에도 당시의 차이가 나타난다. 재미난 자료가 있다. 1203년 영종 가태(嘉泰) 2년의 봄, 육유의 나이 78세 때 읊은 〈매화절구(梅花絶句)〉 6수 가운데 하나에서 말한다.

聞道梅花坼曉風　　雪堆遍滿四山中
何方可化身千億　　一樹梅花一放翁
들으니 매화 새벽바람에 꺾여져
눈과 같이 쌓여 온산에 가득하다네
무슨 방법으로 내 몸 천억 개로 만들어
한 그루 매화나무에 방옹 하나로 할 것인가

'방옹(放翁)' 이란 육유의 호이다. 그런데 일천일억으로 자기 몸의 분신을 만들고 싶다는 발상은 육유가 독창적으로 낸 것은 아니다. 전거(典據)가 있다. 당 유종원(柳宗元)이 유배지인 광서 영주(永州)에서 지은 절구로서 내가 쓴 〈속인간시화(續人間詩話)〉에 언급한 적도 있다.

海畔尖山似劍鋩　　秋來處處割愁腸
若爲化得身千億　　散上峰頭望故鄕
해안가 뾰족한 산은 칼끝과 닮아

가을 오니 도처에서 근심하는 마음 가르는구나
어찌 내 몸 천억 개로 만들어
산꼭대기에 매달아 고향을 바라보리오

천억이나 되는 나의 분신이라고 말하는 바람은 같으면서 당시에서
는 그 하나하나를 칼끝처럼 타향의 산꼭대기에 매달아 고향을 멀리서
라도 바라보고 싶다는 슬픈 바람을 응집시킨다. 이에 비해 송시에서는
수많은 매화나무가지 하나하나의 옆에서 하나씩 나의 분신이라는 평
정한 쾌락이라는 바람으로 되고 있다.

제9절 평정의 획득

이와 같이 송시의 평정, 당시를 비교하는 하나의 매개체로서 더욱
분명해지는 평정은 송시의 중요한 바탕이 된다. 또 그것은 송대 시인
이 의식적으로 추구하는 것이기도 했다. 송시의 창시자 한 사람인 매
요신(梅堯臣)은 자신의 시적 목표를 '평담(平淡)'에 두고 있다고 시집
곳곳에서 말한다. 예를 들어

作詩無古今　　　　　唯造平淡難
시를 짓는 데 예나 지금을 막론하고
오로지 평담하게 짓기 어렵다

'평담(平淡)'이란 바로 평정을 말한다.
평정은 과거의 시, 특히 당시의 격정이 혹은 꾸며진 격정이 되어 매
너리즘에 빠졌던 것을 일찍부터 느끼고, 그것에 대한 반발이라는 소극

적인 동기에서도 생겨난 것이다. 그러나 의식적으로 그것을 추구한 것
은 보다 적극적인 효과를 얻기 위해서였다. 즉 평정한 심정으로 인간
의 여러 모습을 다각도로 세밀하게 아주 자세하게 파악하고 표현한다.
그것이 적어도 매요신의 바람이었다. 친구이면서 후원자이기도 했던
구양수가 매요신을 위해 쓴 묘지명에는 이렇게 말한다.

"처음에는 청려(淸麗)와 한사(閑肆), 평담(平淡)함을 이루었지만, 시
간이 오래 지나니 함연(涵演), 심원(深遠)하여 때로는 또한 탁각(琢刻)
하여 괴교(怪巧)함을 만들어 낸다〔其初喜爲淸麗閒肆平淡 久則涵演深遠
間亦琢刻以出怪巧〕."

'청려(淸麗)'와 '한사(閑肆)'는 요컨대 '평담'을 약간 바꾸어 표현한
말이다. 그에 반해 '함연(涵演)'은 포용, '각탁(刻琢)'은 기교적인 고
심(苦心), '괴교(怪巧)'는 비일상적인 부분까지 하려는 묘사, 대략 그
런 의미이다. 그렇다면 평정은 단순한 평정으로 그치지 않는다. 평온
한 정열의 지속이다. 세세한 관찰을 하면서 나오는 평정이기 때문에
열정은 평정 속에 깃들어 있다.
　그리하여 평정은 때로는 상식이 시에 기대하는 서정의 감미로움 자
체를 배반할 정도로까지 넘어선다.
　구양수는 매요신의 시를 다음과 같이 비평하기도 한다.

<table>
<tr><td>梅翁事淸切</td><td>石齒漱寒瀨</td></tr>
<tr><td>作詩三十年</td><td>視我猶後輩</td></tr>
<tr><td>文詞愈淸新</td><td>心意雖老大</td></tr>
<tr><td>譬如妖韶女</td><td>老自有餘態</td></tr>
<tr><td>近詩尤古硬</td><td>咀嚼苦難嘬</td></tr>
</table>

初如食橄欖　　　　眞味久愈在

매옹은 청절함을 으뜸으로 삼으니

돌로 된 이를 차가운 시냇물에 양치질한다

시를 지은 지 삼십 년

나 보기를 더욱 후배처럼 한다

문사는 더욱더 청신해지고

심의는 비록 원숙하고 커도

비유컨대 요조한 여자가

늙어 스스로 남겨진 자태 있음과 같으니

최근의 시는 더욱더 고경해지고

씹을수록 삼키기 어렵다

처음에는 감람을 먹은 것 같아도

참맛이 오랫동안 남아돈다

오언고시 〈수곡의 밤여행에서 자미와 성유에게 보낸다〔水谷夜行寄子美聖兪〕〉에 있는 한 구절이며, 성유란 매요신의 자이다. 중요한 것은 "비유하면 요소(妖韶)의 여자" 이하 부분이다. '요소'란 아리따움을 나타내는 의태어. 매요신의 시는 젊은 여자가 가지고 있는 아리따움이 아니다. 아리따운 여자가 나이를 먹으면서 갖게 되는 일종의 매력이다. 또 감람(橄欖), 올리브처럼 먹으면 처음에는 맛이 쓰다. 씹을수가 없다. 그러나 씹으면 씹을수록 맛이 난다.

평정 속에 깃들어 있는 평온한 정열, 그것은 송시의 일반적인 성질이며, '송시의 떫음〔澁〕'이라고 불리는 것이다. 떫음이지 달콤함이 아니다. 적어도 곧바로 느껴지는 달콤함은 아닌 것이다.

다시 당시와 비교해 보자. 하나의 예로 술을 들 수 있다. 당시는 술이다. 쉽사리 사람들을 흥분시킨다. 그러나 하루 종일 술을 마실 수는 없다. 송시는 차(茶)이다. 술과 같은 흥분은 없다. 잔잔한 기쁨을 가져다준다. 그것은 또한 비유만으로 멈추지 않는다. 차를 마시는 내용은 송의 소식, 육유의 시에 이르면 아주 빈번하게 나타난다. 당시에는 이런 소재가 적다. 송대의 시인도 술을 마시지 않았던 것은 아니다. 그러나 차를 마시는 양이 당대의 시인보다 많았던 것이다.

또 술과 차와 관련된 것으로 그치지 않는다. 본래 시에만 국한되지 않는다. 당대의 문명과 송대의 문명이 일반적으로 보여주는 차이이기도 했다. 우선 당대 문인은 문학에 전념했다. 송대 문인은 문학과 더불어 철학을 문명의 한 과제로서 삼아 문명의 전체 방향을 크게 규정하고자 했다. 작은 상징들을 보게 되면 여러 가지 있다. 당대의 도자기가 삼채(三彩)인 것에 비해 송대에는 청자와 백자가 있었다. 건축, 정원에도 차이는 나타난다. 위대한 문명비평가이기도 했던 철학자 주희는 이런 말을 한다. 당대의 '정원,' 즉 궁중의 정원에는 때에 맞춰 화류(花柳)를 심는다. 그러므로 두보의 시에서 "향기는 합전(合殿)에 떠돌아 봄바람에 옮겨다니고, 꽃은 천관(千官)을 덮어 좋은 경치를 만든다〔香飄合殿春風轉 花覆千官淑景移〕"라고. 또 읊기를 "조정에서 물러나 꽃 밑에서 지다〔朝退散花底〕"라고 하였다. 그러나 '국조(國朝),' 즉 송나라 조정에서는 "다만 괴나무와 가래나무만을 심는다. 무성하며 엄숙하고 굳센 기상이 있다." 말은 문인과의 대화록 《주자어류(朱子語類)》에도 보인다.

제10절 송시의 표현

이상과 같은 송시의 성질은 표현에서도 특수함을 보여준다. 다만 시의 형태에 대해서는 앞서 제2절에서 언급했듯이, 저 새로운 형태의 가

요곡 '사(詞)'를 예외로 하고 당시를 온전하게 계승한 것으로, 고시 · 율시 · 절구라는 이 세 가지 시 형태 외에 어떤 것도 새롭게 덧붙이지 않는다. 그리하여 서술과 윤리에 대한 의욕이 앞서 정형(定型)인 율시와 절구보다도 자유로운 운율인 고시쪽을 더욱 애용하는 경향이 있다.

당시의 표현은 미문(美文)이 극성을 부렸던 육조시대의 연속이었다. 따라서 언제나 미문적(美文的)이었다. 기교적인 정형시인 율시가 당대에 성립했다는 것과, 특히 최대의 시인 두보가 그것을 완성했다는 것은 당시의 미문 경향을 무엇보다 잘 증명해 준다. 그리하여 당시의 용어는 두보 · 이백을 비롯하여 대략 화려함을 평균치로 삼고 있다. 한유의 기괴함, 백거이의 평이함은 고립된 예외라고 할 수 있다.

송시는 그렇지 않다. 시가 미문으로 흘러가는 것을 꺼린다. 혹은 특히 비미문적이고자 한다. 용어도 화려함을 피하고 실질(實質)에 기운다. 혹은 이전의 상식이 시의 조화를 깨트린다고 생각할 정도로 지나치게 실질적인 언어도 사용한다. 예를 들어 이전에는 산문의 용어는 되어도 시에는 쓰이지 않았던 언어, 그것들을 굳이 시에 넣는다. 그리하여 독자가 저항을 느끼게 함으로써 시에 중량감을 더한다.

그러한 시 또는 표현은 '경어(硬語)'라고 불린다. '경어'란 원래 당대의 한유가 그런 식의 표현이 풍부한 자신의 시에 대해 쓴 말이지만, 송시에서는 도처에 범람한다. 유연한 인상을 주는 말이 아니라 경직된 인상을 주는 말이다. 형용어를 덧붙인다면 '하늘을 가로지르는 경어' '하늘에 얽혀 있는 경어'라는 식으로 말한다. 실례는 원래 적절한 예를 들 수 없어 들지 않는다. 소식의 최대 제자인 황정견은 '경어'를 풍부하게 쓴다고 한다. 또 앞서 구양수가 매요신을 평하여 "최근의 시는 더욱 고경(古硬)해지고 있다"는 것도 용어를 중심으로 한 평이라고 생각한다.

또 속어와 구어가 시에 삽입되는 양도 송시가 당시보다 많다고 한다. 종종 드는 예로 남송의 대가 양만리이다. 속어와 구어는 원래 유연한 인상을 주는 어휘라는 것이며, '경어'의 버릇과 모순되는 것처럼 보이지만 실은 모순되지 않는다. 상식적으로 시에 넣는 것을 꺼리는 어휘란 점에서 역시 일종의 '경어'이다. 주자지(周紫芝)의 《죽파시화(竹坡詩話)》에 이단숙(李端叔), 즉 이지의(李之儀)에게 전해들은 소식의 가르침이라는 "길거리에서 이야기하는 평범한 말도 모두 시에 들어갈 수 있는데, 다만 사람이 이것을 잘 다듬을 필요가 있다"고 씌어 있다.

또 표현에서 보이는 현상으로 송시에서 두드러지는 것은 '차운(次韻)'이다. 즉 이미 만들어진 시에다 같은 각운(脚韻)의 글자를 사용하여 시를 짓는 것이다. 예를 들어 소식이 항주통판(杭州通判)을 하고 있었을 때 〈망해루 저녁 풍경〔望海樓晚景〕〉을 읊은 칠언절구 시에서

青山斷處塔層層　　隔岸人家喚欲噟
江上秋風晚來急　　爲傳鐘鼓到西興
푸른 산 끊어진 곳에 탑은 층층이 솟아 있고
강언덕 너머 인가 부르면 응답하려 한다
강 위의 가을바람 저녁 되니 세차지고
종북소리 실어 서흥으로 보낸다

가 있다. 그것을 본 동생 소철은 다음과 같은 시를 짓고 있다.

樓觀爭高不計層　　嗈嗈過雁自相噟
錢王舊業依稀在　　歲久無人話廢興
누관은 높이를 다투어 층을 헤아릴 수 없고
울며 날아가는 기러기 서로를 부른다
전왕의 옛 위업 아직도 남아 있건만

세월은 오래되어 인간의 흥망 이야기하는 자 없구나

층(層)·응(鷹)·흥(興)으로 원시의 각운에 맞추어 다른 의미를 읊고 있는 것이다. 이런 행위를 '차운'이라 하고 또 '화운(和韻)'이라고 한다.

'차운'은 장편고시에서도 종종 쓰여진다. 원래의 시가 40행이고, 따라서 각운이 스무 개라고 한다면, '차운'으로 쓴 작품도 같은 20자가 같은 장소에 나타나도록 시를 짓는 것이다. 크로스워드 퍼즐과 같이 언어의 유희와 같은 측면이 원래 있지만, 중국어에는 이것을 손쉽게 해주는 성질이 있다. 실제로 시험삼아 해보면 예상하는 만큼 힘들지 않다. 당대에는 원진과 백거이가 서로 그것을 시험해 보았는데, 송대에는 우정의 표현으로 '차운' 시를 주고받는 일이 대단히 성행했다. 왕안석은 정치적으로 서로 대립하고 있었던 소식이 읊은 눈에 대한 시에 감동하여 같은 각운으로 여섯 번이나 차운하고 있다. 이렇게 같은 각운에 벼츠 번이고 거듭해서 차운하는 것을 '첩운(疊韻)'이라고 한다. 왕안석이 쓴 시의 경우에는 육첩운(六疊韻)이다.

자신이 쓴 시에 스스로 차운하는 것도 '첩운'이다. 소식이 어사대(御史臺) 감옥에서 죽음을 각오하고 있었을 때 쓴 칠언율시는 춘(春)·신(身)·인(人)·신(神)·인(因)을 각운으로 쓰고 있는데, 그해 연말 감옥에서 석방된 기쁨을 노래한 칠언율시도 같은 글자를 각운하고 있다. 이런 경우 세상의 부침(浮沈)은 부침, 불변(不變)은 불변이라는 소식의 철학을 표현한 것이다. 시는 나중에 소식을 다루는 부분에서 언급하겠다.

'차운'은 옛사람이 쓴 시에도 적용된다. 소식이 도연명 시집에 있는 모든 시를 차운한 것이 특히 유명한데, 이 정도이면 특이한 경우라고 하겠다. 소식의 예 또한 나중에 언급하겠다.

또 하나 역시 자주 지어진 것은 아니지만, 송대 시인이 따로 발명한 '집구(集句)'가 있다. 옛시인의 시구 특히 당시의 시구를 여기저기서 끌어모아 이를 하나로 엮어 자기의 시로 만드는 경우이다. 북송의 혁신 정치가인 왕안석이 창시자이라고 하며 남송 멸망 때 저항 운동을 이끌었던 문천상(文天祥)은 집구시를 애용하였다. 왕안석을 보면

風定花猶落
바람 잦아져도 꽃은 아직도 떨어진다

라는 옛시인의 시구를 다른 시인의 시구

鳥鳴山更幽
새 우니 산은 더욱 그윽해진다

를 짜맞추어 대구(對句)로 했다고 심괄(沈括)의 수필 《몽계필담(夢溪筆談)》에 적혀 있다. 문천상이 두보의 여러 시에서 뽑은 시구를 모아 자기 시로 만든 것은 다음에 언급하겠다.

제11절 송시의 시사적(詩史的) 의의

이상과 같이 송시는 당시뿐 아니라 종래의 시들과 두루 비교해 보아도 새로운 모습의 시이다. 송시와 같이 서술하고 논의하고 생활에 밀착되고 연대감에 의한 비판을 보여주는 시는 이제껏 나타나지 않았다.
그러나 이 또한 종래의 시가 품어왔던 일종의 가능성, 언젠가는 실현될 가능성을 실은 크게 실현했던 것에 지나지 않는다. 서술·의논·

생활에 대한 밀착, 연대감이 당시에도 이미 두보나 한유, 백거이 시에서 내포(內包)되어 있었다는 사실을 이미 여러 차례 언급했다. 송시는 언뜻 보면 당시와는 대조적으로 보이고, 또 사실 그러하다 해도 역시 당시의 연장선 위에 있다. 또 원래 고대의 《시경(詩經)》이 서정적인 민요의 장으로 '풍(風)'과 정치 비판의 장으로 '아(雅)'를 아우른 것은 이미 다 알려진 바이다. 당시가 '풍'의 자손에 보다 가깝다면, 송시는 '아'의 자손에 보다 가깝다.

또한 그것이 송대 시인들의 의식이기도 했다. 과거 시인들 가운데 스스로의 선조가 되는 것들을 표장(表章)하고 발굴하며 스승으로서 논하고 계승하는 것이 송대 시인들이 자각하고 있던 의식이었다. 그리하여 과거의 문학에서는 부분에 멈추고 지배적이지 않았던 것을 자기 시대의 지배적인 것으로 만들었던 것이다.

우선 가장 먼저 계승하고자 했던 시인이 두보이다. 두보의 지위는 당대에는 아직 충분하게 자리잡히지 않았다. 송대 초기에도 그러했다. 북송 중기 이후 왕안석·소식·황정견·육유와 같은 대시인들이 비평가로서 한결같이 두보를 현창(顯彰)하고 스승으로서 서술한 것이 오늘날 문학사가 말하는 두보의 지위를 부동의 것으로 만들었던 것이다. 송시의 역사는 어느 의미에서는 두보에 대한 인식, 두보를 시의 스승으로 본받아 서술하는 역사이다.

두보에 이어 송대 시인이 존중한 당대 시인은 한유와 백거이였다. 특히 한유는 당대 시인 가운데 가장 비미문적인 시인이란 점에서 존중되었다. 나중에 언급하겠지만 구양수가 일단 한유를 재인식하고 한유를 스승으로 언급한 것이 송대에 일어난 새로운 시풍의 발단이 되었다. 이백의 시가 갖고 있는 의의도 또한 소식과 양만리에 의해 다시 생각되었다고 하지만, 필자로는 아직 확인되지 않고 있다.

또 당대 이전의 시인을 생각한다면 도연명을 들 수 있다. 오늘날 우리들이 도연명을 존경하는 것은 송대 시인의 발굴에 힘입은 바가 적지 않다. 소식의 발굴이 특히 현저하며 철학자인 주자도 도연명을 언급하고 있다.

이상과 같은 형태로 송시는 과거의 시를 계승하고 있다. 대조적으로도 보이는 당시로부터도 많은 것을 계승하고 있다. 단순히 고시 · 율시 · 절구라는 형식을 당시로부터 계승한 것은 아니다.

그런데도 송시와 종전의 시와는 역시 커다란 차이가 있다. 비애를 지양(止揚)하는가 아닌가이다. 한 · 육조에서 당대까지의 시가 성취하지 못했던 비애로부터의 이탈, 두보조차도 곤란했던 그것을 송시는 소식을 지도자로 하여 크게 성취했다. 그것이 차이를 낳는 것이다.

이것은 두보의 시와 두보를 스승으로 삼던 송대 시인들의 시를 비교함으로써 분명해진다. 왕안석 · 황정견 · 육유 모두 두보의 진지함을 본받아도 두보의 절망을 반드시 본받지는 않았다. 또 다음 장에서 언급하겠지만 북송 초기라는 과도기가 잠시 만당시의 비애를 본받았던 것을 별도로 한다 해도, 남송 말기에 다시 만당시에 대한 향수가 찾아왔지만 그것도 만당시의 섬세함을 본받은 것이지, 비애를 본받지는 않았다. 비애의 차단이 그때까지도 있었기 때문이다.

비애의 차단은 그 이후 후대의 시도 오랫동안 지배한다. 원대 · 명대 · 청대의 시가 당시를 본받는가, 송시를 본받는가 하는 것을 과제로 삼았다는 것을 이미 언급했지만, 상세한 내용은 다음 저서에서 언급하겠다. 평균적으로 말하자면 당시를 본받은 시기가 많다. 아니 송시에 대한 반발은 송대 말기에도 나타나 다시 당시로 접근하려고 했다. 만약 송시를 배타적으로 본받으려 했던 시기를 찾는다면 19세기 후반 청대 말기가 처음이었다 해도 좋을 것이다. 그러나 원대 · 명대 · 청대 시인들이 송시를 본받고자 의식하든 의식하지않든 간에 당대 이전의 시처럼 비애를 노래하지 않는 것, 모두 송시와 같은 것은 무엇 때

문인가. 명대의 이몽양(李夢陽) 등의 이른바 '명의 칠자(七子)'는 "이
(理)로써 시를 짓는다"고 하여 송시를 매도하고 배타적으로 당시를 본
받았지만, 그런 그들의 시에도 비애는 적다. 당대 및 당대 이전의 시가
지녔던 습관인 비애에 대한 집착이 송시에 의해 차단된 후에 등장한 시
인들이기 때문이다.

제12절 송시에 나타난 자연

마지막으로 송시에 나타난 자연에 대해 살펴보자. 송시는 요컨대 인
간에 대한 흥미가 농후한 시이다. 그런 만큼 자연을 노래하는 데에 냉
담하며 또 장기로 삼지 않는다고 생각한다.

종전의 중국에는 자연, 특히 그 회화적인 아름다움을 노래하는 것을
주요한 사항으로 여겼던 시인이 있었다. 우선 육조에서는 사령운(謝靈
運), 당시에서는 왕유(王維)·맹호연(孟浩然)·위응물(韋應物)·유종
원(柳宗元) 등. 그러나 송대에는 이미 그러한 '산수시인(山水詩人)'이
없다.

또 당시 특히 그 오언, 칠언의 율시에서는 인사(人事)를 노래하는 경
우에도 자연 풍경이 인간의 감정에 동조하고 혹은 반발하는 것으로서
항상 점출(點出)되고 있다. 두보의 율시 대부분이 그러하다. "물 흘러
마음 다투지 않고 눈 있어 마음을 한결같이 처질 뿐〔水流不競心 雲在
意俱遲〕." "되비치는 석양빛 강물로 들어가 돌벽에 어른거리고, 돌아
가는 구름은 나무를 껴안고 산마을을 잃는다〔返照入江翻石壁 歸雲擁
樹失山村〕." 이런 수법은 만당시에서는 하나의 매너리즘이 되기도 한
다. 두목의 "깊은 가을 주렴 친 수많은 집에 비 내리고, 석양 속의 누대
들려오는 한 줄기 피리소리〔深秋簾幕千家雨 落日樓臺一笛風〕," 허혼

(許渾)의 "계곡의 구름 처음 일어나 햇빛은 누각에 기울고, 산비 내리려고 하여 바람은 누대에 가득 찬다〔溪雲初起日閣沈 山雨欲來風滿樓〕."

송시에서도 남송에서는 그것이 되살아난 것은 나중에 언급하겠다. 그러나 전성기의 북송 여러 대가의 시는 그렇지 않다. 율시의 전 8행 모두 인사에 대한 것이다. 북송시의 창시자 한 사람인 매요신이 '당대의 두세 사람' 처럼 '구구한 물상(物象)' 을 묘사하는 데 자신의 시는 몰두하지 않는다는 것은 하나의 선언이었다.

고가와 하루키 박사가 종종 지적하듯이, 송시가 종종 자연을 의인화하고 자연도 인간의 세계로 끌고 들어오는 것은 재미난 사실이다. 소식의 "푸른 산의 치솟음은 고인(高人)과 같아 언제나 기꺼이 관부(官府)에 들어가지 않고〔青山偃蹇高人同 常時不肯入官府〕"라고 씌어져 있는데, 소식이 가장 유명한 시구 하나인 "서호(西湖)를 서자(西子)에 비하고자 하니 담장(淡粧)과 농말(濃抹)은 모두 서로 좋구나〔把西湖比欲西子 淡粧濃抹總相宜〕." 또 왕안석의 유명한 시구인 "한 줄기 물 밭을 둘러싸고 초록을 두르고, 양산은 문처럼 늘어서 푸르름을 보내온다〔一水護田將綠繞 兩山排闥送青來〕"가 모두 그러하다.

또 하나 흥미로운 사항으로 당대 시인의 시에는 그런 격정을 부채질하는 것으로 종종 나타나는 두 개의 자연이 있다. 하나는 석양이다. 두보의 "석양에 마음은 더욱 타오르고, 가을바람에 병은 되살아나려 한다〔落日心猶壯 秋風病欲蘇〕." 이상은의 "석양은 무한히 좋지만 다만 지금은 황혼에 가깝구나〔夕陽無限好 只是黃昏近〕."

또 하나는 달. 두보, "집을 생각하며 달빛에 걷다가 맑은 밤에 멈춰 선다〔思家步月清宵立〕." 이상은, "연못의 빛은 달빛을 받지 않고〔池光不水月〕."

그러나 송시에서는 그 어느 것도 나타나는 방식이 적다는 생각이 든다. 나타나도 소식의 시에서 보이는 금산사의 석양은 비애의 씨앗이 아니라 쾌락의 대상이다. 즉 "산승은 간절히 머물면서 석양을 바라본다〔山僧苦留看落日〕"라고 하는데, 거기서 전개되는 것은 "미풍 만경에 축면(縮綿, 오글오글한 주름이 많은 비단)처럼 자잘하고, 끊어진 노을 하늘에 걸쳐 물고기 꼬리처럼 붉다〔微風萬頃靴紋細 斷霞半空魚尾赤〕." 축면의 주름을 큰 강에 새기고, 물고기 꼬리와 같은 붉음을 하늘에 길게 뻗게 하는 아름답고 즐거운 석양이었다.

또 육유가 지은 1만 수의 시 가운데 달에 대한 시가 적다는 것을 남송 말기의 비평가 방회(方回)는 《영규율수(瀛圭律髓)》에서 말하고 있다.

그것에 반해 송인의 시에 종종 나타나는 것이 비이다. 동생인 소철과 밤에 내리는 빗속에서 베개를 나란히 하고 싶다는 소식의 바람은 〈야우대상(夜雨對床)〉에서 읊어지는데, 그런 시가 가끔 나오는 것이 아니다. 육유에게도 비에 대한 시가 아주 많다. 또 스스로 작시의 비결로서 "그대에게 한낮에 날아오르는 법을 말하겠다〔語君白日飛昇法〕." 선인(仙人)과 같이 시를 잘 짓는 방법을 말하겠다, 그것은 "바로 향을 태우고 빗소리를 듣는 가운데 있다〔正焚香聽雨中在〕"고 한다.

석양은 연소(燃燒)이며 비는 지속(持續)이다. 당시와 송시의 차이를 보여주는 또 하나의 재료이다.

제1장

10세기 후반 북송초의 과도기

제1절 서곤체(西崑體) 만당시의 모방

송 이전의 왕조였던 후주(後周)의 사단장 조광윤(趙光胤)이 개봉 북쪽 40킬로 부근에 있는 진교역(陳橋驛)에서 부하 군대가 입혀주는 천자의 상징인 황금색 곤포를 입고 황제의 자리에 오른 것은 960년의 일이었다. 그후 3백 년에 걸친 송왕조가 시작된다. 그러나 왕조의 시작이 곧 송시의 시작은 아니었다.

송시가 자기 특징을 주장하기 시작한 것은 건국한 지 반세기 지난 제4대 천자인 인종황제를 기다려야 했다. 그때까지의 반세기 동안은 시뿐 아니라 문명 전체가 과도기 내지는 태동기에 해당하고 있었다. 초대인 태조 즉 조광윤의 치세 17년, 연호를 말하자면 건륭(建隆)·개보(開寶), 2대 황제인 태종 22년, 연호는 태평흥국(太平興國)·옹희(雍熙)·단공(端拱)·순화(淳化)·지도(至道), 3대 진종(眞宗) 25년, 연호는 함평(咸平)·경덕(景德)·대중상부(大中祥符)·천희(天禧)·건흥(乾興), 즉 말하자면 10세기 후반을 다하고 11세기 초기로 들어설 때까지 사람들은 새로운 문명을 만들지는 못하고 바로 전전(前前)의 대제국인 당대 문명의 잔영(殘影)에 편하게 매달려 그것을 졸렬하게 본받는다는 시대착오적인 노력을 계속했다.

졸열이라 하고, 시대착오라고 하는 이유는 새로운 제국 송왕조는 전의 대제국인 당왕조와는 정치적·사회적으로 서로 다른 기구와 분위기를 제국이 세워진 초기부터 갖고 있었기 때문이다. 가장 큰 차이는 당대에는 여전히 존재했던 귀족이 완전히 존재하지 않게 되었다는 사실이다. 따라서 당대에는 여전히 집안에 의해 고관(高官)이 되는 일은 더 이상 없었다.

예를 들어 태조와 태종의 창업을 도운 재상 조보(趙普)는 원래 농촌 서당의 선생이었다고 한다. 또 태종의 재상이 된 여몽정(呂蒙正)은 원래 극도로 가난한 서생으로 마을에서 팔다 남은 야채가게의 오리를 보았지만 그것을 사먹을 돈도 없었다. 우연히 하나 떨어진 것을 주워 배를 채웠다는 이야기를 입신출세하여 금의환향하는 시,

洛陽謾道多才子　　自歎遭逢似我稀
낙양에서는 재자가 많다고 멋대로 말하지만
나와 닮은 이 만나기 어려움을 탄식한다

라고 하는 것과 함께 수필 《청상잡기(靑箱雜記)》에 싣고 있다. 여기에는 이손(李巽)이라는 인물이 매번 낙제의 쓴맛을 보다가 태종 태평흥국 8년인 983년, 염원을 이루어 진사로 급제했을 때 고향 사람들에게 쓴 시도 싣고 있다.

爲報鄕閭親戚道　　如今席帽已離身
고향 친척에 보답하기 위한 것이라고 말하니
지금처럼 밀짚모자는 이미 몸에서 떨어졌다

'석모(席帽)'는 아마 밀짚모자로서 백수 시절에 쓰던 과거 응시생의

모자이다.

　그러나 새로운 시대에 적합한 새로운 문명을 만드는 준비는 아직 성숙되지 못했다.

　시의 세계에서는 당시 특히 그 최후의 시기인 만당시, 그것은 귀족제 붕괴의 전야에 태어났기에 감상적이고 미문적(美文的)인데, 그것을 즐겨 본받는 일이 반세기에 걸쳐 이루어졌다.

　대표적인 예가 《서곤수창집(西崑酬唱集)》 2권이다. 3대째인 진종 경덕 연간 서력으로 바로 1000년을 지났을 무렵, 수도 변경의 정부에서 일하던 시인들의 창화집이며 열다섯 명의 작품 2백47수를 싣고 있다. 중심이 되는 이는 양억(楊億), 자는 대년(大年), 휘는 문공(文公)이다. 양억은 동료와 함께 당말의 시인들 가운데에서 특히 감상적인 미문을 선보인 이상은(李商隱)의 시를 열심히 모방했다. 시의 형태는 대개 칠언율시인데, 시험삼아 양억의 〈무제(無題)〉라는 제목의 시를 들어 본다.

巫陽歸夢隔千峰　　辟惡香銷翠被空
桂魄漸虧愁曉月　　蕉心不展怨春風
遙山黯黯眉長斂　　一水盈盈語未通
漫託鵾絃傳恨意　　雲鬟日夕似飛蓬

무양으로 돌아가는 꿈 수많은 산으로 막혀지고

악을 떨구는 향은 꺼져 푸른 옷깃 헛되구나

계수나무 혼백은 드디어 어그러져 새벽달에 근심 어리고

파초의 마음은 열리지 않아 봄바람 원망한다

먼 산 아득하여 눈썹 길게 찡그려지고

물 넘쳐흘러도 말은 아직 통하지 못하네

멋대로 거문고줄에 기탁하여 원한의 마음 전하니

구름 같은 머릿단 언제나 다북쑥처럼 헝크러져 있네

〈무제(無題)〉라는 제목이 이미 이상은의 모방이다. 단순히 제목을 알지 못한다는 것이 아니다. 사랑의 노래, 특히 불행한 사랑의 노래를 이상은이 종종 〈무제〉라는 제목으로 내놓은 것을 흉내낸 것이다. 양억의 작품도 버려진 여인의 슬픔을 읊는다. 〈무양(巫陽)〉은 고대 에로스의 이야기에 나오는 지명. 이전의 환락을 돌이키려 해도 꿈은 그곳으로 되돌아가려 해도 수천 개의 봉우리들이 꿈 저너머의 길을 막아선다. '피(辟)'는 피(避)와 같은 말. '피악(辟惡)'은 악마를 물리치는 향, '소(銷)'는 소(逍)와 같은 말. 퍼져 있던 향도 꺼지고 비취 날개로 꾸민 이불은 텅 비었다. '계백(桂魄)'은 달이 뜨려고 할 때 하늘이 허옇게 보이는 것, 그것이 '점차' 기울어져 간다고 한다면 하현달이다. 파초의 심(芯)처럼 굳게 막힌 마음은 봄바람 속에도 열리지 않는다. 어둑어둑한, 아득한 산너머 그녀의 눈썹은 영원히 찌푸려 있고, 물을 머금은 듯한 눈동자는 말을 주고받고 싶어함에도 언어의 교통은 이미 할 수 없다. '곤현(鵾絃)'은 비파의 실, 굳이 비파실에 기대어 원한의 마음을 저 사람에게 전하려는 그녀, '운환(雲鬟)' 구름 같은 머리다발 낮이고 밤이고 흐트러진 쑥처럼 헝클어진다.

　양억의 이 시만을 처음 읽은 사람은 어느 정도의 서정을 느낄지도 모른다. 그러나 실은 2백 년 전의 이상은 시를 완전하게 모방한 것으로 거기서 한 걸음도 나서지 못하고 있다. 따라서 새로운 시를 쓰려는 의욕도 효과도 없다. 그들 집단의 시를 '서곤체(西崑體)'라고 부른다. 다른 시인의 이름은 유균(劉筠), 오월(吳越) 왕가의 후예 전유연(錢惟演), 또 정위(丁謂), 장영(張詠) 등. 참고로 진짜의 이상은 〈무제(無題)〉 시 하나를 보자.

　　來是空言去絶蹤　　月斜樓上五更鐘
　　夢爲遠別啼難喚　　書被催成墨未濃

蠟照半籠金翡翠　　麝薰微度繡芙蓉
劉郞已恨蓬山遠　　更隔蓬山一萬重

오는 것은 이 헛된 말 가는 것은 흔적을 없앤다
달은 누각 위에 기울어지니 오경의 종소리
꿈에 먼 이별을 한다면 울음소리 내기도 어렵고
편지 쓰려 해도 먹은 아직 갈지 않고
납빛은 반은 금으로 된 비취에 깃들이고
사향은 희미하게 수를 놓으며 부용을 건넨다
유랑은 이미 봉산 머나멂을 한하고
더욱이 봉산보다 더 떨어지는 일만 배

제2절 그밖의 소시인 임포(林逋), 구준(寇準)

만당시의 기조 하나인 비애에 대한 집착, 그것을 양억 등처럼 본받는 것 외에, 역시 만당시의 다른 기조인 자잘한 생활을 감내하는 자잘한 경계(境界)를 본받는 경우도 있었다. 재야 시인 위야(魏野), 반랑(潘閬) 이 두 사람이 그러했다.
　위야에 대해서는 〈우인의 옥벽에 쓰다〔書友人屋壁〕〉에서

洗硯魚呑墨　　烹茶鶴避煙
벼루 씻으니 고기는 먹을 삼키고
차 덖으면 학은 연기를 피한다

이라는 연, 반랑에 대해서는 여름날 산사에 머물며

夜凉如有雨　　　　院靜若無僧

밤은 서늘하여 비 내린 것 같고

정원은 조용하여 승려 없는 것 같다

의 연, 모두 이 시기의 잘 지은 시구라고 하지만 모두 작은 시적 경지에 안주하고 있다. 반랑이 자신의 시작 태도에 대해 쓴 〈서음(敍吟)〉이라는 오언율시에서 말한다.

高吟見太平　　　　不恥老無成

髮任莖莖白　　　　詩須字字淸

搜疑滄海竭　　　　得恐鬼神驚

此外非關念　　　　人間萬事輕

높이 읊으니 태평함을 보고

늙어 이룬 것 없어도 부끄러움 없다

머리는 올올이 희어지는 것 내버려두고

시는 모름지기 글자마다 맑아야

찾는 것은 창해 고갈되는 의심

귀신도 놀라는가 두려워한다

이밖의 것은 마음에 두지 않고

인간만사 가볍게 여긴다

'찾는다〔搜〕' '얻다〔得〕' 모두 시에 대해서 말하는 것. 자잘한 취미를 말하는 시구를 찾아 얻는 것 이외의 사항은 모두 관심 밖이라는 이야기이며, 대부분 바람·꽃·눈·달만을 시인의 임무로 하는 듯하다.

예전부터 잘 알려진 임포, 자는 군복(君復), 휘는 화정 선생(和靖先生) 등이라고 한다. 임포 또한 그런 소시인이다. 평생 독신으로 지내면

서 절강의 항주 시외에 있는 서호(西湖)의 고산(孤山)에 살면서 매화를
아내로 삼고 학을 아들로 삼은 은둔자였다. 가장 유명한 작품인 칠언
율시 〈산원소매(山園小梅)〉 2수이다. 첫수만 들어 보자.

衆芳搖落獨暄妍　　占盡風情向小園
疎影橫斜水淸淺　　暗香浮動月黃昏
霜禽欲下先偸眼　　粉蝶如知合斷魂
幸有微吟可相狎　　不須檀板共金尊

많은 꽃 흔들려 떨어지는데 홀로 곱고 아름답게 핀 매화
풍정을 다 차지하며 작은 정원에 있다
성근 그림자 빗기고 물은 맑고 잔잔하고
어스름한 향기 떠돌고 달은 어슴푸레하다
서리맞은 새는 뛰어내리려고 먼저 추파를 던지고
흰나비 이것을 알았다면 실로 혼을 끊었을 것이다
다행히 희미한 읊조림 상대할 수 있으니
캐스터네츠나 황금 술동이는 필요없다

　많은 꽃들이 떨어진 뒤의 겨울날, 홀로 피어 있는 따뜻하고 아리따
운 매화꽃. ‘풍정(風情)’의 그윽함을 점령하여 작은 정원에 있다. ‘향
(向)’은 거의 ‘재(在)’와 같다. 성긴 그림자는 깨끗하고 얕은 물 위에
비스듬히 비껴 있고, 어두운 밤을 떠올리는 듯한 향기에 달은 어슴푸
레하다. 겨울날의 서리를 헤치고 나는 새는 뛰어내리려고 먼저 추파를
던지며, 지금은 나비의 계절은 아니지만 만약 흰나비가 이 꽃의 존재
를 알았다면 반드시 혼도 끊을 듯한 마음을 품을 것이다. ‘합(合)’은
당연하다는 뜻. 안타깝게도 나비는 아직 없지만 다행히 그녀와 가까
이할 수 있는 것은 희미한 읊조림, 시인 자신의 읊조림이다. 다른 꽃

처럼 고귀한 참빗살나무로 만든 캐스터네츠나 황금 술동이는 필요없다. '공(共)'은 '여(與)'와 같다.

'소영(疎影)' '암향(暗香)'의 연은 다음 시대 문단의 거두인 구양수가 격찬한 것이다. 그러나 시 전체적인 취미는 섬세하고 약하다. 《서곤수창집》적인 감정을 다른 식으로 표현했다고 해도 좋다.

또 '구승(九僧)'이라고 불리는 일군의 승려가 이 시기 시단의 시인으로 전해지는 것도 승려가 아닌 보통 인물이 지은 시가 부진하다는 것을 한편으로는 말해 준다.

흥미있는 것은 비애에 대한 집착, 자잘한 시경에 대한 집착이 당시 정부 고관들의 시에도 미치고 있다. 중국에서는 일찍이 없어지고 일본에만 전하는 《이이창화집(二李唱和集)》은 태종 때 우복야(右僕射)였던 이방(李昉)과 이부시랑이었던 이지(李至)와의 증답시 모두 1백23수가 실렸는데, 모두 좀 뒤에 나온 《서곤수창집》과 마찬가지로 섬염(纖艶)한 시이다.

또 이 시기의 정치가로서 가장 큰 거인은 진종(眞宗) 때의 재상 구준, 작위로 말하면 구래공(寇萊公)이다. 북방의 적국 요나라와 군사 또는 외교를 담당한 관리이며, 사생활은 당대의 고관을 흉내내어 사치스러웠다. 그러나 시는 그런 지위와 사생활과는 닮지 않고 개인적인 비애를 읊는다. 〈강남춘(江南春)〉이라는 제목의 절구시에서

杳杳煙波隔千里　　白蘋香散東風起
日落汀洲一望時　　柔情不斷如春水
아득한 물결 천리 떨어지고
흰 마름 향기 흐트러지니 봄바람 일어난다
해는 정주에 져 일망하는 때
유정 끊이지 않음은 봄물 같네

또 〈봄날 누대에 올라 돌아가는 것을 생각한다〔春日登樓懷歸〕〉라는
오언율시에서

高樓聊引望　　杳杳一川平
野水無人渡　　孤舟盡日橫
荒村生斷霞　　古寺語流鶯
舊業遙淸渭　　沈思忽自驚

높은 누대에서 잠시 둘러보니

막막하여 강 한 줄기 평평하게 흘러가네

들물 사람 건너지 못하고

외로운 배 온종일 떠 있다

황폐한 마을에 끊어진 노을 생기고

옛절에 꾀꼬리 고운 소리 낸다

고향집은 위수 저 건너 아득하고

생각에 잠기다 홀연 놀란다네

‘구업(舊業)’이란 고향집이나 저택을 말하며, 그곳이 위수(渭水) 저
멀리에 떨어져 있다는 것은 그가 섬서(陝西)의 하규(下邽) 출신이기 때
문이다. 시 속의 ‘야수(野水)’ 운운의 한 연은 명구라고 하는데 역시 개
인적인 감회이며, 또한 그 비애는 재상의 시로서는 어울리지 않다고
당시에 이미 평판을 받았다고 승려 문영(文瑩)의 수필 《상산야록(湘山
野錄)》에서 말한다.
　이러한 모순은 시라고 하면 무리를 해서라도 어떤 형태로든지 비애
를 품어야 한다는 종래의 관념이 여전히 계승되었기 때문이다. 당대
말기부터 오대에 이르기까지 지식인이 중시되지 않고 시를 지을 정도
의 지식인이 뜻을 얻을 수 없는 시대에는 비애가 시의 임무인 것도 부

적당하지 않았다. 그러나 시대는 바뀌고 옛날에는 일개 서생으로 끝났을 인물이 지금은 정치의 요직에 있다. 더구나 시를 짓는 데에는 종래의 관념이 그대로 작용했다는 것이 구준의 시가 갖는 모순을 만들었던 것이다.

제3절 왕우칭(王禹偁)

그러나 이런 상태 속에서도 새로운 문학의 태동은 있었다.

예를 들어 양억도 연애를 제재로 하는 시만 지은 것은 아니었다. 〈옥에 중죄인 있다〔有獄重囚〕〉라는 제목의 오언율시, 〈백성들의 소가 역병으로 많이 죽다〔民牛多病死〕〉라는 제목의 칠언율시는 차기 이후의 송시가 왕성하게 보여준 정치에 대한 관심이 그의 시에도 싹트고 있음을 보여준다.

특히 차기 이후의 송시의 선구(先驅)로서 종종 주목되는 이가 왕우칭이었다. 왕우칭, 자는 원지(元之), 관명에 의하면 왕황주(王黃州). 산동(山東) 거야(鋸野) 방앗간집 아들로 송나라가 세워지기 전에 태어났다. 지방관에게 재능을 인정받아 2대 태종 초기인 29세 때 진사시험에 급제하고, 이후 중앙의 문필 관련 직책과 좌천으로 여러 지방직을 차례로 역임하였다. 3대 진종 초기에 사망했다. 왕우칭의 전기는 당시 신관료의 전형을 보여주는데, 그의 시는 당시의 주류였던 '서곤체'와는 매우 달랐다.

우선 왕우칭이 존중하는 과거의 시인은 이백·두보·백거이로서 당시인 가운데 가장 사상적인 시인들이었다. 특히 두보에 대해서는 당시로 보아서는 아주 특별한 태도를 취했다. 두보의 시는 오대에서 송 초기에 걸쳐 냉담한 취급을 받았으며, 서곤의 영수 양억은 '촌늙은이'

라고 하여 두보를 경멸했다. 더군다나 왕우칭은 "자미의 시집은 시의 세계를 연다〔子美集開詩世界〕" "진실로 낙천에게는 후진이 되고, 감히 자미는 전신이 될 것을 기약하네〔本與樂天爲後進 敢是子美期前身〕" 등이라 고하여 자미, 즉 두보와 낙천 즉 백거이를 사모한다. 또 관련된 사항으로서 당시의 산문은 가장 미문적(美文的)인 '사륙문(四六文)'이 주류이며, 그와 대립되는 자유로운 산문의 창시자 당대의 한유와 유종원을 생각할 겨를이 없었다. 그런데 친구인 주엄(朱嚴)에게 보낸 칠언율시에는 "누가 생각해 줄까 좋아하는 바 또한 나와 같음을, 한유와 유종원의 문장 그리고 이백과 두보의 시〔誰憐所好還同我 韓柳文章李杜詩〕"라고 했으며, 다른 시에는 "고문은 한유와 유종원을 읽는다〔古文閱韓柳〕"라는 시구가, "편장은 이백과 두보를 취한다〔篇章取李杜〕"라는 시구와 함께 보인다.

그 결과 왕우칭의 시집《소축집(小畜集)》에는 차기 이후의 송시처럼 종종 길게 서술한 시가 보인다. 또 정치와 사회에 대한 관심이 풍부하다. 이 시기의 시로서는 모두 예외적이다. 예를 들어 〈유망에 느끼는 바가 있어〔感流亡〕〉라는 제목의 오언장시(五言長詩)는 하남(河南) 상주(商州)에 근무하고 있던 어느 겨울날, 관저의 난간에서 햇빛을 쬐고 있었을 때 문 앞에서 잠시 쉬고 있는 농민 일가, 노부부와 아들, 손자 세 명이 섬서(陝西) 지방의 기근으로 이곳으로 유랑해 온 것을 알고, 상세하게 들은 사연을 적은 다음 나는 '소찬(素餐)'을 하는 사람, 녹을 축내는 도둑이라고 감개하여 끝을 맺기까지 44행, 220자, 길이나 내용 모두 송대 초기의 시로서는 드문 작품이다. 여기서는 장편이라서 싣는 것은 그만두고 짧은 칠언율시 하나를 싣는다. 〈촌행(村行)〉이라는 제목의 시

馬穿山徑菊初黃　　　信馬悠悠野興長

萬壑有聲含晚籟　　數峰無語立斜陽

棠梨葉落胭脂色　　蕎麥花開白雪香

何事吟餘忽惆悵　　村橋原樹似吾鄉

말이 산길을 뚫고 가니 국화 처음으로 누래지고

말에 맡겨 유유하니 야흥이 길어진다

수많은 계곡 소리 있어 밤소리를 품고

무수한 봉우리 말없이 석양에 선다

팥배나무 잎 떨어지는 연지색깔

메밀꽃 피니 흰 눈 향기

어쩐 일인가 읊다 보니 홀연 슬퍼지니

촌 다리, 들 나무 고향을 닮았구나

　　좌천당한 관리로서 임지로 가는 도중에 읊은 즉흥시로 보인다. '야흥(野興)' 이란 논밭의 풍물로 촉발된 감흥. '당리(棠梨)' 는 식물 이름. '연지(胭脂)' 는 연지. 지금까지의 서경은 평범하다. 하지만 종래의 시인이 발굴하지 않았던 것을 발굴하고 있다. '여러 봉우리 말없이 석양에 선다' 는 송시에 보편적인 자연의 의인화가 일찌감치 나타나는 부분이다. 또 메밀꽃에 대한 시선은 물론 이전의 시에도 나타났지만 새롭게 느껴진다. 게다가 마지막 연에 나타나는 '추창(惆悵)' 은 근심, 수심이라는 뜻인데, 그 내용은 이전의 시인과 반드시 같지는 않다. 이전의 시인이라면 타향의 풍경은 나의 고향과 닮지 않아 '근심' 하는 것이 보통이었다. 이 시에서는 고향을 생각하는 마음을 끄집어 내는 것은 같아도 타향의 풍경이 '고향과 닮아 있다' 고 함으로써 편안한 여유를 남기고 있다.

　　왕우칭의 전집 《소축집》 30권 가운데 시는 고시 4권, 율시 5권, 가행(歌行) 2권 모두 약 5백 수의 많은 작품을 남기고 있다. 마치 다수의 시작을 재료로 하여 그의 전기를 세밀하게 추적할 수도 있다. 모두 이후에 등장하는 대부분의 시인과 공통된 점이며, 당대 시인과는 공통되는 면이 별반 없다고 할 것이다.

또 왕우칭의 죽음 1년 전인 함평(咸平) 3년 12월 그믐날이라고 쓴 자서(自序)가 있는 그의 전집은 곧바로 인쇄되었을 가능성이 없는 것은 아니다. 왕우칭보다 약간 앞선 시인 서현(徐鉉)의 시문집 30권이 1016년 대중상부 9년에 간행되고 있다. 당대까지 책은 모두 사본(寫本)에 의해 전해졌던 것에 반해, 북송 이후 엄밀하게 말하자면 북송보다 약간 앞선 당대 말기 오대 이후부터는 판본(板本)의 시대가 된다. 독자의 증가가 원인이 되어, 또 그 결과로 요컨대 문학의 유포에 획기적인 현상이 나타난 것이다. 문학은 이러한 물질적 조건 아래에서도 전환되고 있었다.

또 새로운 문학이 태동되는 또 하나의 사항이 있다면 앤솔러지가 선택적인 비평에 의해 나타나고 있다는 것이다. 이 시기에 나타난 앤솔러지 가운데 진종 대중상부 4년 1011년에 편집된 요현(姚鉉)의 《당문수(唐文粹)》 1백 권은 당대 시문을 선집한 것으로 당대 시문 가운데 일부러 비미문적인 것을 선택하고 있다. '고아(古雅)'한 작품을 주로 선택하여 "치언만사(侈言蔓辭)는 취하지 않는다"고 서문에서 말하고 있으며, 시는 비정형인 고시만을 모으고 정형인 율시는 싣지 않았다. 게다가 앞서의 태종 옹희 연간에 칙선(勅選)된 《문원영화(文苑英華)》 1천 권이 주로 당대 미문(美文)을 집성했던 것에 대한 일종의 반발일 것이다.

제2장

11세기 전반 북송 중기

제1절 구양수(歐陽修)

북송인들이 새로운 시대 가운데 있음을 자각하고 새로운 시대에 어울리는 새로운 시풍을 확립한 것은 건국 후 반세기 이상 경과한 후의 일이었다. 4대 황제인 인종이 42년의 오랜 기간을 다스리던 시기였다. 거의 11세기 전반에 해당한다. 천성(天聖)·명도(明道)·경우(景祐)·보원(寶元)·강정(康定)·경력(慶曆)·황우(皇祐)·지화(至和)·가우(嘉祐)가 그 연호이다.

새로운 시풍의 중심이 된 이는 구양수와 매요신이다. 두 사람은 친구였다. 매요신은 시인으로 뛰어났지만, 구양수는 영향력이 뛰어났다. 시뿐 아니라 산문가·역사가·고전학자·고고학자로서도 획기적인 업적을 낳았다. 다방면에 걸친 폭넓은 재능은 재상의 지위까지 올라간 정치가로서의 지위와 서로 맞물려 문명 전체에 대한 지도자라는 최고의 지위에 오른 자로서 가장 큰 영향력을 발휘할 수 있기 때문이었다.

대체적으로 인종 시대는 시뿐 아니라 문명 전반에 걸쳐 의식이 전환되던 시기였다. 말하자면 고대의 유가사상을 민족의 정통 윤리로서 다시금 확인하고, 그것을 실천하고자 개인 또는 사회의 임무로 삼는 것이 문명의 중핵(中核)을 이루었다. 먼저 유가의 정치철학을 실천하고

자 지식인들의 정치가 요구되었고 또 그것을 실현시켰다. 정치 지도자와 문명 지도자는 일치되었다. 범중엄(范仲淹)·부필(富弼)·문언박(文彦博)·한기(韓琦)와 같은 지식인 출신 신관료군, 말하자면 '명신(名臣)'이 주된 담당층이었다. 구양수도 그런 사람이었다. 그들은 육조에서 당대에 이르는 과거의 문명이 유학이 불교와 도교에 의해 열세에 놓였다는 점에서 이것을 타락으로 간주하고 그 문명과 결별을 선언했다. 또 과거에 성행했던 미문학(美文學)을 역시 타락하고 사상 없는 것으로 부정하고, 보다 사상적이고 내용이 있는 문학을 자기 시대의 문학으로 만들고자 했다. 바로 전의 황제 진종이 도교의 미신에 빠졌던 것, 또 그 시대의 문학에 앞서 언급했듯이 미문적인 '서곤체'였다는 것이 도리어 개혁을 향한 하나의 도약대가 된 셈이었다.

천자인 인종은 유약한 군주였고 여러 후궁을 두었지만 어리석지는 않았다. 또 국제 관계는 건국 이래의 큰 숙제로서 북방의 요(遼)와 대치하는 이외에 서방의 탕쿠트족이 서하(西夏)라는 국호로 독립하여 새로운 위협이 되고 있었다. 두 나라에 해마다 거액의 증여를 '세폐(歲幣)'라는 명목으로 지불함으로써 휴전 상태를 유지했다. 이렇게 해서 반세기의 평화가 문명의 전환을 가능하게 했던 것이다. 또한 이런 전환은 이후 천년, 금세기초 청나라가 멸망할 때까지 중국을 규제했다. 이후의 중국에서는 유학의 권위가 언제나 확신되었으며, 불교와 도교는 쇠퇴해 갔다. 또 문학에서도 금세기초까지의 중국은 이 송대 인종 시기에 확립된 문학의 이상을 크게 본받고 계승했다. 이후의 산문이 구양수의 산문을 가장 존중해야 하는 전형으로 삼으면서, 금세기초의 '백화문(白話文)'이 흥기한 다음에 비로소 그치게 되었던 것이다.

요컨대 그것은 중국 역사의 큰 전환기였다.

이 커다란 개혁의 지도자이며, 특히 문학의 면에서 구양수의 개혁이 컸다.

구양수, 구양은 성이며 수가 이름이다. 수(脩)로도 쓴다. 자는 영숙(永叔), 호는 취옹(醉翁), 육일거사(六一居士), 휘호는 문충공(文忠公). 인종 즉위하기 17년 전 가난한 지방사무관의 아들로 태어났다. 4세에 부친을 잃고 삼촌에게 양육되었는데, 문구를 살 돈도 없어 미망인인 어머니는 모래 위에 장작개비로 글씨를 써서 가르쳤다. 10세 때 근처에 있는 양반가의 서고에서 완본(完本)이 아닌 당대 한유의 전집을 발견하여 읽은 것이 계기가 되어 새로운 문학을 처음으로 각성했다는 이야기를 하고 있다. 한유의 시문은 당대 문학 가운데 가장 비미문적이었다. '서곤체'라는 미문이 횡행하고 있던 구양수의 소년 시절에는 한유에 대해 관심을 두는 사람도 없었는데, 그것을 일찍부터 언급했다는 것은 훗날 구양수의 문학이 시나 산문에서 한유를 전형으로 본받는 계기가 되었다.

진사시험에 수석으로 합격하고 관리 생활에 들어간 것은 24세, 인종 치세 9년째인 천성 8년이었다. 이후 인종의 긴 치세와 함께 학자와 지식인으로서의 명성을 자신의 관력(官歷)과 함께 높인다. 다만 관력은 구세력과의 충돌로 인해 두 번의 좌절을 겪는다.

인종이 모황태후의 죽음에 의해 친정을 시작한 경우 3년, 30세가 된 그는 같은 당(黨)에 속하는 선배 범중엄의 좌천을 반대했다는 이유로 이릉(夷陵), 즉 호북성(湖北省) 의창(宜昌)의 현령으로 좌천되어 친구 채양(蔡襄)이 〈사현일불초시(四賢一不肖詩)〉를 지어 그들의 실각을 안타까워한 것이 첫번째 좌절이었다. 정국의 변화로 중앙으로 돌아간 37세, 동지인 두연(杜衍)·범중엄·부필·한기들과 나란히 요직에 앉고, 경력 3년 친구인 석개(石介)가 그것을 〈경력성덕(慶曆聖德)의 시〉로 칭송했던 것이 반대당을 자극하여 안휘(安徽)의 저주(滁州) 지사로 좌전된 것이 두번째 좌절이었다. 두 차례에 걸친 좌절은 구양수와 동지들의 명성을 더욱 높였다. 인종 말년 구양수 동지들의 지위는 안정되고, 구양수는 참지정사(參知政事), 즉 재상이 된다. 인종의 죽음으로 오랜 치세를 끝냈을 때 구양수는 57세였다. 쇠약한 양자 영종(英宗)을 보좌하라는 유언을 한기와 함께 받고 그때의 분쟁을 해결한다. 또 구양수가 종종 진사시험에 지공거(知貢擧), 즉 시험위원장이 되어 소식을 비롯한 많은 영재가 그의 문하가 되는 기회를 얻고, 문명의 최고 지도자로서의 지위를 더욱더 부동의 것으로 만들었다.

소식 및 그의 아들 구양비(歐陽棐)에 의해 편집된 《구양문충공전집(歐陽文忠公全集)》 1백53권 가운데 시는 21권이다. 비정형 고시 3백59수, 정형 율시와 절구 4백70수이며, 거의 제작 연월일에 따라 편집되고 있다. 구양수 시의 특징은 두 가지 점으로 귀착된다.

하나는 평정함이다. 그 평정함이란 단순한 평정이 아니다. 반성 없는 비애에의 몰입에서 이탈한다는 적극적인 의미를 자각하고 있는 평정함이다. 당시가 종종 함몰되었던 비애에의 몰입, 그것이 송대 초기에는 무비판적으로 계승되었다는 것, 전장에서 언급했듯이 가까이는 그것으로부터의 이탈이었다. 또 크게는 육조에서 당대까지의 시를 뒤덮고 있던 비애로부터의 이탈이다. 그 방법으로 구양수는 소년 시절에 발견한 한유의 문학을 산문가·시인으로서 계승했다. 한유의 시는 당시 가운데 가장 비애가 적은 시이다. 한유를 본받는 구양수의 시는 더한층 비애를 억제한다.

다른 하나는 이렇게 비애의 흥분을 억제한 심경을 기반으로 한 시야(視野)의 확대이다. 그것은 우선 제재의 확장으로 연결된다. 서장에서 예로 든 〈일본도가〉처럼 기물을 소재로 한 서술적인 작품으로 당시에서도 그가 전범으로 삼은 한유가 〈석고가(石鼓歌)〉 등에서 시도한 바가 있는데, 구양수는 그 방향을 더욱더 확대한다. 또 기물을 읊은 작품은 하나의 예에 지나지 않는다. 서술에 대한 의욕이 소재를 여러 방향으로 확장한다는 것이다.

또 확장은 소재뿐 아니다. 종래의 시인들이 읊었던 소재를 읊어도 태도의 확장이 있었다. 넓은 시야를 바탕으로 서술을 교차시키는 것이며, 서술은 종종 윤리를 수반한다. 요컨대 서장에서 언급한 송시의 송시적인 성질, 그 기반을 설정한 것이 구양수였다.

구양수의 시를 연대별로 읽어보면 이 설정의 경과를 제대로 알 수 있다. 그것은 구양수 개인적인 성장의 역사일 뿐더러 새로운 시풍을 수립하는 역사이다.

서술에 대한 의욕은 시집 첫부분부터 보인다. 예를 들어 27세 인종 명도(明道) 2년 서경(西京) 낙양(洛陽)의 지방사무관이었을 무렵, 일이 생겨 수도 변경으로 갈 때 쓴 기행시 〈대서(代書寄尹十一兄楊十六王三〉 등은 56구, 280자, 도중에서 부호의 장례식을 만나 타박을 당했다는 단 등도 포함하여 기행문을 읽는 것 같은 재미가 있다.

그러나 시집 앞부분에는 여전히 슬픈 어조의 작품이 있다. 특히 두 차례의 좌절로 인해 씌어진 유배지에서의 작품이 그렇다. 예를 들어 첫번째 유배지인 이릉으로 가기 위해 양자강을 거슬러 올라가는 도중, 당대의 백거이가 유배되었던 강주(江州)에 배를 대고 쓴 칠언절구는 비애에 몰입되고 있다.

樂天曾謫此江邊　　　已歎天涯涕泫然
今日始知予罪大　　　夷陵此去更三千
낙천 이미 유배된 이 강가
이미 하늘가를 탄하여 눈물 흘린다
오늘 비로소 내 죄 큼을 알고
이릉은 여기서 삼천 리 길

도착한 이릉현은 구양수의 산문 〈이릉현지희당기(夷陵縣至喜堂記)〉

에 썼듯이 수도 변경에서 5천5백90리, 삼협(三峽)에서 흘러나온 양자 강이 처음으로 평평하게 흘러 호두·칠·종이 등을 생산하는데, 시장 에는 썩은 어패류의 악취가 코를 찌르고 띠와 대나무로 덮은 지붕 밑 에는 사람과 돼지가 동거하고 있다. 기와지붕은 불길하다고 하여 올리 지 않으므로 불이 많이 나는 지방인데, 그곳에서 시우(詩友) 매요신에 게 보낸 칠언장율(七言長律)은 이민족도 뒤섞여 미신적인 연중행사를 행하는 고장의 풍속을 공들여 서술했다는 점, 또 불우함을 호소하면서 도 다만 산천의 풍경만은 그림이 된다고 유머로 마무리하는 점 등을 보 면 단순한 영탄으로 일관하지 않으며, 비애는 억제되고 있다.

青山四顧亂無涯	雞犬蕭條數百家
楚俗歲時多雜鬼	蠻鄕言語不通華
繞城江急舟難泊	當縣山高日易斜
擊鼓踏歌成夜市	邀龜卜雨趁燒畬
叢林白晝飛妖鳥	庭砌非時見異花
惟有山川爲勝絶	寄人堪作畵圖誇

푸른 산 둘러보니 흐트러짐 끝이 없고

닭과 개도 쓸쓸한 수백 집

초나라 세시풍속은 귀신을 많이 섬겨

오랑캐 땅의 언어는 중국과 통하지 않는다

성을 둘러싼 강 물살 빨라 배를 대기 어렵고

이 현의 산은 높고 해는 기울어지기 쉽다

북을 울려 부르는 답가 밤시장을 이루고

거북을 불러들여 비를 점쳐 서둘러 밭을 태운다

우거진 숲에는 대낮에도 희한한 새가 날고

정원 섬돌에는 때로 가리지 않고 기이한 꽃이 핀다

다만 산천은 뛰어난 풍광을 이루고
남에게 부탁하여 그림을 그려 자랑으로 삼을 뿐

　두번째의 유배지로 귀향 간 안휘(安徽)의 저주(滁州)도 교통이 불편한 산 속에 있었으며, 생활이나 풍경 또한 지루했다. 또 도착하자마자 사(師)라고 하는 딸을 저 세상으로 먼저 보낸다. 구양수가 딸을 여읜 것은 이번이 세번째. 〈백발, 딸인 사를 잃고〔白髮喪女師作〕〉에서 말한다.

吾年未四十	三斷哭子腸
一割痛莫忍	屢痛誰能當
割腸痛連心	心碎骨亦傷
出我心骨血	灑爲淸淚行
淚多血已竭	毛膚冷無光
自然髮與鬚	未老先蒼蒼

내 나이 아직 사십이 안 되었건만
세 번이나 자식을 곡하는 창자를 끊네
한 번의 아픔 참아내기 어려워
종종 아프면 누가 낫게 할 것인가
창자를 가르면 그 아픔은 마음으로 연결되고
마음은 뼈를 부수어 또한 상처 입었네
나의 마음과 뼈와 피를 드러내어
흩뿌리니 맑은 눈물 흐르는구나
눈물 많아 피는 이미 다 말랐고
피부는 차가워 빛바랬구나
자연히 머리와 수염은

늙기도 전에 먼저 희끗희끗하네

누구라도 아낌없이 비애를 유출해야 하는 경우이다. 구양수도 물론 비애를 읊고 있다. 그러나 동시에 간장〔腸〕·심장〔心〕·뼈〔骨〕·피〔血〕·눈물〔淚〕·털〔毛〕·피부〔膚〕·머리〔髮〕·수염〔鬚〕들 사이에 있는 인과 관계가 논리적으로 파악되고 있다는 사실에 주목하고 싶다.

또 역시 저주 유배중에 읊은 오언고시 〈모춘에 느끼는 바가 있어〔暮春有感〕〉에서 말한다.

幽憂無以銷　　春日靜愈長
薰風入花骨　　花枝午低昂
往來採花蜂　　清蜜未滿房
春事已爛漫　　落英漸飄揚
蛺蝶無所爲　　飛飛助其忙
啼鳥亦屢變　　新音巧調簧
遊絲最無事　　百尺拖晴光
天工施造化　　萬物感春陽
我獨不知春　　久病臥空堂
時節去莫挽　　浩歌自成傷

깊은 근심 사라질 방법이 없고
봄날 조용히 더욱 길어진다
훈풍은 꽃 속 깊숙이 들어가고
꽃가지 오후에 낮아지다 높아지곤 한다
오고가며 꽃을 따는 벌
맑은 꿀은 아직 방에 차지 않았네
봄은 이미 난만하고

떨어진 꽃잎 점점 바람에 흩날린다

나비 할 일 없어

날아다니며 바쁨을 조장한다

우는 새 또한 종종 변하고

새로운 소리의 교묘함은 생황소리와 어울려

거미실도 가장 한가하고

백척 개어져 빛을 이끈다

하늘의 공교함 조화를 이루고

만물은 봄빛을 느낀다

나 홀로 봄을 알지 못하니

오래 병들어 빈 방에 누워 있네

시절은 가고 되돌이킬 방법 없고

호탕한 노래에 스스로 슬픔을 이루네

없애기 어려운 근심에 시를 짓기 시작한다. 흘러가는 시간에 갇혀 있는 병든 내 몸을 한탄함으로써 시를 마무리한다. 육조에서 당대에 걸쳐 시인들이 읊었던 인생을 재촉하는 비탄을 계승한 것이라고 할 수 있다. 그러나 시는 오히려 자연의 조화와 활동을 서술한 중간 부분에 힘과 노력을 쏟고 있다. ‘낙영(落英)’은 떨어지는 꽃. ‘협접(蛺蝶)’은 나비. ‘유사(遊絲)’는 거미가 뽑는 실(gossamer). 그 중간에 밝은 봄빛을 서술하는 것이 발단과 말미의 우수(憂愁)를 흡수하고 해소하는 것처럼 보인다. 종전의 시가 우수의 도피로서 쾌락을 점출해도, 그것들이 결국은 어두운 우수의 바탕으로 흡수되기 쉬웠던 것과는 정반대이다.

40세가 되었을 뿐인 구양수가 스스로에 대한 비웃음으로 ‘취옹(醉翁)’ 술 취한 늙은이라고 호를 지었던 것도 그 무렵의 일이었다. 새로

운 아호(雅號)를 지은 기념으로 승려 지선(智僊)이 교외에 있는 낭야
산(瑯邪山)에서 지은 〈취옹정(醉翁亭)〉을 읊은 오언고시에는 비애에
빠지지 말자는 심정이 보다 확대되어 나타난다. 〈저주의 취옹정을 쓰
다〔題滁州醉翁亭〕〉

四十未爲老　　　醉翁偶題篇

醉中遺萬物　　　豈復記吾年

但愛亭下水　　　來從亂峰間

聲如自空落　　　瀉向兩簷間

流入巖下溪　　　幽泉助涓涓

響不亂人語　　　其淸非管絃

豈不美絲竹　　　絲竹不勝繁

所以屢攜酒　　　遠步就潺湲

野鳥窺我醉　　　溪雲留我眠

山花徒能笑　　　不解與我言

惟有巖風來　　　吹我還醒然

나이 사십이라 아직 늙지도 않았건만

취옹이라고 때마침 글을 쓴다

취중에 만물을 보내고

어찌 다시 내 나이를 쓰리오

다만 정자 아래 물을 사랑하니

여기서 들쑥날쑥한 산봉우리 사이를 내려오는 것을

소리는 하늘에서 떨어지는 것 같고

쏟아져 양 처마 사이를 향한다

바위 아래 냇물로 흘러 들어가

그윽한 샘 흐르는 것을 돕는다

울림은 사람 소리를 어지럽게 하지 않고

그 깨끗함 관현에 있지 않다

어찌 사죽을 아름답다 하지 않으리오

사죽은 시끄러움을 견디지 못하고

그래서 종종 술을 들고

졸졸 물흐르는 곳으로 멀리 걸어나간다

들새는 취한 나를 엿보고

시내 구름은 잠든 나에게 머물고 있다

산꽃은 오로지 웃을 뿐

우리들이 말하는 것을 알지 못한다

다만 바위 사이 바람

내게 불어와 나를 다시 깨운다

'잔원(潺湲)'은 물이 흐르는 소리를 말하는 의성어. 또 역시 그 무렵 저주 교외의 풍산(豊山)의 샘 옆에서 지은 '풍락정(豊樂亭)'을 읊은 칠언고시 〈풍락정소음(豊樂亭小飮)〉은 더욱 적극적이다.

造化無情不擇物　　春色亦到深山中
山桃溪杏少意思　　自趁時節開春風
看花遊女不知醜　　古粧野態爭花紅
人生行樂在勉强　　有酒莫負琉璃鐘
主人勿笑花與女　　嗟爾自是花前翁

조화는 무정하여 물을 선택하지 않고

봄색 또한 깊은 산중에도 왔구나

산복숭아 계곡의 은행 의사 적어도

저절로 시절이 오니 봄바람 불어온다

꽃구경하는 처녀들 추함을 알지 못하고
촌스러운 화장에 자태로 붉은 꽃과 다툰다
인생의 행락은 힘씀에 있으니
술 있어 유리종에 지지 않는다
주인은 꽃과 처녀를 비웃지 말게
아아 난 꽃 앞의 늙은이일 뿐이라네

　시는 저주에 있은 지 3년째 되던 해, 즉 경력 7년에 씌어졌는데 철학도 말하고 있다. 즉 자연은 어설픈 감정을 갖고 있지 않기에 공평하며 선의(善意)를 쏟을 상대를 선택하지 않는다. 봄이 되면 이 계곡에도 찾아들어 이런저런 평범한 식물에도 꽃을 피우게 한다. 그 앞에 옹기종기 모여 있는 것은 '유녀(遊女), 말하자면 산책하고 있는 처녀들이다. 평민의 딸인 유녀들은 촌스러운 화장을, 꽃과 다투면서 자연으로부터 부여받은 생명을 즐기고 있다. 그렇다면 인생은 각자 생명을 '면강(勉强),' 즉 경험, 무리하게 해서라도 누려야 한다. 술이 있으면 마셔야 한다. 이 정자의 주인인 나는 촌스러운 꽃과 처녀들을 조소해서는 안 된다. 너는 꽃 앞에서, 그에 어울리지 않은 노인이지만 꽃 앞의 노인도 역시 하나의 존재인 것이며, 그러한 존재가 가진 유한함을 알고 유한함 속에서 너는 너 나름대로 너의 생명을 누려라.
　인종 치세의 만년은 구양수의 만년이었다. 고관이 되어 지위가 안정된 구양수의 시는 더욱더 평정해진다. 그리하여 평정한 안정 위에 폭넓은 지성이 여러 방향으로 새로운 소재를 찾는다. 비애에 몰입하려던 과거 시인들의 시가 관심을 두지 않았던 소재 혹은 관심을 두려고도 하지 않았던 소재를 다룬다. 또 산문의 대가이기도 했던 구양수가 산문가로서 단련된 기량이 의식적으로 시에 흘러 넘쳐 서술을 더욱 자재롭게 한다. 마찬가지로 수도 변경의 관리였던 매요신과 우정을 나누는 생활을 자세하게 서술한 시, 집안 생활에서 얻은 감흥을 읊은 시가 가장 많지만, 차·조개·은행 등 음식에 관한 시, 또 고기물(古器物) 수집가였기 때문에 앞서 인용한 〈일본도가〉와 같은 시 등이 수없이 있다. 정치적 관심을 읊은 시도 고관이라는 지위로 보면 당연한 일이다.

〈식조민(食糟民)〉, 술지게미를 먹는 백성들이라는 제목의 칠언고시를 보자. 술은 예로부터 중국에서는 정부의 전매품이다. 술의 원료인 지게미는 농민들이 만든다. 그런데 이렇게 만들어진 술은 정부가 높은 가격으로 판매하고, 원료 생산자인 농민의 입에는 좀처럼 들어오지 않는다. 술을 짜내고 남은 지게미를 팔아 살아가는 것이다. 이런 모순을 관리는 책임감을 갖고 해결해야 한다는 것이 대강의 뜻이다.

田家種糯官釀酒　　榷利秋毫升與斗
백성은 벼를 심고 관리는 술을 빚고
세금은 추호 같아 승과 되로

'전가(田家)'는 백성. '각리(榷利)'는 전매로 거두는 세수(稅收).

酒沽得錢糟棄物　　大屋經年堆欲朽
酒瀐瀡瀡如沸湯　　東風來吹酒甕香
술을 팔아 돈을 얻고 지게미는 버린다
큰집에 해를 거듭해 쌓아 썩게 하고자
술 빚어 부글부글 탕처럼 거품을 내고
봄바람 불어와 술동이 향을 낸다

술동이에 빚은 술은 탕처럼 부글부글 거품을 낸다.

纍纍罌與瓶　　　　　　惟恐不得嘗

官沽味濃村酒薄　　　　日飲官酒誠可樂

不見田中種糯人　　　　釜無糜粥度冬春

매어 있는 술병과 항아리

다만 맛볼 수 없음을 두려워할 뿐

관에서 파는 것은 맛이 짙고 촌에서 파는 술은 옅으니

나날이 관의 술을 마시는 것 실로 즐길 만하다

보지 않았는가 밭에서 벼를 심는 사람

솥에는 묽은 죽도 없이 겨울과 봄을 지내는 것을

그렇게 불쌍한 농민들은,

還來就官買糟食　　　　官吏散糟以爲德

嗟彼官吏者　　　　　　其職稱長民

衣食不蠶耕　　　　　　所學義與仁

仁當養人義適宜　　　　言可聞達力可施

上不能寬國之利　　　　下不能飽民之飢

我飲酒　　　　　　　　爾食糟

爾雖不我責　　　　　　我責何由逃

돌아와 관에 가서 술지게미를 사서 먹으니

관리는 술지게미를 내놓고는 이것을 덕으로 생각한다

아아 저 관리되는 자

그 소임이 백성의 우두머리라고 하는데

옷을 입고 먹는데 누에 치지도 밭 갈지도 않으며

의로움과 어짊을 배우는 바

어짊은 마땅히 사람을 기르고 의로움은 옳음에 맞아야 하니

말은 입신출세할 만하고 힘은 행할 만하다

위로는 나라의 이로움을 넓힐 수 없고

아래로는 백성의 굶주림을 없애지 못한다

나는 술을 마시고

자네는 지게미를 먹는다

자네 비록 나를 책하지 않아도

나의 잘못은 무엇으로 피할 수 있으리오

또 〈학서(學書)〉, 글씨를 배우다라는 제목의 오언고시 2수는 집에 있을 때 얻은 철학이다. 그 두번째 작품을 보자.

學書不覺夜	但怪西窓暗
病目故已昏	墨不分濃淡
人生不自知	勞苦殊無憾
所得乃虛名	榮華俄頃暫
豈止學書然	作銘聊自鑒

글씨 배우느라 밤이 온 것도 모르고

다만 서쪽 창이 어두워짐을 이상하게 여겼네

병든 눈은 이미 침침해지고

묵의 농담도 구분 못하니

인생 스스로 깨닫지 못하고

노고 아무런 원한 없음이니

얻은 것은 헛된 명성

영화는 순식간의 일

어찌 글씨 배우는 것으로 그치리오

명을 지어 조금이라도 스스로를 경계한다

글씨 연습에 열중하여 밤이 된 것도 모르고 서쪽 창이 어두워졌다고 의아하게 생각했을 뿐이었다. 그런데 병든 노안(老眼)은 묵빛의 농담도 제대로 보지 못한다. 왜 글씨 연습에 이렇게 열중하는가 하고 문득 반성하게 된다. 글씨 연습의 의의를 알고 열중하고 있다고 말하기는 어렵다. 단지 무턱대고 글씨 연습을 하고 싶은 것이다. 인생의 다른 행위도 그렇다. 행위의 의의도 알지 못하는데 행위를 위해 노고하고 조금도 애석해하지 않는다. 얻는 것은 헛된 명예일 뿐, '영화(榮華),' 광휘(光輝)가 있는 듯하지만, 광휘는 언뜻 머물다 가는 것에 지나지 않는다. 글씨 연습뿐만 아니다. 스스로를 경계하는 훈계로 삼자.

구양수는 인종의 양자 영종이 치평(治平)의 연호를 가진 4년 동안 재상의 자리에 있었다. 더욱이 그 아들 신종(神宗) 희녕(熙寧) 4년인 1071년, 이전에 집을 사두었던 안휘의 영주(潁州)로 은퇴하여 그 다음 해 윤7월 66세의 나이로 사망한다. 구양수가 이전에 기대를 걸었던 후배 왕안석이 그 기대를 배반하고 강렬한 개혁 정책인 '신법(新法)'을 강행하던 와중이었다.

구양수의 시는 동지인 매요신의 시만큼 섬세하지 않다. 또 그의 애제자 소식의 시만큼 크고 깊지 않다. 또 반발했던 왕안석의 시만큼 예리하지 않다. 또 구양수는 시론가(詩論家)로서 한유를 좋아했을 뿐, 두보를 가볍게 여기고 두보보다는 이백이 뛰어나다고 했는데, 이것은 계몽기 인물로서 인식이 부족했기 때문이라는 지적을 받고 있다. 구양수의 수필집 《필설(筆說)》에 수록된 〈이백두보시우열설(李白杜甫詩優劣說)〉에 보인다.

"두보는 이백의 한 구절을 얻었다. 그러므로 정교하고 강함은 이백을 넘어서지만 천재를 스스로 발휘함에 있어서는 두보가 따라갈 수는 없다〔杜甫於白 得其一節 而精强過之 至於天才自放 非甫可到也〕."

　　그러나 송대의 새로운 시풍의 기초가 된 다각적인 안목, 그 기반을
만든 것은 구양수였다. 〈원산(遠山)〉이라는 제목의 오언절구는 구양수
의 시풍을 상징적으로 보여준다. 시 가운데 '봉(峰)'은 뾰족한 산, '만
(巒)'은 둥근 산.

山色無遠近　　　　看山終日行

峯巒隨處改　　　　行客不知名

산색에는 멀고 가까움이 없고

산을 보면서 하루 종일 길을 간다

봉우리와 언덕 수시로 바뀌지만

지나는 사람은 이름을 모른다

제2절 매요신(梅堯臣)

　　송시의 기반을 마련한 이는 구양수이다. 그러나 고관이기도 했던 구
양수는 정무(政務)로 바빴다. 또 산문의 대가로서 한유가 창시한 자유
문체 '고문(古文)'을 보다 유연하게 자신의 문제로 승화시키고 더 나
아가 새로운 시대의 문체로 만드는 데 바빴다. 또 역사가로서《신당서
(新唐書)》《신오대사(新五代史)》의 저자이며, 고전학자로서《역동자문
(易童子問)》《시본의(詩本義)》의 저자이며, 고고학자로서《집고록(集
古錄)》의 저자라는 식으로, 신문명의 각 분야에 걸쳐 지도적 위치에 있
었던 만큼 시에다 정력을 모두 쏟기란 불가능했다.

　　구양수는 새로운 시의 보다 완전한 성숙을 오로지 시에 전념하는 두
사람의 친구에게 기대했다. 매요신과 소순흠(蘇舜欽)이다.

　　매요신, 자는 성유(聖兪). 관직명으로 부른다면 매도관(梅都官)인데,

관리로서 불우했던 매요신이 최후에 얻은 벼슬이다. 안휘 선성(宣城) 출신. 구양수보다 5세 연상이지만, 두 사람의 교류는 인종 초기 그들이 함께 30세 전후에 서경의 낙양에서 벼슬했을 때부터 시작되었다. 당시 이미 매요신의 시는 대신(大臣)인 왕서(王曙)로부터 "2백 년 이래 이런 작품이 없었다"는 격찬을 받았는데, 그보다 더 감동한 이는 젊은 지방관리였던 구양수였다. 이후 두 사람의 우정은 인종 치세가 끝나는 가우(嘉祐) 5년, 수도를 덮친 전염병으로 매요신이 59세의 나이로 사망할 때까지 변하는 법이 없었다. 때로 구양수는 재상이고 매요신은 상서도관원외랑(常書都官貝外郎), 즉 법무부의 일개 사무관이었다. 매요신의 셋집이 있는 동네의 주민들은 조문하러 온 고관의 수레에 놀랐다. 두 사람이 주고받은 시는 양쪽의 전집에 엄청난 숫자로 나오는데, 구양수는 매요신의 시에 언제나 아낌없는 찬사를 보냈다. 서장에서 언급했듯이 올리브, 감람 열매와 같이 씹으면 씹을수록 맛이 배어 나온다는 말은 그 한 예에 불과하다.

매요신 또한 훌륭한 친구의 북돋움에 보답하듯 오로지 시에 정진(精進)했다. 관리로서 출세를 못하여 매요신의 아내는 "메기가 대나무 막대기에 오르듯이" 벼슬이 좀처럼 올라가지 않는다고 한탄하기도 했다. 그러나 그러한 불우함은 시에 대해 더욱더 가열차게 정진하게 했다. 매요신의 시집 서문에서 구양수는 말한다. "시를 잘하는 사람은 궁하게 해서는 안 되지만, 대부분 궁한 자가 된 다음에야 시가 더욱 교묘해진다〔然則非詩之能窮人 殆窮者而後工也〕." 매요신의 후배인 왕안석은 매요신의 죽음을 애도한 만시(晚詩)에서 매요신의 정진(精進)은 필생의 것이었음을 칭송하여 말한다. "사람들은 모두 젊을 때에는 예리하지만 늙어서는 그렇지 않다. 옹은 홀로 신고(辛苦)하여 쉴 수도 없었다〔衆皆少銳老則不 翁獨辛苦不能休〕."

서장에서도 언급했듯이 매요신의 시는 '평담(平淡)'을 모토로 한다.

그러나 ‘평담’은 마찰(摩擦)을 한 다음에 획득된다. 원래 예민하고 섬세한 신경의 소유자였다. 예를 들어 오언고시 〈문안(聞雁)〉에서 말한다.

濕雲夜不散　　薄處微有星

孤雁去何急　　一聲愁更聽

心應失舊侶　　翅已高靑冥

幾日江海上　　鳧鷗共滿汀

습한 구름은 밤에도 흐트러지지 않고

구름 엷어진 곳에 희미하게 별이 보인다

외로운 기러기 무얼 급하게 가는고

외마디소리 근심하여 귀를 더욱 기울인다

마음은 응당 옛벗을 잃어버리고

날개는 이미 푸른 하늘에 높이 솟아

며칠 후엔 강해 위에서

오리 갈매기와 함께 물가를 채울 것이다

첫번째 부인인 사씨(謝氏)를 여의고 난 다음에 지은 시 〈도망삼수(悼亡三首)〉 〈비애(悲哀)〉 등 죽은 아내에 대한 마음을 연이어 읊는 작품을 읽어보면 이런 인상은 더욱 강해진다.

그러나 매요신은 예민한 신경에서 오는 감상적(感傷的)인 마음에 지배되기를 거부하고 이성과 지성의 도입, 그것을 바탕으로 한 새로운 시를 지었다. 배욱(裴煜)에게 답한 시에서 스스로 그것에 대해 이야기하고 있다. 당신은 내가 시만 짓고 다른 글은 쓰지 않는다고 의아하게 생각하고 비난하고 있다. 그러나 나는 시를 함부로 짓는 것이 아니다. 하잘것없는 시일지라도 고심(苦心)을 한다. 고대 《시경(詩經)》의 대아(大雅)·소아(小雅)와 같이 사회 비평을 하는 시를 짓고 싶다고 생각하고 있다. "말은 천하고 비루할지라도 심히 각고하였으되 아직 이아(二雅)에 미치지도 못하고 지금도 몸을 낮추고 있을 뿐[辭雖淺陋頗剋苦未到二雅未忍損]." 당대 말기의 몇몇 시인처럼 연중 소규모의 풍경 묘사에 몰두하는 것은 나의 태도가 아니다. "어찌 당말 몇몇 시인들처럼 구구한 물상(物像)을 읊으면서 해를 보낼 것인가[安取唐季二三子 區區物象磨窮年]."

또 이 시에서는 시 이외의 글에 대해서는 소홀하게 대한다고 하지만 실은 《손자(孫子)》의 주석(註釋)을 달고, 미완성이지만 《시경》의 주석도 달았으며, 당의 역사에 대해서도 저술한 학자였다. 시적 시선이 감상의 장에만 향한다는 것은 더욱 곤란한 일이었다. 구양수가 그를 위해 쓴 묘지명에서 말한다. "당대 여러 시인이라고 하는 자들의 치우치고 좁고 누추한 것과는 다르다[非如唐諸子號詩人者 僻固而狹陋也]."

이렇듯 매요신은 민감한 감수성을 바탕으로 하면서 시야를 여러 방면으로 넓힌다. 우선 정치에 대한 관심을 읊은 작품이 있다. 〈안빈(岸貧)〉이 그 한 예이다. 〈전가어(田家語)〉〈여분의 빈녀(汝墳貧女)〉 등의 장편도 그렇다. 〈진사(進士)가 차를 판다는 이야기를 듣고[聞進士販茶]〉는 지식 계급의 타락을 꾸짖는 것으로 사회사적 자료로도 유례없는 작품이다.

시야와 소재의 확장과는 반대로 극히 미세한 부분에까지 이른다. 예를 들어 이[슬(蝨)]를 읊은 작품,

貧衣弊易垢	易垢少蝨難
羣處裳帶中	旅升裘領端
藏跡詎可索	食血以自安
人世猶俯仰	爾生何足觀

가난한 옷은 헤어져 때가 덕지덕지

때가 끼었으니 이가 적을 리 없지
바지와 띠 속에 무리지어 있고
가죽옷 소매에도 줄지어 올라간다
흔적을 감추니 어찌 찾을 수 있겠나
피를 빨고 스스로 안락함을 취하니
인간 세상 오히려 내려다보고
너의 삶 무엇으로 족히 볼만하겠는가

처음의 6행은 이에 대해 심한 욕을 하고, 마지막의 2행에서 그러나 머리를 내렸다 올렸다 하는 쩨쩨함은 인간과 똑같다, 그러니 이여, 너의 생애 따위는 더욱더 관찰할 만한 거리도 안 된다. 그래도 이렇듯 아주 미세한 소재를 다루는 것이 의식적이었음은 이 시의 제목이 "사후가 말하기를, 이는 옛날부터 시로 읊어진 적이 없었다고 한다. 나를 꼬셔 이를 읊게 하였다〔師厚云蝨古未有詩邀予賦之〕"라는 것에서 알 수 있다. 사후란 죽은 아내의 조카 사경초(謝景初)이다.

그러나 그의 시가 보여주는 가장 큰 특징은 시적 소재와 태도를 확장하려는 의욕이 자신의 예민한 안목을 일상적인 가정 생활, 우정을 향하여 깊게 파고들면서 종래의 시인들이 관심을 두지 않았던 세부적인 부분에 이르기까지 침투시켰다는 것이다.

예를 들어 〈계숙 머리에 있는 이〔季叔頭蝨〕〉는 죽은 아내가 남긴 아들 머리에 있는 이를 잡으면서 읊은 감회(感懷)이다. "남쪽 이웃에 있는 소사승 밤에 방문하다〔南鄰蕭寺丞夜訪別〕"에서는 지금까지 소원한 관계였던 이웃에 사는 관리가 전임하고자 인사하러 오던 차에 새로운 우정을 맺는 시이다. 모두 이제껏 없었던 작품들이며, 현재 우리들의 문학에서는 개인 소설과 같은 모습을 갖추고 있다. 예를 들어 본다면 "외로운 평상에는 사람이 없고 무릎은 저절로 떨린다〔孤榻無人

膝自搖)," 홀로 사는 사람의 가난한 모습. "어린아이가 고양이 우는 소리를 흉내낸다〔癡兒猫鳴効〕," 쥐를 협박하려고 고양이 우는 소리를 흉내내는 어린아이. 모두 종전의 시인에게는 없는 세밀한 관찰이다.

또 눈을 가정사 밖으로 돌려 변경의 유원지였던 금명지(金明池)를 읊은 시, 노점상이 많은 상국사(相國寺)로 유창(劉敞), 강휴복(江休復)과 함께 오도자(吳道子)의 그림, 양혜지(楊惠之)의 소상(塑像)을 보러 간 시, 그곳에 있는 늙은 잣나무 아래 노점을 하는 노인한테 묵을 산 시, 매화를 팔러 오가는 장사꾼을 보고 읊은 시, 채소·여뀌 등 야채를 파는 시, 구양수한테 여름 선물로서 얼음을 받은 시, 유창에게 생강절임을 받은 시, 구양수·왕수(王洙)·한강(韓絳)·오규(吳圭)가 함께 찾아왔는데 부재중이었던 것을 사과하는 시, 범진(范鎭)을 방문했더니 부재중이라 명함만 놓고 집에 돌아오니 자기 집에 범진이 찾아왔더라는 시 등 11세기 전반 변경의 현실을 소재의 일단으로 다루어 이렇게 종횡으로 옮기고 있다.

이리하여 매요신의 시는 구양수와 보조를 맞추면서 언제나 구양수보다도 치밀하며 보다 많은 향기를 품고 있다. 그렇게 해서 11세기 전반 제일의 시인이 된 것이다. 구양수가 쓴 묘지명에 시명(詩名)이 높아지면서 시를 찾는 사람들이 늘어나 매요신을 곤란하게 했다는 취지를 이야기하는데, 그로 인해 위축되었다고 느껴지는 작품은 현재 전하는 2천8백 수 가운데 그다지 없다.

구양수의 《시화(詩話)》에 언젠가 한 매요신의 말을 실으며 다음과 같이 말한다. '평담'의 안에 깃들어 있는 고심(苦心)을 보여주는 것이다.

"시인은 시의(詩意)를 따를지라도 조어(造語)하기 또한 어렵다. 만약 시의가 새롭고 시어(詩語)도 교묘하여 전인(前人)이 아직 얻지 못한 바를 얻었다면 이것을 좋다고 해야 할 것이다. 반드시 표현하기 어려운 정경을 표현하여 눈앞에 있는 것처럼 하여 다하지 못한 시의를 품어

언외(言外)에 드러내게 한다. 그런 연후에 도달할 수 있다〔詩家雖率意
而造語亦難 若意新語工 得前人所未道者 斯爲善也 必能狀難寫之景如
在目前 含不盡之意見於言外 然後爲至矣〕.”

제3절 소순흠(蘇舜欽)

매요신과 함께 구양수가 추천하고 비호한 시인으로 소순흠이 있다.
자는 자미(子美), 시는 매요신은 물론이고 구양수에도 미치지 못한 듯
하다. 재상인 소이간(蘇夷簡)의 손자이며 재상인 두연(杜衍)의 사위이
기도 한 귀공자였다. 진주원(進奏院)의 관리였을 때 쓰지 않는 그곳의
물건을 판 돈으로 기생들을 불러 논 일로 반대당의 탄핵을 받아 실각
되고 멀리 강소(江蘇)의 소주(蘇州)에 별장을 사서 ‘창랑정(滄浪亭)’이
라고 이름 짓고 그곳에 머물다가 41세의 젊은 나이에 죽었다. 이상이
대략적인 전기(傳記)인데, 군사론(軍事論)을 매우 좋아한 것으로 보아
약간 경솔한 성격이 있었던 듯하다. 호걸(豪傑) 기미가 있는 인물로 보
인다. 〈남조(覽照)〉, 거울 앞에서라는 제목의 칠언율시는 소순흠의 자
화상이다.

鐵面蒼髯目有稜　　世間兒女見須驚
心曾許國終平虜　　命未逢時合退耕
不稱好文親翰墨　　自嗟多病足風情
一生肝膽如星斗　　嗟爾頑銅豈見明

철 같은 얼굴 푸른 수염 눈에는 위엄이 있으니
세가의 아녀자가 본다면 모름지기 놀랄 것이다
마음은 일찍이 마침내 오랑캐를 평정하고자 나라에 윤허를 구하고

운명은 아직 때를 만나지 못하여 물러나 밭갈고 있네
글을 좋아하고 한묵과 친하다고는 할 수 없어
스스로 탄식하네 잦은 병에 풍정만 넉넉함을
평생의 마음 북두칠성과 같으니
아아 어리석은 거울이 어찌 보고 밝힐 수 있겠는가

‘로(虜)’는 당시 송나라의 두통거리였던 요(遼)와 서하(西夏). ‘명(命)’은 운명. ‘칭하지 않는다’는 상응하지 않는 것, ‘한묵(翰墨)’은 문학, ‘풍정(風情)’은 풍류의 마음. ‘어리석은 동(銅)’은 즉 거울. 또 송대의 뛰어난 칠언절구로서 전송되는 작품이 있다.

春陰垂野草青青　　時有幽花一樹明
晚泊孤舟古祠下　　滿川風雨看潮生
봄 그늘 늘어진 들에 풀을 푸릇푸릇
때로 그윽한 꽃 한 그루 밝게 피어나네
늦은 밤 오랜 절 밑에 떠 있는 외로운 배
온산에 내리는 비바람에 물결치는 것을 본다

〈날이 저물어 독두에서 머물며〔淮中晚泊犢頭〕〉라는 제목이다. 중앙에서 쫓겨나 남쪽에 있는 소주로 향하는 도중에 쓴 작품일 것이다.

제4절 범중엄(范仲淹), 한기(韓琦), 소옹(邵雍)

이 장을 설명하기 위해 몇 가지 사실을 덧붙여 말한다. 11세기 전반의 시는 구양수·매요신 내지 소순흠이 독점한 것은 아니다. 정치와 문화의 지도를 일치시키려는 새로운 문명의 이념은 구양수와 함께 정부 요인이었던 '명신(名臣)'들도 시인으로서의 업적을 남기고 있다. 범중엄·부필·문언박·한기 모두 자신들의 전집에서 정치론을 중심으로 하는 산문들과 함께 시도 남기고 있다.

예를 들어 범중엄, 자는 희문(希文), 휘호는 범문정공(范文正公)은 가장 나이가 많은 선배이며 명성이나 역량 모두 뛰어났다. 〈야색(野色)〉이라는 제목의 오언율시는 매요신의 시론에서 말하는 "표현하기 어려운 정경을 표현"했다는 작품이다.

非烟亦非霧	冪冪映樓臺
白鳥忽點破	殘陽還照開
肯隨芳草歇	疑逐遠帆來
誰會山公意	登高醉始回

연기도 아니고 안개도 아니고

영루대에 덮혀 있는 것

백조는 느닷없이 한 점 깨트리고

지는 석양 도리어 빛을 더한다

굳이 향기로운 풀 따라다니랴

의심컨대 먼 돗단배 따라 온 듯싶네

누가 알리오 산공의 뜻을

산에 올라 취해야 비로소 내려올 것을

'멱멱(冪冪)'은 뭉게뭉게 피어오르는 모습의 의태어. '산공(山公)'이란 4세기 진(晉)나라 명신이었던 산간(山簡). 적국과 대치하는 국경부대의 사령관으로 종종 야외에서 잔치를 열고 여유를 보여 인심을 안정시켰다. 그와 같이 범중엄도 서하와 대치하는 국경부대의 사령관이었지만, 봄날 아지랑이를 내려다보는 약간 높은 산에서 막료(幕僚)와 함께 술에 취하는 그 진의(眞意)를 알아 주는 사람이 있을 것인가 하며 봉사자로서의 책임감을 암시하는 구절로 마무리하고 있다. 다만 범중엄의 경우, 가장 나이가 많았던 만큼 시도 한 시대 전인 '서곤체'의 영향에서 벗어나지 못하고 있다.

그에 반해 구양수와 나란히 인종 후기의 중신이었던 한기, 자는 치규(稚圭), 벼슬로 부른다면 한위공(韓魏公), 휘호로 부른다면 한충헌공(韓忠獻公)의 경우에는 시도 완전히 새로운 스타일이다. 〈고열(苦熱)〉이라는 제목의 오언고시를 보자.

皇祐辛卯夏　　　六月朔伏暑
始伏之七月　　　大熱極炎苦

황우 신묘년 여름
유월 삭망일 복서
복날이 시작된 지 칠일
대열은 뜨거움의 고통을 다한다

황우 신묘는 인종 황우 3년인 1051년. 음력 6월 1일은 경신일이며 이른바 '삼복' 더위의 첫날인데 그로부터 7일째, 즉 음력 6월 7일은 진원씨(陳垣氏)의 이십사삭윤표(二十四朔閏表)로 계산하면 양력 7월 7일에 해당한다.

赫日燒扶桑　　　熖熖指亭午
陽烏自蕉鑠　　　垂翅不西擧

타오르는 해는 부상나무를 태우고
활활 정남향을 가리키고 있네

태양 속의 까마귀 스스로 녹아들고
날개를 드리고 서쪽으로 날아가지도 못한다

‘부상(扶桑)’은 해가 떠오르는 동방의 바다 속에 있다는 전설의 나무. 그것을 태워왔다고 생각되는 태양은 지금 활활 불길을 태우면서 ‘정오(亭午),’ 정오의 위치인 정남향을 가리키고 있다. ‘양조(陽鳥)’는 태양 가운데 산다는 전설의 까마귀. 그 까마귀도 자신의 몸을 태워 없앤 듯 무거운 날개를 드리우고 서쪽으로 날아가려고 하지 않는다. 운행을 멈추고 꼼짝없이 정남향에 머무르고 있다. 이런 착상과 표현은 놀랍도록 뛰어나다.

炙翻四海波　　　天地入烹煮
蛟龍鼠潭穴　　　汗喘不敢雨
雷神抱桴逃　　　不顧車裂鼓

구워서 사해의 파도를 뒤집으면
천지도 삶아지고 구워지네
교룡은 바위집에 숨어서
땀흘리며 허덕여도 비 내려줄 생각도 없다
천둥신은 마룻대를 잡고 도망가고
수레북을 찢는 것도 뒤돌아보지 않는다

비를 내려야 하는 용도 바위집에 땀에 젖어 도망쳐 들어앉아 있고, 태고가 부서지는 것도 상관하지 않는다.

豈無堂室深　　　氣鬱如炊釜
豈無臺榭高　　　風毒如遭蠱

어찌 당실 깊음이 없으리오

기분 우울함이 밥짓는 가마솥 같으며

어찌 대사의 높음이 없으리오

바람의 독은 독기를 만난 것 같다

‘고(蠱)’는 전염병을 퍼뜨리는 독기(毒氣).

直疑萬類繁　　　盡欲變脩脯

온갖 것이 번성하는 것 곧바로 의심하고

모두 말린 고기로 바뀌려 한다

‘수포(脩脯)’는 훈제한 말린 고기. 만물의 여러 모습이 모두 말린 고기가 되는 것 같다는 표현은 평범한 시인이 내놓을 수 있는 표현은 아니다. 여기서 시는 방향을 바꾼다.

嘗聞崑閬間　　　別有神仙宇

雷散滌煩襟　　　玉漿淸濁腑

일찍이 듣기로 곤랑 사이에

신선이 사는 집이 있다는데

천둥은 번뇌에 쌓인 마음을 씻어 내리고

옥같은 미음은 탁한 배를 깨끗하게 해준다

‘곤(崑)’은 곤륜산, ‘랑(閬)’은 낭풍산(閬風山), 모두 신선이 살고 있다는 전설적인 지명. ‘옥장(玉漿)’은 경옥(硬玉)으로 만든 시원한 주스. ‘뇌산(雷散)’은 미상(未詳). 그곳으로 날아가고 싶다고 생각하다가 시는 다시 방향을 바꾼다.

吾欲飛而往　　　　於義不獨處
安得世上人　　　　同日生毛羽

나는 날아서 가려고 해도
의로움에 홀로 처하지 않았으니
어찌 세상 사람들이
한날에 날개가 생길 수 있으리오

　공상의 세계로 공상하는 피서, 그러나 그것은 나 홀로 한다면 공상 속의 일은 될지언정 도의(道義)에 어긋난다. 어떻게든 사람들이 모두 함께 날개를 펼쳐서 그곳으로 갈 수는 없을까. 이러한 마무리는 두보의 “띠집에 부는 가을바람에 깨지듯 탄식한다〔茅屋秋風破歎〕”는 노래의 결말과 닮아 있으며, 또 이 구절과 연결되어 있겠지만 두보의 시구에 전혀 뒤떨어지지 않는다. 황우 3년, 한기는 이미 중신(重臣)이었다. 그런 지위에 있는 사람의 발언인 만큼 특히 귀중하다 할 것이다.

　또 당시 관계(官界)의 분위기를 보여주는 칠언절구가 한유(韓維), 자는 지국(持國)의 시에 있다. 한유는 아버지 한억(韓億), 형 한강과 함께 관계의 인물이며, 구양수·매요신·소순흠·사마광(司馬光)·왕안석 등과 함께 시를 주고받고 있는데, 시는 변중모(卞仲謀)라는 인물이 간사가 되어 열린 ‘팔로회(八老會)’에서 지은 작품이다.

同榜同僚同里客　　　班毛素髮入華筵
三杯耳熱歌聲發　　　猶喜歡情似少年

한날 급제한 동료이며 동향인 손님
반백에 흰머리 화려한 잔치에 앉아 있다
석잔 술에 귀에 노랫소리 뜨겁게 나오고
기쁨의 정을 나누는 소년처럼 더욱 기뻐하네

'동방(同榜)'은 같은 해에 진사(進士)로 급제한 것을 말한다. 지금으로 말하자면 대학동기의 졸업. 더구나 관리로 같은 부서에 근무하고 또 동향이기도 한 여덟 명의 동료, 지금은 '반모(班毛),' 즉 반백인지, '소발(素髮)' 흰머리이지만, 젊어서 진사에 급제했을 무렵과 똑같은 원기를 서로 자랑한다. 지금 정계·재계·학계의 요인들이 고등학교 동창회에서 옛날의 교가를 부르는 것과 흡사하다. 다른 부분은 당시의 요인들은 실무가이면서 때로는 좋은 실무가 자격으로 시도 지었다는 것이다.

더욱이 이 시기에는 이미 전전(前前)의 사람인 임포와 같이 민간인으로 생을 마쳤던 시인이 그다지 없었는데, 이것은 시를 지을 수 있을 정도의 재능이 있는 인물이라면 과거를 쳐서 관리가 되는 길이 넓게 열려져 있었기 때문이었다.

만약 이 시기의 민간인 시를 찾는다고 하면 서장에서 언급한 소옹, 자는 요부(堯夫), 휘호는 강절선생(康節先生)의 《격양집(擊壤集)》이 색다른 인물의 색다른 시집으로 있다. 평생 낙양에 은거하고 자신의 집을 '안락와(安樂窩)'라고 이름 지었다. 〈안락와 앞의 부들과 버드나무를 읊다〔吟安樂窩前蒲柳〕〉에서 말한다.

安樂窩前小曲江　　新蒲細柳年年綠
眼前隨分好光陰　　誰道人生多不足
안락와 앞 소곡강
신포의 버드나무 해마다 푸르러지는구나
눈앞에 펼쳐지는 대단히 훌륭한 세월
누가 인생에 부족함 많다고 말할 수 있으리오

또 〈환희음(歡喜吟)〉이라는 제목으로,

歡喜又歡喜　　喜歡更喜歡
吉士爲我友　　好景爲我觀
美酒爲我飮　　美食爲我餐
此身生長老　　盡在太平間

환희 또 환희

환희 더욱 환희

훌륭한 선비는 나의 벗

좋은 경치는 나의 볼거리

맛있는 술은 나의 마실거리

맛있는 음식은 나의 반찬

이 몸 오래 살아

태평세월을 다 누리리라

몇백 수나 되는 시가 모두 〈하하음(何何吟)〉이라는 제목이다. 마지막에는 '병이 깊어져서 읊음〔吟病極〕,' 위독의 노래.

生于太平世　　長于太平世
老于太平世　　死于太平世
客問年幾何　　六十有七歲
俯仰天地間　　浩然無所愧

태평세월에 태어나

태평세월에 자라나

태평세월에 늙어가고

태평세월에 죽는다

손님이 몇 살인가 묻길래

육십칠세라 답하네

천지 사이를 내려보고 올려보니
호연함이 부끄러울 바 전혀 없네

　전문적인 시인의 입장에서 보면 너무도 노골적으로 드러나는 철학적 표현이며, 시적인 단련이 부족한 일면이 보인다. 그러나 이론투성이 시는 송시에 늘상 있어온 면모이다. 이론을 좋아하는 송시의 면모가 거침없이 연장되어 있는 작품이라고 보면 된다.

　또한 북송시대의 서경인 낙양은 조용한 은둔지였던 듯, 그곳에 산 시인은 소용밖에 없었다. 그리고 다음 시대에 활약하는 당대 '명신' 가운데 가장 인격이 고매하다는 사마광(司馬光), 즉 사마온공(司馬溫公)이 왕안석의 '신법'에 반대하면서 휴직한 신분으로 불우의 명저 《자치통감(自治通鑑)》 294권을 완성한 것은 낙양에 있을 때였다. 사마광의 시집도 그의 인격처럼 고결(高潔)하다는 평이다.

제3장

11세기 후반 북송 후기

제1절 왕안석(王安石)

11세기 전반의 시, 혹은 문명 전체의 지도자였던 구양수는 당연한 일로 자신이 구축한 새로운 문명의 체제를 다음 시대에 이끌고 나갈 후계자를 찾았다. 그리하여 두 명의 수재에게 자신의 바람을 기탁했다. 한 사람은 왕안석이며, 다른 한 사람은 소식이다.

두 사람은 과연 다음의 반세기, 즉 11세기 후반의 시 또는 정치를 둘러싼 문명의 지도자가 되었으며 주재자가 되었다. 다만 두 사람의 길이 같지 않았다. 왕안석은 구양수에게 반발했으며, 소식은 구양수를 본받았다. 그러나 두 사람은 모두 구양수를 능가하는 시인으로 성장했다. 특히 소식은 북송 최대의 시인이었다. 그러나 왕안석 또한 북송시의 대가이기도 했다.

왕안석, 자는 개보(介甫), 호는 반산(半山), 작위는 형공(荊公), 휘호는 문공(文公)이다. 왕안석의 혁신적인 정책은 금세기 역사가로부터 위대한 정치가라는 평가를 얻고 있다. 그러나 최근까지의 평가는 오히려 그 반대였다. 너무도 혁신적인 정책이었기 때문에 교만하고 과격하며 비상식적인 정치가라는 평가가 왕안석 다음 세기인 12세기 남송 이후부터 금세기초인 정치가로서의 훼예포폄(毀譽褒貶)은 둘째로 치고 시인으로서의 명성은 남송 이후부터 흔들림이 없었다. 왕안석의 전집 《임천선생문집(臨川先生文集)》 가운데 37권은 시이며, 고시 약 4백 수, 율시 및 절구가 약 1천 수를 싣고 있다.

왕안석은 인종의 치세가 시작되는 전해인 1021년에 태어나 인종 치세 21년째인 경력(慶曆) 2년인 1042년 22세 때 8백39명 가운데 4위라는 좋은 성적으로 진사가 되었다. 당시 이미 고관이었던 구양수와는 14세 차이가 있었으며, 진사로서는 12년 후배인 동향의 수재였다. 구양수는 왕안석을 주목하고 중앙의 좋은 자리에 앉혀야 한다고 생각하여 다방면으로 노력했다. 그러나 왕안석은 오히려 냉담한 태도만 취했다. 구양수가 정권을 잡고 있던 인종의 치세가 끝날 때까지 자진해서 자주 지방관이 되었다. 지방관의 봉급이 더 좋다는 변명을 하면서 또 공부할 여유가 있기 때문이라고도 했다. "어찌 내가 백성을 능히 다스릴 수 있을 것인가, 한벽(閑僻)한 곳에서 벼슬을 한다면 여유가 있을 것이다〔豈吾能治民 閑僻庶可偸〕."

그러나 왕안석에게는 다른 마음이 있었다는 생각이 든다. 구양수와 같은 선배들이 유가의 우위를 회복하고 새로운 문명의 체제를 정리한 것에 대해서는 높이 평가하고 있다. 그러나 전혀 실천적이지 않다. 고대 유학자들이 이상으로 생각했던 요순(堯舜)의 시대 내지는 하(夏)·은(殷)·주(周)의 치세에는 백성들의 행복을 가장 중요한 것으로 생각하는 정치가 행해졌다. 선배들은 그것을 재현하고자 노력하려는 의지가 부족하다. 그런 의문과 혐오감은 지방관으로서 근무하면서 얻은 백성과의 접촉을 통해 한층 더 깊어졌을 것이다.

그 무렵의 시로서 대지주의 대토지 소유를 의미하는 〈겸병(兼幷)〉이란 제목의 오언고시에 "삼대의 옛날에는 백성을 자식처럼 생각하여 공사 모두 재물을 달리하지 않았다〔三代百姓子 公私無異財〕"라는 것은 사유재산이 없었던 고대제도를 찬미한 것이며, 기근 대책으로서 상평

창(常平倉)의 개방을 의미하는 〈발름(發廩)〉이란 제목의 오언고시에서 "후세는 옛날로 돌아가지 않고 빈궁함은 겸병에 기인한다(後世不復古 貧窮主兼垃)"는 것은 고대의 제도로 복귀하여 '겸병'을 배제하고 빈궁한 백성을 구하고 싶다는 뜻이다.

그러나 이런 이상을 이해해 주는 동지는 드물었다. 친구인 오계야에게 답한 칠언율시(次韻吳季野再見寄)에서 말한다.

衣裘南北弊風塵　　志格卑汚已累親
流俗尙疑身察察　　交遊方笑黨頻頻
遠同魚樂思濠上　　老使鷗驚恥海濱
邂逅得君還恨晩　　能明吾意久無人

옷도 가죽옷도 남북으로 떠돌다가 풍진에 다 헤지고
뜻은 더욱 더럽혀져 이미 부모에게 미친다
속인들은 오히려 내 몸이 깨끗한가를 의심하고
친구들은 당파에 치우친 잦은 행동을 비웃는다
멀리 물고기의 즐거움을 나누고자 해자 위를 생각하고
늙은이 갈매기 놀라게 하여 바닷가를 부끄러워한다
그대를 늦게 만남이 오히려 한스러우니
내 뜻을 알아 주는 이 오랫동안 없었다네

상의도 외투도 남으로 북으로 여기저기 전근다니던 동안 바람에 찢어지고 먼지에 찌들었으며, 마음가짐인 '지격(志格)'도 '비오(卑汚),' 즉 비열해지고 부모에게 근심을 끼칠 듯싶다. '찰찰(察察)'은 과도한 결벽을 말하는 의태어로서 《초사(楚辭)》에도 보인다. '유속(流俗),' 즉 속인들은 나의 '찰찰' 함을 더욱 의심의 눈으로 지켜보고 있으며, '교유(交遊),' 즉 친구들은 내가 당파적인 행동을 자주 한다고 비웃는다.

게다가 벼슬을 그만두고 은둔하고 싶은 마음이 없는 것도 아니다. 장자(莊子)와 혜자(惠子)라는 고대 철학자는 해자(垓子) 위에 있는 낚시터에 놀러가 올라오는 물고기를 들여다보며 물고기의 즐거움에 대해 의론을 나누었지만, 나도 물고기가 되고 싶다는 생각이 없는 것도 아니다. 또 마찬가지로 《장자》에 보이는 이야기로 바닷가에서 갈매기와 사이좋게 놀고 있던 아이가 어느 날 아버지한테 한 마리 잡아달라는 말을 듣고 평상대로 바다에 나가 보니 갈매기는 이미 한 마리도 다가오지 않았다는 설화가 있지만, 나도 갈매기를 놀라게 하는 일만 하고 있다. 말하자면 일거수일투족이 물의를 일으키는 것이 바닷가의 아이와 비교해 보아도 부끄럽다. 차디찬 그런 시선을 느끼는 나, 그것이 '해후(邂逅)' 뜻하지 않게 오군(吳君)을 알게 되었다. 너무 늦게 알게 된 것이 아쉽다. 나의 참뜻을 명료하게 이해할 수 있는 인물에게 아주 오랫동안 나는 만난 적이 없다.

또 다음의 오언고시는 그 무렵의 심경을 상징적으로 노래한 작품으로 해석된다(〈황국유지성(黃菊有至性)〉).

團團城上日　　　秋至少光輝
積陰欲滔天　　　況乃草木微
黃菊有至性　　　孤芳犯羣威
采采霜露間　　　亦足慰朝飢

둥글게 떠오른 성 위의 달
가을 깊어지니 빛은 퇴색하네
차가운 공기는 하늘을 뒤덮으려 하니
하물며 초목이 시드는 것이랴
노란 국화는 순수한 성품이 있고
외로운 꽃은 무리의 위엄을 범하려 한다

서리 이슬 맺힌 동안 따고 또 딴다면
또한 아침의 기갈을 족히 채울 수 있을 것이네

'단단(團團)'은 희미하게 빛나는 태양을 표현한 것. 처음의 네 구절은 국가의 역사가 표면적인 평화에 도취되어 있지만, 사실은 가을의 조락(凋落)하는 시기에 들어서고 있음을 상징적으로 노래한 것이다. 차가운 공기 '적음(積陰)'은 세계를 지배하고 있다. 특히 '초목(草木),' 그것은 힘들어 일하는 백성들을 비유하는데, 그 백성들을 호되게 몰아치고 있다. '군위(群威)' 온갖 압력에 저항하면서 '지성(至性)' 순수한 천성을 갖고 홀로 향기롭게 꽃을 피우는 국화란 자기 자신을 비유하고 있는 것이 분명하다. 국화꽃잎, 그것은 고대 초사의 시인이 가장 고귀한 음식물로서 노래한 것이다. 그것을 차디찬 서리와 이슬 속에서 딴다. 아침의 배고픔을 채우기 위하여.

　지방 근무만을 하고 있었던 것은 아니다. 서울에서도 관리 생활을 하고 있었다. 동료들은 종종 연회를 열었다. 그러나 왕안석은 언제나 참석하지 않았다. 사람이 와도 술을 내지도 않고 벽에 책이 산더미처럼 쌓여 있을 뿐이다. "나의 관직은 조정에 있지만 술은 자주 하지 않는다. 시서는 창문벽을 향해 있어 손님이 와도 나눌 술잔도 없다〔我官雖在朝 乃不數得飮 詩書向墻戶 賓至無盃杓〕." 고관들의 저택에 문안 가는 경우도 없었다. "사람들은 아부를 잘하는 것을 좋아한다지만, 나는 홀로 청알(請謁)하기를 게을리한다. 특히 권세가를 소홀하게 대하니 모든 일이 또한 이미 하찮다〔人情甘阿諛 我獨倦請謁 尤於權門疎 萬事亦已拙〕." 청알은 예의적인 방문을 의미한다.

　왕안석이 구양수를 처음 만난 것은 서울에서 벼슬하는 한 관리의 자격으로 가우 원년 36세 때 군목판관(郡牧判官)이 되었을 때였다. 구양수는 첫대면의 기쁨을 "언제나 이름만 듣고 안면을 트지 못한 것을 애

석하게 생각했다〔常恨聞名相不識〕"라고 읊고, 더욱이 "앞으로 누가
그대와 앞을 다투겠는가〔後來子先爭〕"라며 자기의 후계자로서의 바람
을 기탁하고 있다. 그러나 왕안석으로서는 의례적인 경의만을 표할 따
름으로 정계와 문단의 장로를 대하는 것이 가까이 하지도 않고 멀리 하
지도 않는 태도만을 취했다.

드물게 보는 청렴한 인물이라는 평판이 이상한 사람, 고집 센 사람
이라는 소문과 함께 널리 퍼졌다. 봄날 궁중의 연례행사인 '상작조어
연(賞作釣魚宴)'에 초대받았을 때 황금잔에 담은 물고기 먹이를 알지
못하고 먹었다는 이야기, 인종황제가 그 이야기를 듣고 한 번 먹고 잘
못 되었다고 알면 먹지 않았으면 되는데 전부 먹었다니 고집이 센 남
자라고 비평했다는 이야기, 더러운 옷을 입고 있는 것을 너무도 '사람
들의 눈을 생각하지 않는' 비상적인 행동이라고 하여 사람들의 경고
로 삼고자 지은 것이 소순(蘇洵)의 유명한 문장 〈변간론(辯姦論)〉이라
는 이야기 등이 반대당에 의해 날조된 가능성을 갖고 있으면서도 전해
지고 있다.

왕안석은 초조감과 고독 속에서 나이를 느끼는 연령이 되었다. 어릴
적 친구인 등자의(鄧子儀)에게 준 칠언율시 〈차운수등자의이수(次韻酬
鄧子義二首)〉 1수에서 말한다.

清溪相値各青春　　老去臨流輒損神

事事只隨波浪去　　年年空得鬢毛新

論心未忍遺橫目　　干世還憂近逆鱗

嘉句感君邀我厚　　自嗟才不異常人

푸른 시내에서 서로 만나니 제각기 청춘

늙어감에 흘러가는 물결을 보니 마음 서글퍼진다

모든 일은 물결 따라 사라지고

해마다 헛되이 귀밑털만 세어지네
마음을 털어놓아도 아직도 색안경 견디지 못하고
세상과 뒤섞여 또 역린을 살까 두려워하네
아름다운 시구 자네가 나를 맞이하는 것 깊이 느끼며
스스로 탄식한다 재주 보통 사람과 다르지 않음을

‘청계(靑溪)’란 왕안석이 어릴 시절을 보낸 남경의 지명이다. 그곳에서 당신을 알았을 무렵은 둘 다 청춘이었다. 다음의 제2수에서는 “손에 새로 난 부들을 꺾어 언제나 함께 엮었다〔金陵邂逅府東偏 手得新浦每共編〕”며 어릴 적의 추억을 이야기한다. 그러나 지금 나도 시간이 흘러가는 상징인 강물의 흐름을 마주하고 정신을 소모하는 나이가 되었다. 모든 일은 강물의 물결과 함께 흘러가 버리고, 해마다 귀밑털 흰머리는 늘어만 간다. 그러나 나의 깊은 마음속을 터놓는다면 아무래도 포기하기 어려운 일이 하나 있다. 그것은 눈이 옆으로 달려 있는 한, 인간은 모두 하나라고 고전에서 말하는 백성들이다. 백성들을 구제하기 위해 나는 세상일에 간섭한다. 덕분에 ‘역린(逆鱗)’ 천자의 노여움을 산 것 같은 기분이 들었다는 것은 인종황제에게 장편의 편지 이른바 〈만언서(萬言書)〉를 바친 것을 말한다. 당신에게 받은 시에는 아름다운 시구가 있어 나를 이렇게도 두터이 대해 주신다는 것, 감사하기 그지없지만 나는 보통의 인간과 다른 특별한 재능을 가진 자는 아니다.

지루한 인종의 오랜 치세의 끝, 또 그뒤를 이은 병약한 영종의 짧은 치세 후에 20세의 청년인 신종황제가 희녕(熙寧)이란 연호와 함께 즉위했다. 49세가 되는 왕안석이 정부의 수반인 참지정사(參知政事)에 발탁되어 오랫동안 가슴에 품어 간직했던 혁신 정책을 농민의 구제와 국방의 강화를 중심을 ‘신법’이란 이름 아래 실행한 것은 이미 알려진 바이다. 구양수와 한기, 부필 등 이전에 왕안석을 열렬하게 지지했던 선배들은 모두 불쾌해졌다. 선배들의 불쾌함, 그것은 최근까지 계승되어 왕안석에 대한 불평이 되었다. 물론 금세기에 일전하여 높은 평가를 받지만, 왕안석은 선배들에게 구애받지 않았다. 왕안석은 구양수를 "군(郡)에 있으면 그 군을 망치고, 조정(朝廷)에 있으면 조정을 망친다"는 인물로 신종황제에게 진언했다는 기록이 역사서에 있을 정도이다.

선배들에 대한 반발은 정치뿐만 아니었다. 문학에서도 그랬다.

왕안석도 구양수처럼 한 시대 전의 '서곤체' 시를 어리석은 것으로 생각했음은 젊었을 무렵의 문장 〈장형부시서(張刑部詩序)〉에 보인다. 그래서 사상이 있는 시를 원했다. 앞서 언급한 〈겸병〉〈발름〉 등이 정치론을 전개하고 당의 한산습득(寒山拾得)을 모방한 시 등이 철학론을 전개하는 것은 구양수에 의해 점화된 방향의 연장이며 확장이었다. 그런 점에서 왕안석도 북송의 시인이었다.

그러나 한편 왕안석은 구양수가 시도해 본 논리와 서술을 시에 도입하고, 그것이 시문학이 본래 가져야 할 서정성을 감소시키지 않는가 하는 위구심을 품고 있었다. 그래서 그런 점에서도 구양수에게 반발했다.

우선 왕안석은 구양수가 무조건적으로 추천한 한유에 대해서 비판적이었다. 왕안석이 한유를 비평한 칠언절구 〈한자(韓子)〉에서 말한다.

紛紛易盡百年身　　擧世何人識道眞
力去陳言誇末俗　　可憐無補費精神
어수선하게 지내버리는 백 년 인생
온세상에 도의 참됨을 아는 이 몇 명 있을까
일부러 진부한 언어를 버려 속인들에게 자랑하지만
정신을 허비해도 보상 없음이 가련하구나

백 년이라는 짧은 인생, 진리를 아는 사람이 드문 사회, 게다가 한유가 한 일이란 단지 언어면에서의 진부한 표현을 버리고 속인을 놀라게 하는 일에 머물렀다. 쓸모없는 노력이었다. 그런 식으로 읽을 수 있다. 간접적으로는 구양수에 대한 비판이었을지도 모른다.

전대의 시인 가운데 왕안석이 존중하는 인물은 따로 있었다. 두보였다.

왕안석 이전에 두보의 지위는 여전히 불안정했다. 구양수조차 두보를 반드시 좋아하지는 않았다는 것을 앞서 언급했다. 그런데 왕안석은 두보에게 절대적인 존경심을 갖고 있었다. 〈두보의 화상〔杜甫畵像〕〉이라는 제목의 고시에서 "내가 보건대 소릉(少陵)의 시는 원기를 얻었다고 할 수 있다〔吾觀少陵詩 爲與元氣侔〕." 즉 우주의 에너지와 동일하다는 말로 시작하여 "바라건대 공을 죽음에서 일으켜 공을 따라 놀리라〔願起公死從之遊〕"로 마무리하고 있다. 현재 두보를 고금에 둘도 없이 뛰어난 시인이라는 인식은 왕안석에 의해 처음 제시된 것이다.

왕안석의 율시는 두보의 시를 현저하게 배우고 있다. 예를 들어 불우한 시대의 작품인 오언율시 〈여사(旅思)〉에서

此身南北老	愁見問征途
地大蟠三楚	天低入五湖
看雲心共遠	步月影同孤
慷慨秋風起	悲歌不爲鱸

이몸 남북으로 떠돌며 늙어가고

근심으로 앞날을 묻는다

땅은 커서 삼초를 둘러싸고

하늘은 낮아 오호로 들어간다

구름을 보니 마음과 함께 멀어지고

달그림자 밑에서 걸어보니 외로움이 밀려든다
가을 바람 부는 것을 강개하여
슬픈 노래 부르는 것은 농어를 위해서가 아니라네

"지대(地大)" 땅은 크고 하는 일련은 "자미(子美)의 구법(句法)을 얻
었다"고 북송 말기의 당경(唐庚)이 지적하지만, 다음의 연도 두보의
"편운천공원(片雲天共遠), 영야월동고(永夜月同孤)"를 의식한다.
　왕안석이 두보를 존경한 것은 본디 백성을 사랑하는 시인이었기 때
문이었음은 말할 것도 없다. 그러나 두보가 더불어 갖고 있는 서정성
을 존경하는 일면도 있었다. 더욱이 두보와 이백의 우열에 대해서 왕
안석은 구양수와 의견을 달리 했다. 앞서 언급했듯이 구양수는 이백
의 자유로움을 들어 두보를 눌렀음에 비해 왕안석은 일찍이 《사가시
선(四家詩選)》을 뽑아 두보·구양수·한유·이백의 순서로 이백을 맨
뒤에 올린 이유를 이렇게 들었다. 이백의 시는 "식견오하(識見汚下)"
이며, "10수 가운데 9수는 부인과 술을 읊는다"는 평을 했다고 평론집
《초계어은총화(茗溪漁隱叢話)》에서 인용하는 〈종산어록(鍾山語錄)〉
에 보인다. 원래 이백을 그렇게 말하는 것은 함축(含蓄)이 부족하다는
흠이 있다는 것인데, 남송의 시인 육유가 쓴 수필 〈노학암필기(老學庵
筆記)〉에는 "의심컨대 형공의 말이 아니다"라는 의심을 하고 있다.
　두보뿐 아니다. 넓게는 당시에 대해 당시의 서정성을 재검토하고 싶
다는 마음이 왕안석에게는 있었다. 왕안석이 편집한 《당백가시선(唐
百家詩選)》은 친구 송민구(宋敏求)한테 빌린 당대 시인의 가집 1백여
종류에서 뽑은 것으로 선택한 작품이 반드시 타당한 것은 아니지만,
당 이후의 사람이 만든 당시의 선본으로서 가장 빠른 것 가운데 하나
이다. 또한 이른바 〈백가(百家)〉는 만당의 감상적인 시인 허혼(許渾),
한악(韓偓) 등도 포함되어 있다. 또 왕안석은 이상은, 즉 송대 초기의

'서곤체' 시인들이 피상적으로 모방한 감상적인 만당시인을 만년에는 다시 평가하고, 당인 가운데 두보를 흉내내어 거의 성공한 시인은 이상은뿐이라고 하였다. 예를 들어 "연못의 빛 달을 받아들이지 않고, 석양 산에서 지려고 한다〔池光不受月 暮氣欲沈山〕" 등의 구절을 격찬했다고 《초계어은총화》 권22에서 인용한 〈채관부시화(蔡寬夫詩話)〉에서 말한다.

정치의 대가였던 왕안석이 한편으로는 극도로 서정적인, 그래서 극도로 비정치적인 시를 선호했다는 것은 모순처럼 보인다. 그러나 양자는 모두 왕안석 성격의 중심부를 이루는 결벽에서 나온 것들이다. 시의 본질은 어디까지나 서정이다. 서정이야말로 왕안석이 시에 대해 가졌던 관점이 아닌가. 실제로 왕안석의 서정시는 같은 시기 다른 시인들과 비교하면 서정적 농도가 훨씬 높다.

신종 희녕 말기까지 재상으로 있던 수년 동안 지은 작품은 그다지 많지 않다. 왕안석은 신법을 성공시키려고 뒷일을 후진인 여혜경(呂惠卿) 등에게 넘기고 곧바로 강녕(江寧), 즉 지금의 남경으로 은퇴했다. 강서가 왕안석의 본적이었지만 실제적인 고향은 그곳이었다.

誰似浮雲知進退　　纔成霖雨便歸山
누가 떠도는 구름의 진퇴를 안다고 하는가
조금이라도 숲에서 비내리면 곧바로 산으로 돌아가리오

이전에 〈우과우서(雨過偶書)〉라는 제목으로 지은 칠언율시 가운데 일련이지만, 그것이 은퇴하는 심경이었다. 소박한 시골 가운데 외딴집이 남경성이 동문에서 7리, 또 동쪽 교외에 있는 명승지인 장산(蔣山)에서도 7리나 떨어진 곳, 말하자면 마을과 산 중간에 왕안석의 호인 '반산'의 이름을 땄으며 주위에는 담장이 없다. 담장을 만들라는 사람이 있다면서 웃어넘기지만 이에 답하지 않는다. 나귀를 타고 시종 몇 명과 함께 근처의 절들을 방문하는 것이 일과였으며, 사람들이 매는 상여는 인도적이지 못하다고 하여 싫어했다는 이야기도 있다.

신종 후반기, 연호가 원풍(元豐)이었을 때 왕안석은 그곳에서 독서와 사색과 저술 그리고 시작에 몰두했다. 주변 풍경을 읊은 시가 특히 칠언절구의 형태로 많다. 젊었을 적의 시에 "도리어 산수 사이에 뜻과 바람이 맞는 곳 많았다〔顧於山水間 意願所合多〕"고 하듯이, 산수도 또한 왕안석이 사랑하는 대상이었다. 은퇴한 후의 작품으로

誰將石黛染春潮　　復撚黃金作柳條
西崦東溝從此好　　筍輿追我莫辭遙
누가 돌로 만든 눈썹먹으로 봄호수를 물들였는가
다시 황금을 뒤틀어 버드나무가지로 만들고
서쪽 산 동쪽 수로 이보다 좋으니
대나무 광주리 나를 따라 멀리 가리니 사양 말게

'순여(筍輿)'는 대나무로 엮은 광주리. 인간이 메는 것이지만 때로는 거기에 탔던 모양이다. 자, 앞으로는 산보할 거리를 늘릴 계절이다. 광주리 메는 사람, 수고스럽지만 멀리까지 가니 거절하지 말게. 또

楊柳杏花何處好　　石梁茅屋雨初乾
綠垂靜路要深駐　　紅寫清陂得細看
버드나무 살구꽃 어디가 좋은가
돌다리 초막집에 비는 처음으로 개이고
풀은 조용한 길에 드리워져 오래 머물라고 재촉하고
태양은 푸른 언덕에 비쳐 즐거이 지켜본다

더구나 청결한 자연 속에 전개하는 것은 왕안석이 열심히 복지를 꾀한 농민들의 생활이었다. 〈청명(清明)〉, 봄의 절구(節句)라는 제목의 시에서 말한다.

> 東城酒散夕陽遲　　南陌秋千寂寞垂
> 人與長瓶臥芳草　　風將急管度青陂
> 동쪽 성에 파는 술 떨어져 석양은 조용히 지고
> 남쪽 둑의 그네는 적막하게 늘어져 있다
> 사람은 긴 술병과 함께 풀숲에 누워 있고
> 바람은 급해지니 피리소리 내며 푸른 언덕으로 실려간다

‘추천(秋千)’은 그네. 마을의 운동회는 끝난 모양인지, 여자아이들이 타고 놀던 그네의 줄이 조용히 늘어져 있는 그 옆에 수풀에서 술병을 끼고 자는 녀석이 있다. 그러나 둑 건너편에서는 다시 술판을 벌인 것 같다.

이렇게 해서 가을의 대풍작. 연호도 원풍(元豊)인 것을 칭송한 〈원풍가(元豊歌)〉 첫수에서 말한다.

> 水滿陂塘穀滿籌　　漫移蔬果亦多收
> 神林處處傳簫鼓　　共賽元豊第一秋
> 물은 제방의 못에 가득 차고 곡식은 배롱을 채운다
> 멋대로 채소와 과일을 옮겨도 또한 수확 많고
> 신을 모신 숲 곳곳에서 들려오는 피리 북 소리
> 함께 굿하는 원풍 제일의 가을

‘처처(處處)’는 여기저기, 왕안석이 잘 쓰는 표현이다.

그러나 왕안석의 만년은 실의의 나날이었다. 1085년 원풍 8년, 신종황제가 붕어하자 신법당의 정권이 무너지고 구법당(舊法黨)의 재상 사마광이 신법의 정책을 하나씩 정지시킨다. 그 다음해 왕안석은 사망한다.

요컨대 왕안석의 시는 그의 인격처럼 또 정치처럼 결벽하고 예민하다. 예민하기 때문에 서정적이다. 다만 비애에 몰입하지 않는다는 점은 다른 송시와 같으며, 왕안석의 경우는 학자로서 정치가로서의 결벽이 비애를 억제했을 것이다. 젊은 친구인 이장(李璋)의 과거시험 낙제를 위로하는 칠언율시에 "문장은 종종 비애 있음을 특히 꺼린다"는 구절이 있다.

다음의 오언절구는 각기 모든 면에서 예민하고 결벽했던 왕안석의 자화상으로 읽을 수 있다. 하나는 〈방초(芳草)〉

芳草知誰種　　　　緣階已數叢
無心與時競　　　　何苦綠葱葱

방초 누가 심었는지 모르고
난간에 따라 이미 우거져 있네
무심이 때와 더불어 다투니
녹음 우거짐에 무엇을 괴로워하는가

'계(階)'는 정원의 난간. '총총(葱葱)'은 풍부하고 청결한 녹음. 또 〈매화(梅花)〉.

牆角數枝梅　　　　凌寒獨自開
遙知不是雪　　　　爲有暗香來

담장가의 핀 매화 몇 그루

추위를 뚫고 홀로 피었구나

멀리서도 알겠구나 눈이 아님을

희미한 향기 풍겨오기 때문에

제2절 소식(蘇軾) 첫번째

　송시 제일의 거인인 소식, 자는 자첨(子瞻), 호는 동파거사(東坡居士). 애칭은 파공(坡公), 파선(坡仙) 등. 또 대소(大蘇)라고도 부르는데, 아버지 소순을 노소(老蘇)라고 부르기 때문이다. 또 장공(長公)이라고 부르는 것은 동생 소철(蘇轍)이 차공(次公)이라고 부르기 때문이다. 아버지나 동생 모두 산문의 대가로 소식과 함께 '당송팔대가(唐宋八大家)'에 들어가는데, 시인으로서의 명성만은 독점적이다. 사후 반대당이 추방명부에 기재하고 그후에 해제되었으며, 남송의 효종황제(孝宗皇帝)는 소문충공(蘇文忠公)이라는 휘호를 주었다.

　소식은 대립하던 왕안석보다 15년 늦게 태어나 15년 늦게 진사가 되었으며, 또한 15년 늦게 사망한다. 기이한 인연이라고 할 수 있다.

　태어난 해는 1036년, 인종 경우 3년 11월 19일이며 후인들이 말하는 이른바 '동파생일'이다. 장소는 사천성(四川省) 미산현(眉山縣)이다. 진사로 급제한 때는 22세인 1057년, 가우 2년 인종 재위 36년째이며, 구양수가 시험위원장이었고 매요신이 위원의 한 사람이었다. 동생 소철과 함께 나란히 급제했다. 학교의 제도가 명목적이었던 시대의 중국에서 사제 관계는 학교에서가 아니라 과거시험 시험관과 합격자 사이에서 보다 많이 맺어졌다. 소식도 구양수의 직계 제자로서 관계와 문단에 들어갔던 것이다. 그것은 마침 구양수가 처음에 기대를 걸었던 왕안석의 반발을 확인할 무렵이었다. 구양수는 이 우수한 제자에게 많은 기대를 걸었다. "노부(老夫)는 진실로 이 사람에게 자리를 내주어야 한다"고 소식을 평가했다고 한다.

어머니의 죽음으로 인해 한 번 고향으로 돌아가고, 다음다음 해인 가우 4년인 24세 겨울, 다시 서울로 올라간다. 아버지, 동생과 함께 양자강을 내려갈 때 배 안에서 쓴 작품이 지금 전하는 소식의 첫번째 작품이다. 삼협(三峽) 협곡에서 지은 칠언고시 〈양자강 위에서 산을 보다〔江上看山〕〉에서 말한다.

船上看山如走馬　倏忽過去數百群
前山槎枒忽變態　後嶺雜遝如驚奔
仰看微徑斜繚繞　上有行人高縹緲
舟中擧手欲與言　孤帆南去如飛鳥

배 위에서 산을 보니 달리는 말과 같고

빠르게 지나가기를 수백 무리

앞산의 떼 갑자기 변하고

뒷봉우리 잡다하게 놀라 달리는 것 같네

우러러보면 아득한 길 건너에 초록이 둘러져 있고

위에 가는 사람 있어 높고도 아득하네

배 안에서 손을 들어 말을 건네고자 해도

외로운 배 남쪽으로 가는 것이 날아가는 새 같네

'사야(槎枒)'는 울퉁불퉁, '표묘(縹緲)'는 아득히. '고범(孤帆)'이란 내가 타고 있는 배. 물결이 센 여울을 타고 내려가는 배 안에서 바라보는 연안의 산들을 달려가는 말떼에 비교하는 것은 훗날 소식의 시가 자유롭게 기발한 관찰, 발상 또는 그것을 표현하고자 끌어오는 비유를 마음껏 드러내기 시작한다. 나무꾼일까 아니면 농부일까, 절벽 위의

길을 걸어가는 사람 그림자를 향해 배에서 손을 흔들어 이야기를 걸어
보려는 것은 훗날의 시가 모든 사람들에게 넓은 애정을 품고 지하수처
럼 침투하기 시작하는 것이다.

더욱이 다음다음 해인 가우(嘉祐) 6년 26세 때 섬서성 봉상현(鳳翔
縣) 사무관으로 부임하는데, 관리로서는 첫 이력이었다. 중앙으로 돌
아가 사관(史館)에 근무하게 된 것은 30세 전후의 일, 인종의 양자 영
종 치평(治平) 연간이었다. 그 무렵 적국인 요에서 온 사신을 접대하
는 접반관(接伴官)이 되었을 때, 사신은 소식의 작품을 아버지 소순,
동생 소철과 함께 암송하고 있었다고 소식 스스로 말하고 있다. 문명
(文名)이 이미 외국에도 널리 알려져 있었던 것이다.

스승 구양수가 66세의 나이로 사망한 신종 희녕 5년 1072년, 소식은
37세의 나이로 절강성(浙江省) 항주(杭州)의 통판(通判)이 되었는데,
문인으로서의 역량과 명성은 이미 스승을 능가하고 있었다. 또 상냥한
됨됨이가 많은 인재를 주변으로 끌어 모으고 있었다. 다만 관리로서는
불우했다. 마침 왕안석이 '신법' 정책을 실시하던 시기로서 천성이 자
유인이었던 소식은 기질적으로 '신법'을 싫어했다. 무엇이든 배우고
싶지만 법률만은 싫다는 유명한 시구가 소식에게 있다. "책 읽은 것이
만 권이나 되어도 율(律)은 읽지 않는다." 왕안석의 개혁도, 법률에 의
한 통제로 생각되고 백성들의 불행이라고 혐오하고 비난했다. 또 왕
안석이 과거제도를 개혁하여 고전의 해석인 '경의(經義),' 실제적인 정
치론인 '논책(論策),' 이 두 가지를 중시하여 종래의 제도가 중시해 온
'시부(詩賦)' 과목을 폐지하는 것을 가장 강하게 반대했다. 중앙 사관
에서 항주 통판으로 나가게 된 것은 바로 그 때문이라고 한다. 다만
영걸(英傑)은 영걸을 알아 주듯이, 왕안석도 소식을 알아 주고 있었다.
소식이 40세 때 산동(山東)의 밀주(密州) 지사였을 때 지은 칠언율시
〈눈이 온 후 북대의 벽에다 쓰다〔雪後書北臺壁〕〉를 칭찬하며, 앞서 서

장에서 '첩운'의 예로 언급한 것처럼 여섯 수를 화작(和作)하고 있다.

그러나 왕안석이 '신법'의 수행을 여혜경과 같은 후계자에게 넘기고 정부를 떠난 후 연호가 원풍으로 바뀌자 공기가 험악해졌다. 절강성 호주(湖州) 지사(知事)였던 소식은 서울 변경으로 호송되어 어사대(御史臺) 감옥에 갇혔다. "독서만권부독율(讀書萬卷不讀律)" 등의 시구를 증거로 기소된 것이다. 44세의 소식은 죽음을 각오했다.

그러나 정상이 참작되어 호북(湖北)의 황주(黃州)로·유배되었다. 시 〈한식우(寒食雨)〉 이외에 전후 〈적벽부(赤壁賦)〉 등의 걸작이 이후 5년 동안의 유배지에서 태어났다. 나중에 언급하겠지만 저항의 철학을 신봉하는 소식은 역경에 강하다. 유배는 소식의 사상과 문학을 한층 더 자유롭고 굳건한 것으로 만드는 기회였다.

49세 때 유배에서 풀려나 금릉(金陵)으로 은퇴한 왕안석을 방문하고 있다. 두 사람이 서로에게 품은 존경의 마음은 각자의 시에서 볼 수 있다. 소식이 그때 읊은 시구에 "봉우리 많아 교묘하게 해를 가리고, 강은 멀어 하늘을 떠받치려 한다"를 왕안석을 격찬하고 그 운에 화답하고 있다. 또 "앞으로 수백 년 동안 이런 인물이 다시 나올 수 있을지 누가 알겠는가"라고 소식의 인품에 감복했다고 한다. 좀스러운 소인이 마음으로 두 군자를 추측해서는 안 된다.

더욱이 그 다음해, 신종이 죽고 아들 철종이 즉위하면서 조모인 황태후가 섭정하게 되자 정치적 상황은 일전했다. '신법당'은 세력을 잃고, 보수파인 '구법당'의 영수 사마광을 영수로 불러들인다. 왕안석은 자신이 세운 체제가 붕괴되는 것을 보면서 죽고, 또 새로운 재상 사마광도 그뒤를 이어 죽은 해가 바로 그 다음해인 1086년 연호가 원우(元祐)로 바뀌던 해였다. 소식은 '구법당'의 영수로서 동생 소철과 함께 황태후의 가장 두터운 신임을 받는 중신(重臣)이 되었다. 정계에서 구양수의 상속자가 된 것이다. 다만 중앙권세의 땅에만 있는 것을 좋아하지 않아 다시 절강이 항주, 안휘(安徽)의 영주(潁州), 강소(江蘇)의 양주(揚州)의 지사가 되기도 했다. "이 삶은 끝내 어디로 돌아가는가, 천하의 반을 수레로 돌아다니네."

과연 수레바퀴처럼 정국(政局)은 역전(逆轉)한다. 황태후의 죽음으로 '신법당'이 부활하고 선제(先帝)의 성정(聖政)을 잇는다는 의미에서 '소성(紹聖)'을 연호로 한 원년, 소식은 또다시 유배된다. 먼저 광동(廣東)의 혜주(惠州), 이어서 중국 최남단에 있는 해남도(海南島)였다. 역경은 소식을 문학을 더욱더 자유로운 것으로 완성시킨다. 이른바 '동파해외(東坡海外)의 문장'이다.

게다가 7년, 철종이 죽고 동생 휘종(徽宗)이 즉위하여 정국이 흔들리고 신구 양법의 중용을 취한다는 국가의 안정을 의미하는 '건중정국(建中靖國)'을 연호로 삼은 해, 소식은 유배에서 풀려나 북쪽으로 돌아오는 도중 강소의 상주(常州)에서 사망한다. 앞서 언급했듯이 왕안석이 죽은 지 역시 15년인 1101년이며, 나이는 똑같이 66세였다.

신법 · 구법이라는 정치적 입장만을 왕안석과 달리한 것이 아니다. 인품도 대조적이었다. 왕안석 인격의 중심에는 결벽이 있었다. 정치나 문학, 일상적인 행동에서 모두 그러했다. 이해하지 못하는 사람들이 보면 '감벽(疳癖)'으로도 보였다. 그에 반해 소식은 천성이 자유인이었다. 우선 넓은 재능의 폭을 자유롭게 사용했다. 산문의 명수이기도 한 소식은 자신의 문장을 스스로 형용하여 말하기를 "나의 문장은 무수한 샘물의 원천이라, 땅을 선택하지 않아도 모두 나오는 것과 같다. 평지에 있으면 도도하게 흘러 하루에 천 리일지라도 어렵지 않게 간다. 산의 돌을 구부리고 꺾는 데 이르러서는 물에 따라 형태를 부여하니 그 다음은 알 수 없다. 알 수 있는 것은 언제나 가야 할 곳으로 가고, 언제나 멈춰야 하는 곳에서 멈춘다. 이와 같이 할 뿐이다. 그밖의 것은 비록 나라고 해도 역시 할 수 없다."

글씨에도 명수이며, 문인화(文人畵)의 창시자 가운데 한 사람이다. 담소도 잘하며 해학을 사랑했다. 사람들을 사랑하고 사랑받았다. 그렇다고 사상이 없는 것은 아니다. 소식의 시가 자기 철학을 어떻게 이야기하는가는 나중에 언급하겠다. 호방하지만 신경이 섬세했고 절도를 사랑했다. 술은 잘 못했다. "나의 체질은 마시지도 않고도 취기를 풀 뿐이다" "나는 책과 술을 두려워하는 사람" 등의 구절이 있다.

폭넓고 풍부한 재능을 스스로 제한하지 않고 생각나는 대로 표현한 소식의 시는 송시에서 규모가 가장 크다. 먼저 스승 구양수에 의해 점화된 서술의 방향을 더욱더 자재롭게 확장한다. 예를 들어 기물(器物)에 대한 서술은 첫 임지로서 섬서의 봉상에 있었을 무렵에 지은 〈봉상팔관(鳳翔八觀)〉 특히 〈석고가(石鼓歌)〉, 또 유람기행에 대한 서술은 〈금산사에서 놀다〔遊金山寺〕〉가 하나를 보면 열을 알 수 있기에 충분하다. 그리하여 놀랍도록 기발한 관찰·발상·비유가 그와 함께 수반된다. 동생 소철과 처음 헤어질 때 지은 시에서 "높이 올라 고개를 돌리니 언덕과 둑이 가로막고, 다만 보이는 검은 모자 끝이 다시 사라지는구나〔登高回道坡壟隔 但見烏帽出復沒〕"는 젊었을 적의 작품 한 예에 지나지 않는다. 만년에는 더욱더 자유자재하다. 해남도로 유배를 떠나는 여정이 북쪽 해안에 있는 경주(瓊州)에서 동쪽 연안에 있는 담주(儋州)로 해안을 따라 반원을 그려 나가는 것을 조각달의 가장자리를 걷는 것 같다, "달의 반궁(半弓)을 건너는 것 같다"고 크게 비유하고 책을 엎어 놓은 어린애가 시를 암송하는 모습이 피아노를 치는 것과 같다. "어린애가 책을 덮고 앉아 시를 외우는 게 거문고를 타는 것 같다"고 세밀하게 비유하는 것도 한 예이다.

그러나 그러한 시의 표면으로 넘쳐나는 재기에만 눈을 빼앗겨서는 안 된다. 소식의 시에 지하수처럼 흐르는 것은 크고도 따뜻한 인격이다. 또한 그러한 인격이 낳은 공적(功績)으로 가장 큰 것이 종전의 시가 오랫동안 습관적으로 행해온 비애에 대한 집착에서 이탈하는 것이다.

송대 이전의 시가 어느 정도 오랫동안 비애를 주제로 삼아왔는가, 그리고 거기서 이탈하는 것이야말로 송시의 가장 주요한 성질임을 나는 서장에서 말했다. 이탈을 완전하게 한 것이 소식이다. 소식에 앞서 구양수가 그런 방향을 보여주었지만 구양수의 경우에는 아직 충분하게 자각한 것이 아니다. 또 평정한 심경을 유지한다는 아직은 소극적인 태도를 방법론으로 삼았다. 매요신도 마찬가지이다.

소식의 경우에는 분명히 자각적이며 적극적이다. 인생을 다방면에서 그리고 다각도로 보는 거시(巨視)의 철학, 그것에 의해 소식은 비애를 지양했다. 더구나 따뜻하고 큰 인격이 낳은 충실한 언어가 그것을 충분히 설득력 있게 만들어 준다.

그러면 소식의 거시철학이 어떻게 성립되었는가를 논리적으로 그 과정을 살피면서 약간 상세하게 시를 통해 추적해 보자.

제3절 소식 두번째 — 거시(巨視)철학

소식의 거시철학은 비애를 지양한다. 그의 인식으로는 인생이란 비애만으로는 채워질 수 없기 때문이다. 비애란 결국 살아가는 인생 도처에 있는 것이다. 그러나 어찌 인생에 비애만 있겠는가. 비애가 있으면 환희도 있는 법이니 마치 뒤엉켜 꼬아 놓은 새끼줄과 같은 것이 인생 아닌가. 비애에만 몰입한다는 것은 어리석다. 더욱이 또 한 걸음 내딛으면 다음과 같이 생각할 수 있다. 원래 상식적으로 불행하다고 하여 그것이 비애를 낳는 것인가, 과연 불행한가. 다각도에 걸쳐 거시적인 눈으로 다시 보아야 할 필요가 있지 않는가.

45세 때, 유배되는 몸으로 황주에 도착한 소식이 처음에 거처한 집

에서 좀 나은 두번째 집으로 옮겼을 때 지은 오언고시 〈임고정으로 천
거하다〔遷居臨皐亭〕〉는 이와 같은 철학을 이야기하는 하나의 예이다.

我生天地間　　一蟻寄大磨
區區欲右行　　不救風輪左
雖云走仁義　　未免逢寒餓
劍米有危炊　　鍼氈無穩坐
豈無佳山水　　借眼風雨過
歸田不待老　　勇決凡幾個
幸玆廢棄餘　　疲馬解鞍馱
全家占江驛　　絶境天爲破
飢貧相乘除　　未見可弔賀
澹然無憂樂　　苦語不成些

나는 천지간에 태어나

한 마리 개미가 큰 맷돌에 붙어 있다

구구하게 오른쪽으로 가려 해도

풍륜 왼쪽으로 도는 것을 멈추지 못한다

비록 인의로 달린다고 말해도

추위와 굶주림은 벗어나지 못하니

검미는 해먹기 어렵고

바늘방석은 편안히 앉기도 힘들어

어찌 아름다운 산수가 없겠는가

눈을 빌려 비바람 지나가는 것을 본다

늙기 전에 땅으로 돌아가려고

결심한 지 몇 번인고

다행히 발름 나머지가 있어

피로한 말은 안장과 고삐를 풀어 준다
집안 모두 강가의 역참을 차지하는 것은
절경은 하늘을 위해 깨트리는 것이니
굶주림과 가난은 서로 더하고 빼서
아직 조상함과 하례함을 보지 않는다
담담하게 근심과 즐거움 없으니
고통스런 말은 조금도 없다

천지간에 부여받은 나의 일생은 커다란 맷돌에 달라붙은 한 마리 개미라고 할 수 있다. 성급하게 오른쪽으로 나아가려고 생각해도 큰 절구와 같은 '풍륜(風輪),' 그것은 세계의 운동을 말하는 불가어로서 《능엄경(楞嚴經)》에 보이는데, 그것이 거꾸로 왼쪽 방향으로 가려는 경우 구제할 수는 없다. 그렇다면 나도 '인(仁)' 애정, '의(義)' 정의 이 두 가지를 자기 길로서 걸어왔다고 자각하고 있지만 현재의 경우처럼 추위와 굶주림을 벗어날 수 없을 것이다.

인간의 자각 내지 희망과 환경과의 모순, 거기에는 더욱 극단적인 예도 있다. 창날 끝에 앉아 쌀을 씻어 보이는 위험한 곡예를 하는 인간이 있는가 하면, 편안하게 앉기도 어려운 가시방석에 앉으려는 경솔한 남자도 있다. 지금의 나도 의외로 그럴지도 모른다.

하지만 나를 위로하는 것이 없는 것은 아니다. 아름다운 산수자연이 그것이다. 그러나 그것도 눈을 빌렸는가 생각했는데 폭풍이 그 아름다움을 거두어 간다. 자연 자체는 모순되지 않고 인간에게 위로를 주는 것이건만, 그 자연조차도 곧바로 인간과 모순된 관계에 서서 인간을 실망시킨다.

인간에 내재하는 모순이 인간을 괴롭힌다는 것은 말할 나위도 없다. 그렇다면 가장 모순이 적은 공간으로서 인간에게 부여된 고향의 전원

(田園), 그곳으로 하루 속히 돌아가는 것이 좋다. 노년이 되는 것을 기다리지 않고 하루 빨리 돌아가는 것이 좋다. 그러나 그러한 용기 있는 결심을 할 수 있는 인간은 '과연' 몇 명이나 될까. 더욱더 모순이다.

나의 경우도 그렇다. 하루 속히 '용결(勇決)'하여 고향의 전원으로 돌아가지 않은 탓으로 유배의 몸이 되고 나의 인생은 폐기된 찌꺼기처럼 되었다. 그러나 그렇게 된 것이 다행일지도 모른다. 피로에 지친 말이 안장 위의 짐을 풀어 한숨을 돌린 것처럼.

유배된 몸이지만 지금은 처자와 함께 있다. 그래서 전 가족이 새로운 주거로서 이 양자 강변의 역사를 점령하고 있다. 이것은 '절경(絶境)' 절체절명의 경지에 있는 것처럼 보이는 나를 자연의 대표인 하늘이 나를 위해 타파해 주었는지도 모른다.

인생은 여러 각도이며 여러 방면이다. 긴 안목으로 덧셈을 한다면 지금의 상태도 행복일지도 모른다. 행복 그 자체일지도 모르며, 적어도 다른 날의 행복의 원인일지도 모른다. 그렇다면 조문하는 것이 옳은가, 경하하는 것이 옳은가, 어느 쪽인지는 금방 알 수가 없다.

마지막의 '담연(澹然)'은 '담연(淡然)'과 같다. 평정한 심경을 의미한다. 나는 마음을 평정하게 갖고 근심도 없다. 즐거움도 없다. 일단 입에 내놓은 이상 그 말은 쓰게 내뱉는 말임을 벗어나지 못한다. 고대 초국(楚國)의 노래가 각 구절 끝에 '사(些)'라는 떠들썩한 메김소리를 붙이는 것처럼은 할 수 없다.

이상이 대강의 시의(詩意)인데, 그 중에 인생은 꼬인 밧줄과 같이 "굶주림과 가난은 서로 더하기도 하고 빼기도 한다"는 것은 이른바 순환의 철학이며, 그것은 시간의 추이에 의한 절대적인 것이다. 아마 고대의 '역(易)' 철학에 기반을 두었을 것이다.

또한 "다행히 이곳에 폐기된 몸"이라고 상식적으로는 불행으로 생각되는 유배를 행복으로 보는 것은 《장자(莊子)》의 '제물(齊物)'의 철학에도 기반을 두고 있다. 만물은 차별 모두를 상대적인 것으로 간주하고, 거시에 의해 상대의 차이를 제일(齊一)로 이끄는 철학이다. 가치의 서열 속에서 절대적인 해소이며 지양이다.

두 가지 가운데 후자인 '제물'의 철학은 이 시에서는 "다행히 이곳에 폐기된 몸"이라고 약간 머리만 내보이는 데 그친다. 보다 현저하게 설한 예를 다시 보자. 36세 때, 희녕 4년, 중앙의 사관에서 항주 통판으로 운하를 타고 부임하던 도중에 동생 소철도 마찬가지로 왕안석과 충돌하여 하남(河南)의 진주(陳州)의 교관으로 좌천되었는데, 안휘의 영주까지 전송해 주었다면서 그곳에서 이별의 악수를 했을 때 읊은 오언고시 〈영주에서 처음으로 자유와 헤어지는 이수〔潁州初別子由〕〉두 번째 시이다. 자유는 소철의 자이며, 첫번째 시는 "가는 돛대 서풍에 걸고 이별의 눈물은 푸른 영수가를 적신다"라며 비애의 어조로 시를 트지만, 두번째 시는 '제물'의 철학으로 비애를 늠름하게 물리친다.

近別不改容　　　遠別淚霑胸
咫尺不相見　　　實與千里同
人生無離別　　　誰知恩愛重
始我來宛丘　　　牽衣舞兒童
便知有此恨　　　留我過秋風
秋風亦已過　　　別恨終無窮
問我何年歸　　　我言歲在東
離合旣循環　　　憂喜迭相攻
語此長太息　　　我生如飛蓬
多憂髮早白　　　不見六一翁

가까운 이별이기에 얼굴빛 바꾸지 않고
먼 이별은 눈물이 가슴을 적신다

지척에 있어도 서로를 보지 못함은
실로 천 리나 떨어져 있는 것 같네
인생에는 이별이 없으니
누가 은애의 무거움을 알리오
처음 내가 완구에 와서
옷을 잡아끌며 춤추던 아이들
즉 이 한 있음을 알고
나를 붙들어 가을바람 지나가게 한다
가을바람 이미 지나가니
이별의 한 끝내 다함이 없으니
내게 묻기를 언제 돌아오냐고
내가 말하기를 해가 동에 있을 때라고
이별과 만남은 이미 돌고 도는 것이고
근심과 기쁨은 서로 번갈아 공격한다
말하고 길게 한숨을 쉬니
나의 삶은 다북쑥과 같아
많은 근심으로 머리는 이미 허옇게 된
육일옹을 보지 못했는가

'제물'의 철학, 거시에 의한 차이의 지양은 시의 첫부분부터 현저하다. 가까운 곳으로 헤어지는 일이라면 얼굴빛을 그다지 바꾸지 않던 인간이 먼 이별이 되자 눈물을 흘린다. 그러나 이별이라는 점에서는 같다. 서로 볼 수 없는 거리가 '지척(咫尺),' 즉 8촌 1척일지라도 천 리의 이별과 같으니 얼굴을 볼 수가 없는 것이다. 요컨대 먼 이별도 가까운 이별도 함께 얼굴빛을 바꾸지 않아도 좋을 것이며, 혹은 함께 눈물을 흘려도 좋을 것이다. 이번에 너와의 이별은 먼 이별이지만, 하면서 거시가 비애를 지양하고자 한다.

다음에 나타나는 표현은 더욱 대담하다. 만약 인생에 이별이 없다면 "누가 은애(恩愛)의 소중함을 알겠는가." 상식적으로 이별은 비애이다. 그러나 그렇기 때문에 '은애' 인간의 애정의 중대함을 깨닫는 것이다. 이별은 그러한 적극적인 의미도 소극적인 비애의 요소 외에 갖고 있지 않은가. 그렇다면 이별은 기쁨이다. 적어도 기쁨의 종자이다. '제물' 의 철학을 가장 대담하게 적용했다고 하겠다. 이별을 이처럼 보는 관점, 소식 이전에는 발견하지 못했다. 소식의 독창이라고 생각한다.

이하, 시는 반드시 거시적인 언어만을 늘어놓지 않는다. 가장 사랑하는 동생과의 이별은 역시 지양하기 어려운 비애였다. 우선 지금 이별하기까지의 경과가 서술된다. 내가 얼마 전에 너의 임지인 '완구(宛丘),' 즉 진주로 가니 '아동(兒童),' 동생의 아이일 것이다, 나의 옷을 끌어당기며 춤추며 기뻐했다. 그러나 금방 오늘 여기서 품는 이별의 한이 생기려는 것을 너는 혹은 너의 아이들은 이미 미리 알고 가을바람 휘몰아치는 무렵까지는 이곳에 있어 달라고 나를 잡았다. 그 가을바람도 벌써 불고 있다. 그래서 다만 순간을 공간에 멈추게 하는 가을바람과 달리, 무한하게 연속되려는 이별의 한을 결국 품게 되었다. 너와 그리고 너의 아이들은 언제 돌아오는가 내게 묻는다. 나는 답했다. 세성(歲星)이 동쪽으로 돌 무렵, 즉 금년은 해년(亥年)이니 3년 후인 인년(寅年)에는 저쪽 항주에서의 임기가 끝난다. 다시 만나자고.

이하는 거시에 의한 지양의 말이다. 인생에서의 이별과 그 반대인 회합이 순환하듯이 서로 다르지만 근심도 기쁨도 서로 싸우고 있다. 그것이 인생이라고 하는데, 이것이 바로 순환의 철학이다. 원래 이 시의 경우에는 미래에 예상되는 '합(合)'과 '희(喜)'로 현재의 '이(離)'와 '비(悲)'를 끝까지 지양하기에는 지금의 비애가 너무도 깊다. 이 문제에 대해 이야기를 나누는 우리들은 '장태식(長太息)' 깊은 한숨을 쉬고

우리들의 일생은 사막을 날아다니는 다북쑥처럼 영원한 유랑(流浪)이라고 했다. "나의 삶은 날아다니는 다북쑥 같다." 이 말에 대해서는 나중에 다시 언급한다.

그런데 비애를 이야기한 시는 마지막에서 다시 한번 뒤바뀐다. 아니, 그렇게 걱정할 필요는 없다. 근심이 많으면 머리가 빨리 센다. 봐라, 저 육일옹(六一翁), 즉 구양수 선생의 백발을.

소식의 스승인 구양수는 이 시가 지어진 영주에서 마침 이 해에 은퇴하고 있었다. 소식은 물론 방문하여 부임 인사를 했다. 그것이 사제의 마지막 만남이었으며, 다음해 구양수는 사망한다.

이 시는 이별이야말로 은애의 원인이라는 대담한 말을 품으면서도 끝끝내 지양하지 못한 비애가 더욱 남아 있다. 혹은 지양을 원하는 태도가 그대로 비애를 내면에서 더욱 깊게 하고 있는 것이다. 그러나 요컨대 시의 기조는 거시에 의한 비애의 지양이다.

이상이 비애를 지양하는 소식의 거시철학 제일단이다. 그런데 이상과 같은 '제물'의 철학은 장자에 기반을 두고, 또 '순환'의 철학은 '역'에 기반을 둔다면 논리 자체는 소식의 독창이 아니다. 소식에게는 다른 중요한 태도가 있다.

비애는 피할 수 없는 인생의 한 요소, 필연적인 부분임을 확인하고 비애에 집착하는 것을 어리석게 생각하는 것이다. 이것은 소식이 독창적으로 발굴한 새로운 시적 태도이다. 유가의 이상주의는 완전한 사회, 따라서 비애가 없는 인생을 몽상하기 쉽다. 《시경(詩經)》 시인의 슬픔과 분노는 이런 몽상이 뒷받침된 슬픔과 분노이며, 당대의 두보에 이르러서도 그렇게 보인다. 그러나 소식은 그렇지 않다. 아마 처음으로 그렇지 않을 것이다. 비애 혹은 그 원인이 되는 불행은 필수적인 인생의 한 부분으로 인생에 편재하고 있음을 주장한다. 희망과 운명, 개인과 사회가 종종 모순된 관계에 있는 이상, 비애는 인생의 필연적인 부분이라는 통찰력을 소식은 갖고 있었다.

　예를 들어 앞서의 시가 지어진 지 8년 뒤인 원풍 2년, 44세 때 강소의 서주(徐州) 지사로부터 절강의 호주 지사로 전임될 때 좋은 지사였다고 백성들이 필사적으로 잡아매는 정경 등을 동생 소철에게 써보낸 5수의 오언고시 "서주를 파하고 남경으로 돌아가고자 말 위에서 붓을 놀려 자유에게 보낸다〔罷徐州 往南京 馬上走筆寄子由五首〕"의 첫번째 작품은 비애의 편재를 설하는 하나의 예가 된다.

吏民莫攀援　　　歌管莫凄咽

吾生如寄耳　　　寧獨爲此別

別離隨處有　　　悲惱緣愛結

而我本無恩　　　此涕誰爲設

紛紛等兒戲　　　鞭鐙遭割截

道邊雙石人　　　幾見太守發

有知當解笑　　　撫掌冠纓絶

백성들아 기어오르지 마라

노래 피리소리 슬프게 내지 마라

나의 삶은 더부살이일 뿐

어찌 홀로 이 이별만 있겠는가

이별은 도처에 있으니

슬픔과 고뇌는 사랑과 결실과 이웃한다

나는 본래 은혜가 없는 사람이라

이 눈물은 누구를 위해 흘리는 것인가

시끄러움이 아이들 놀이 같고

채찍과 등자는 갈라지고 끊어진다

길가의 돌사람 한 쌍

태수가 떠나가는 것을 몇 번이나 보았겠는가
그걸 안다면 마땅히 웃음을 터트리며
손바닥을 치면서 갓끈 끊어지리라

관리들이여, 백성들이여, 나에게 그렇게 달라붙지 말게. 송별의 노래에 가락을 맞추는 피리소리여, 그렇게 쓸쓸하게 불지 말게나. 나의 일생은 더부살이와 같아, 불현듯 시간의 흐름 위에 올라타 있는 것에 지나지 않는다. "어찌 홀로 이 이별만이 있겠는가." 비애의 원인인 이별은 장래에도 종종 있을 것이라고 비애의 보편적인 존재를 주장한다.

주장은 "이별은 도처에 있다"며 다음의 시구에서 더욱 정면으로 노래된다. 이렇게 도처에 퍼진 이별, 그때마다 비애와 고뇌가 애정을 테두리로 하여 엮어진다면 어떻게 될 것인가. 비애의 편재를 주장함으로써 비애로부터 이탈할 것을 권한다.

여기서 연이어 말하기를 그뿐만 아니다. 나는 원래 무능한 지사였다. 당신들의 애정을 얻을 정도의 은혜를 베풀지도 않았다. 당신들의 이 눈물은 누구를 위해 흘리는 것인가. 실제로는 소식은 좋은 지사였지만, 일부러 냉담하게 말하면서 다시 한번 비애의 편재를, 비애로부터의 이탈을 말한다. 훌륭한 지사가 이임하려고 출발할 때 이임을 실력으로 저지하려고 지사의 말채찍과 등쇄를 백성들이 잘랐다는 것, 그런 일이 종종 '분분(紛紛)' 하게 일어났다면 그것은 작은 애증에 의해 사이좋다가 싸움을 하는 아이들 놀이와 같지 않은가. 보게나 저 마을 입구에 있는 길에 서 있는 두 개의 석상(石像)을. 석상은 몇 번이고 태수 즉 지사의 출발을 지켜보았는가. 석상이 만약 지각을 갖고 있다면 인간은 바보 같은 짓을 되풀이하고 있다고 웃음을 터트릴 것이다. 그래서 재미난 듯 손바닥을 두드리고 그들이 점잖은 체 쓰고 있는 관의 끈, 턱에 묶은 것이 뚝 끊어질 때까지 크게 웃을 것이다.

실제로 소식은 2년 남짓 친해진 백성들에게 깊은 석별의 정을 갖고 있었을 것이다. 그러나 적어도 시의 표면에는 비애를 낳는 요인의 보편성을 지적하며 비애의 집착을 부정한다.

이상이 비애를 지양하는 소식의 거시철학 두번째 내용이다. 그런데 앞서 인용한 시는 동시에 철학의 세번째 내용이 된다. 그리고 매우 중요한 관점을 보여준다. 즉 인생을 긴 지속의 시간으로 보는 것이다. "나의 삶은 더부살이와 같을 뿐." 그것이 시에서 나온다.

오생여기이(吾生如寄耳), 이 말의 표면적인 의미는 반드시 인생의 길이를 의미하지 않는다. 기(寄), 더부살이와 같은 불안정하고 불확실한 것으로 나의 삶은 있다는 것이 표면적인 의미이다. 그러나 그 이면에는 인생은 긴 시간이라는 의식이 포함된다. 왜냐하면 '더부살이와 같은' 그 삶이 실은 긴 시간이라는 의식을 수반하지 않는 한 "어찌 홀로 이 이별만 있을 것인가," 이별은 장차 몇 번이고 있을 것이라는 다음 구절을 얻을 수 없기 때문이다.

돌이켜 보면 앞서 언급한 첫번째 내용 가운데 인생은 뒤엉킨 노끈과도 같다는 순환의 철학, 두번째 내용의 비애는 인생의 보편적인 부분으로 항상 있다는 확인, 모두 인생을 긴 지속으로 생각하는 이식을 내포하는 것이다. 그러나 그런 의식이 드러나려면 실로 이런 시구가 있어야 한다.

소식은 "나의 삶은 더부살이와 같을 뿐"이라는 시구를 여기서만 사용한 것이 아니다. 여러 시에서 빈번하게 사용한다. 앞서 동생과 이별하는 시에 "나의 삶은 날아다니는 다북쑥과 같다"는 시구도 함께 본다면 숫자는 더욱 늘어난다. 그리하여 '기(寄),' 더부살이처럼 '비봉(飛蓬),' 날아다니는 다북쑥처럼 불안정한 것임을 직접적인 의미로 하는 그 이면에는 인생은 긴 시간이라는 전제가 종종 포함된다. 예를 들어 어사대 감옥을 나와 황주의 유배지로 향할 때 쓴 작품 〈과회(過淮)〉에서

吾生如寄耳 　　　　初不擇所適
나의 삶은 더부살이일 뿐
처음으로 적당한 곳을 선택하지 않는다

긴 시간 위에서 부유(浮游)하기 때문에 갈 곳을 정하지 않는 것이다.
또 중앙의 한림학사(翰林學士)로 복귀했을 때 친구인 왕진경(王晋卿)
에게 화답한 시 〈화왕진경(和王晋卿)〉에서 황주 유배를 회고하면서

吾生如寄耳 　　　　何物爲禍福
不如兩相忘 　　　　昨夢那可逐
나의 삶은 더부살이일 뿐
어떤 것이든 화가 되고 복이 된다
둘이면서 서로 잊지 않는 것이니
어젯밤 꿈은 왜 쫓아다닐 것인가

순환의 철학은 진 인생이기에 성립되는 것이다.
또 해남도 유배지에서는 도연명의 〈화도의고구수(和陶擬古九首)〉
시에 화답하여

吾生如寄耳 　　　　何者爲吾廬
나의 삶은 더부살이일 뿐
어느 것이든 나의 초막이 된다

긴 인생이기에 어디든 나의 집이라고 의식할 수 있는 것이다.
해남도에서 풀려나 돌아오는 도중에 강서의 울고대(鬱孤臺)를 지나
면서 말한다.

吾生如寄耳　　　　嶺海亦間遊

나의 삶은 더부살이일 뿐

영해 또한 태평한 여행이다

생애의 대사건이었던 '영해(嶺海),' 즉 광동과 해남도 유배, 그것도 '간유(間遊)' 무사태평한 여행이라는 것은 역시 긴 인생에서는 하나의 작은 사건에 지나지 않았다고 한다.

그런데 이렇게 인생을 긴 시간으로 보는 관점, 그것은 소식의 독창성이다. 독창성이 아니면 소식에 의해 만들어진 획기적인 관점이다. 이런 관점은 종전의 시에서는 보편적이지 않기 때문이다. 종전의 시에 보편적인 것은 반대로 인생을 짧고 어수선하게 지나가는 시간이라고 보았다.

그것을 보여주는 것이 바로 "나의 삶은 더부살이와 같다." 오생여기(吾生如寄)라는 표현이 종전의 시에서는 소식의 용법처럼 씌어지지 않았다는 것이다. 이런 표현 자체는 결코 소식만의 독창적인 것은 아니다. 훨씬 오래전부터 있어 왔다. 다만 오히려 인생을 짧은 시간, 죽음에 이르는 어수선한 시간으로 보는 경우에 씌어졌다. 일찍이 1세기 즈음에 씌어진 한나라 무명씨의 고시(古詩)에 "인생은 홀연히 가는 것이 더부살이와 같고, 수명은 금석과 같은 견고함이 없다." 이것이 가장 빠른 표현이다. 이어서 3세기 위(魏) 무제(武帝) 조조(曹操)가 "인생은 더부살이와 같으니, 근심을 많이 한들 어쩔 것인가"라는 것도 아마 그런 방향의 사념(思念)일 것이다. 또 동파보다 약간 후대의 사람인 주립(朱笠)의 〈의각료잡기(猗覺寮雜記)〉권에는 동파 말의 출전으로 백거이의 〈시감(時感)〉에 "인생은 어찌 그러한가, 천지 사이에 더부살이하는 것 같다"라는 것을 인용한다. 모두 인생의 짧음을 탄식하는 말이다.

소식은 같은 표현을 사용하면서도 그 내용을 바꿨다고 할 수 있다.

그것은 단지 이 말의 내용뿐 아니라 인생에 대한 태도의 큰 전환이었다. 인생을 긴 시간으로 보는 태도가 짧은 시간으로 보는 태도보다도 보다 적은 비애 혹은 절망과, 보다 많은 희망을 낳는다는 것은 말할 것도 없다. 과연 그것은 파동부침(波動浮沈)이 풍부한 시간이다. 그러나 파동이 풍부한 시간인 것은 긴 시간이기에 그렇다. 긴 파동의 곡간(谷間)에서 일어나는 비애, 그것에만 몰입하는 것은 이런 인식에 비추어 더욱 어리석다. 미래를 기대하라.

인생을 파동이 풍부한 긴 시간으로 생각하는 의식이 분명한 논리로서 서술된 것만은 아니다. 소식의 시에 언제나 흐르는 저류임을 느끼게 해주는 것이 가장 유명한 칠언율시의 하나 〈영구를 나와 처음으로 회산을 본다, 이날 수주에 이르다〔出潁口初見淮山日至壽州〕〉이다.

我行日夜向江海　　楓葉蘆花秋興長
平淮忽迷天遠近　　青山久與船低昂
壽州已見白石塔　　短棹未轉黃茅岡
波平風軟望不到　　故人久立烟蒼茫

여행은 밤낮으로 강해를 향하고
단풍잎 갈대꽃 가을 흥을 돋군다
잔잔한 회수 홀연히 하늘의 원근에서 헤매고
푸른 산 오랫동안 배와 함께 올라갔다 내려갔다 한다
수주 이미 백석탑을 보았고
짧은 돛대 아직 황모강으로 돌리지 않았으니
파도 잔잔하고 바람 부드러워 아직 보지 못하고
옛사람 오랫동안 서 있네 안개 창망함 속에

가을의 흥(興)을 솟구는 단풍과 갈대꽃, 그 속을 밤낮으로 배에 몸을 맡기고 쉬지 않고 동남 '강해(江海)' 지방으로 나아가는 나의 여행이라는 노래가 인생은 긴 유랑이며 지속임을 이미 시사한다. 잔잔한 회수 위에서 그 경계를 분별하기 어려운 아득히 펼쳐 있는 하늘, 이것은 이것대로 인생의 한 단면을 상징할 것이다. 배의 흔들림에 따라 양쪽 언덕의 푸른 산 또한 오랫동안 "내려갔다가 올라오기"를 계속한다는 것은, 인생이 파동(波動)의 되풀이임을 가장 잘 시사한다. 파동은 미래를 향해서도 예상된다. 다음의 정박지인 수주시, 그곳에 솟구쳐 있는 흰 돌탑이 이미 시야에 들어왔지만, 도달하려면 우회해야 하는 황모강(黃茅岡)의 갑, 그곳을 배는 빙 돌고 있다. 파도는 잔잔하고 바람은 부드러우며, 화창한 항해 날씨인데, 그로 인해 도착이 오히려 늦어지고 있다. 나의 배가 도착하기를 기다려 저녁 노을이 창망한 가운데 줄곧 서 있는 '고인(故人),' 옛 친구의 모습이 상상 속에 떠오르고, 만남의 기쁨이 하나의 파동으로 미래에 기대된다.

이상을 세번째 내용으로서 비애를 지양하는 소식의 거시철학은 마지막으로 네번째 내용인 결론에 도달한다. 이렇게 파동하는 지속 혹은 지속하는 파동, 그것이 인생이라고 한다면 그에 대한 주체의 저항의 지속, 그것이야말로 인생이라는 관점이다. 그것은 반드시 파동에 항거하는 것을 의미하지 않는다. 파동에 몸을 맡기는 것, 그것도 주체의 의사에 의한 저항이다.

이른 시기의 시에서는 황주 유배지에서 동생 소철에게 보낸 〈초추, 자유에게 보내다[初秋寄自由]〉의 서두가 그것을 이야기한다.

百川日夜逝　　　物我相隨去
惟有宿昔心　　　依然守故處
온갖 강이 밤낮으로 지나가고
사물과 나는 서로 따라간다

다만 옛마음을 품고 있어

의연하게 고향 생각을 한다

만년의 시에서는 소성 4년, 1097년 최초의 유배지였던 광동의 혜주
에서 다시 '원악(遠惡)'한 해남도로 옮기라는 명령을 받았을 때, 역시
동생에게 보낸 오언고시의 서두가 그것을 분명하게 말한다.

我少即多難　　　遭回一生中

百年不易滿　　　寸寸彎强弓

老矣復何言　　　榮辱今兩空

泥洹尚一路　　　所向餘皆窮

나는 젊을 적부터 난이 많아

평생을 머뭇거리며 돌아다닌다

백 년은 쉽게 채우지 못하고

마디마디마다 강한 활을 구부린다

늙어감에 무슨 말을 하리오

영화로움도 욕됨도 모두 헛된 것이니

죽음은 언제나 한 길

가는 곳마다 모두 막다른 골목길

'전회(遭回)'는 머뭇거림. 인생 백 년은 채우기가 쉽지 않은 긴 도정
이라는 것은 인생의 기나김을 가장 명료하게 말하는 표현이다. 그 긴
시간을 한 순간 한 순간 강한 활을 잡아당기는 것처럼 살아가는 것은
가장 명료하게 저항의 철학이다. '니원(泥洹)'은 열반, 죽음. 그 이외
에 '소향(所向)'은 모두 '궁(窮)' 모두 막다른 골목길이라고 말을 잇는
것은 약한 표현처럼 보여도 이어서 다음과 같은 말을 한다.

離別何足道　　　我生豈有終

이별을 어찌 말하겠는가

나의 삶이 어찌 끝났겠는가

　이번의 이별 등은 문제도 되지 않는다, 이별은 앞으로 얼마든지 있을 것이다. 나의 일생은 아직 끝나지 않았으니.

　다시 이윽고 유배에서 풀려나 해남도에서 돌아와 양자강가까지 와서 강회숙(江晦叔)에게 준 오언율시 이수 〈차운강회숙이수(次韻江晦叔二首)〉 가운데 한 수에서 말한다.

鐘鼓江南岸　　　歸來夢自驚

浮雲世事改　　　孤月此心明

雨已傾盆落　　　詩仍翻水成

二江爭送客　　　木抄看橋橫

종북소리 들리는 강남의 강가

돌아오니 꿈에서 스스로 놀라네

떠도는 구름마다 세상일 달라지고

외로운 달 이 마음 밝아지네

비는 이미 양동이 쏟아붓듯이 내리고

시는 물을 뒤집듯 만들어진다

두 개의 강 다투어 나그네를 보내니

나뭇가지 끝에 놓여 있는 다리를 본다

　그리운 본토의 종소리와 태고소리가 들리는 양자강 남쪽 연안 지대, 그곳에 도착한 나는 종과 태고소리에 꿈에서 깨어나면서 더 큰 꿈으로서 내 몸을 덮친 파동에 내 스스로 놀란다. 스쳐 지나가는 부운(浮雲)

처럼 나를 둘러싼 세상의 환경은 변해가지만, 외로운 달처럼 나의 마음은 언제나 명징(明澄)하다. 환경의 파동에 끝까지 저항한 주체의 긍지이다. 남송 말기의 뛰어난 학자 왕응린(王應麟)은 자신의 〈곤학기문(困學紀聞)〉에서 이 '부운(浮雲)' '명월(明月)'의 연을 평하여 말하기를 "파공 만년에 도달한 바가 매우 깊다〔坡公晚年所造深衣〕"고 하였다.

다음 연은 '고월(孤月)'과 같이 나를 존재하게 하는 것으로 나의 재능을 이야기할 것이다. 쟁반의 물을 기울이는 듯한 호우(豪雨), 그 속에서 나의 시도 물을 뒤집어 쏟는 것처럼 곧바로 만들어진다. 그리하여 최후에는 주위의 풍경을 점출한다. 오랜만에 중원으로 되돌아가는 여행자가 된 나를 보내는, 앞다투어 세차게 파도치는 두 개의 강, 또 그 위쪽의 나뭇가지를 엮어 묵묵히 누워 있는 다리. 이동과 정지의 대비는 여기서도 은밀히 보인다.

이상은 소식이 비애를 지양한 경과로서 추적한 것이다. 그 가운데 "나의 삶은 더부살이일 뿐"에 대해서는 야마모토 가즈요시〔山本和義〕의 논문 〈소식시론고(蘇軾詩論考)〉에서 시사를 얻은 바가 많다. 그밖의 것은 내가 추적한 논리이며 독단적이라는 염려도 있지만, 나의 추적은 상당 부분 틀리지 않았음을 입증하는 객관적인 사실로서 소식의 일생은 지극히 부침이 심한 것임에도 불구하고 평생 지은 시작품 2천 4백 수는 절대적이라 해도 좋을 만큼 우는 소리가 없다.

극단적인 예로서 44세 때 어사대 감옥에 갇혀 죽음을 각오한 것은 소식의 생애에서 최대의 위기였다. 그때 동생 소철에게 준 시 〈어사옥 중유자유(御史獄中遺自由)〉는 과연 긴장되고 있다.

聖主如天萬物春　　小臣愚暗自亡身

百年未滿先償債　　十口無歸更累人

是處青山可埋骨　　他年夜雨獨傷神

與君世世爲兄弟　　更結人間未了因

황제께선 하늘과 같고 만물은 봄이니

소신은 어리석어 스스로 몸을 망쳤도다

백 년을 채우지도 못하고 먼저 죄값을 치르니

식구들은 나로 인해 남한테 폐를 끼칠 것이네

이곳 청산에 뼈를 묻고

언젠가 밤비에 홀로 마음 아파하리라

그대와는 세세생생 형제가 되어

이 세상에서 다하지 못한 인연 다시 맺으리

'성주(聖主)'란 당시 신종황제를 가리키며, '소신(小臣)'은 동파 자신을 말한다. 사람의 수명 백 년, 그것은 인간이 조물주로부터 빌린 것이지만, 45세의 나는 그 기한보다 앞서 빌린 것을 되돌리게 되었다. 남게 된 열 명의 가족은 앞으로 한층 더 동생인 자네를 비롯하여 여러 사람의 폐를 끼치게 될 것이다. 나의 뼈는 어디에 묻어도 상관없지만, 형을 잃는 너는 앞으로 밤비 소리를 들을 때마다 이불을 나란히 한 형이 없어 감상에 젖을 것이다. '타년(他年)'은 미래의 시간. 이 세상에서는 너와 헤어진다. 그러나 내세, 그리고 그 다음 내세, 거기서는 너와 형제가 되자.

시는 비통하다. 그러나 거기에도 기대는 있다. 내세를 향한 기대가 있다. 또 동파의 시에는 드물게 '상신(傷神)'이란 말이 있는데, 스스로 영혼을 상처 입은 것은 아니다. 미래의 동생은 그럴 것이다.

게다가 같은 해 연말, 12월 28일, 백일 동안 구금되다가 정상이 참작되어 형무소에서 풀려난 날에 쓴 시 〈십이월이십팔일 몽은책수검교 수부원외랑 황주단련부사 부용전운이수(十二月二十八日 蒙恩責授檢校水部員外郎 黃州團練副使 復用前韻二首)〉는 한층 더 대담하기 짝이 없다. 그것은 서장에서도 언급했듯이, 전의 시와 같은 각운으로 '첩운(疊韻)' 함으로써 한층 더 대담하기 짝이 없다.

百日歸期恰及春　　殘生樂事最關身
出門便旋風吹面　　走馬聯翩鵲噪人
却對酒杯渾是夢　　試拈詩筆已如神
此災何必深追咎　　竊祿從來豈有因

백일 구금 후에 나오니 봄을 맞은 것 같아

남은 생의 즐거움은 내 일신에 관한 것일 뿐

문을 나서니 산들바람이 얼굴에 불고

말을 달리니 까치 쉴새없이 사람한테 속삭이네

술잔을 대하면 모든 것이 꿈 같고

시험삼아 붓을 들어 시를 지으면 이미 신들린 상태

이 재앙이 지난 잘못 때문이겠는가

녹을 훔친 것에 이미 원인이 있는데

　백일 동안의 구금에서 돌아온 시간, 그것은 마치 새봄의 전전날이라고 감개보다도, 불평보다도 우선 기쁨을 읊는다. 기쁨은 이후 남은 인생으로 담담하게 넓혀진다. 세번째 구절은 형무소 문을 나와 봄바람 속에서 쏴악 오줌을 누는 것이라고 해설하는 설과 그렇지 않다는 설이 있다. 다섯번째 구절 이하는 출옥을 축하하는 식구들과의 잔치에서 느낀 감회이다.

　비교할 작품으로 당대의 한유가 조주(潮州)로 유배되었을 때 읊은 칠언율시 〈좌천지남관시질손상(左遷至南藍關示姪孫湘)〉을 보자.

一封朝奏九重天　　夕貶潮州路八千

欲爲聖明除弊事　　肯將衰朽惜殘年

雲橫秦嶺家何在　　雪擁藍關馬不前

知汝遠來應有意　　好收吾骨瘴江邊

편지 한 통 궁궐에 바치니 아홉 겹 하늘

저녁에는 조주로 유배되니 길은 여덟 갈래

천자의 덕을 위하여 자기 일을 없애려고 하나

감히 쇠약하고 늙은 몸으로 남은 여생을 아까워한다

구름은 진령에 빗기고 집은 어디에 있는가

눈은 남관을 덮고 말은 나가려 하지 않는다

그대 멀리서 왔다면 응당 뜻이 있음을 알리니

좋다 나의 뼈를 묻어라 장강가에다

　죽음을 각오한 것은 옥중의 소식과 같다. 시형도 같은 칠언율시이지만, 한유의 시는 비애의 지양이 없다. 진령(秦嶺)의 구름, 남관(藍關)의 눈, 주변의 자연이 모두 비애를 깊게 한다. 또 소식은 사후의 자기에 대해 어디나 있는 푸른 산을 예상하고, 그 한군데에 뼈를 묻어 달라 말하고, 한유는 독무(毒霧)가 퍼져 있는 강가에 흩어진 나의 백골을 예상한다.

　이러한 사항들은 소식 개인의 비애의 지양이라는 것으로 그치지 않았다. 시의 역사가 전환된 것이다. 종전의 시가 습관적으로 지녀온 비애에 대한 집착은 소식에 의해 차단되고, 인생에 보다 많은 기대를 건다는 방향으로 전환된 것이다. 훗날 소식의 시를 숭배하는 사람들은 소식 시의 호방함과 활달함을 사랑하고, 소식을 싫어하는 자는 시가 때로 안이하게 흘러가는 것을 꺼렸다. 그러나 소식의 시에 호의적이지 않은 사람도 포함하여 소식 이후의 시인이 인생의 절망, 비애를 노래하는 일이 드문 것은 소식의 시적 전환 뒤에 읊어진 작품들이기 때문이다.

제4절 소식 세번째

이상과 같은 소식 문학의 획기성은 장래의 문학사가 내지는 철학사가에 의해 보다 신중하게 검토될 테지만, 그 경우 또 하나 중요한 사실로서 주위할 것이 폭넓은 소식의 애정(愛情)이다. 소식은 왕안석과 같이 정책가는 아니었다. 그러나 모든 사람들을 대하는 애정을 체질적으로 갖고 있었다.

한 예로 30대말, 항주 통판이었던 무렵에 지은 연말 작품을 든다면

除日當早歸	官事乃見留
執筆對之泣	哀此繫中囚
小人營餱糧	墮網不知羞
我亦戀薄祿	因循失歸休
不須論賢愚	均是爲食謀
誰能暫縱遣	閔默愧前修

그믐날 마땅히 일찍 돌아가야 하건만

관사의 일이 남아 있어 보고 있다

붓을 들고 울고 있으니

감옥 속의 죄수들이 불쌍하기 때문

소인이 식량을 훔치는 것

법을 어기는 것도 부끄러워하지 않는다

나 또한 박봉을 사랑하여

사직할 기회도 잃고 있다

모름지기 현명함과 어리석음을 논하지 마라

똑같이 먹고살기 위한 일이라네

누가 능히 잠시 죄인들을 돌려보낼 것인가
이전의 훌륭한 사람들에게 부끄러워 입을 다물고 있다

　빨리 귀가하는 것이 좋은 섣달 그믐날에 남아서 처리해야 하는 사무는 이날 정리해야 할 미결수에 대한 판결이었다. 당시의 관습으로 봄이 되면 사형선고는 할 수 없다. 나는 판결의 붓을 들면서 운다. 그들은 '소인(小人)' 천민이며, '후량(餱糧)' 식량 때문에 도둑질을 했다. 그런데 얼마 되지 않은 봉급에 달라붙어 '귀휴(歸休),' 사직의 기회를 잃고 있는 나도 먹고살려고 하는 일이라는 것은 같지 않은가. 이쪽은 현자, 저쪽은 우자라고 정할 수 없다. 이전의 훌륭한 정치가는, 죄인을 그믐날에 잠시 집으로 돌려보냈다고 한다. 규정에 얽매여 그렇게 할 수 없는 나는 옛날의 훌륭한 사람에게 부끄러운 생각이 든다.
　스스로를 옥중의 죄인으로 비유하여 "현명함과 어리석음을 논할 수 없다"는 것은 반드시 지배 계급의 온정은 아니다. 소식은 스스로가 선민임을 거부하고 시민의 한 사람으로서 살고 싶다고 종종 이야기한다. 황주 유배중의 그가 시민 농민을 벗으로 하고, 스스로 '동파'의 토지를 경작했다는 것은 〈동파팔수(東坡八首)〉의 연작에도 보인다. 만년에 해남도에서 소식은 '궁경(躬耕),' 한 농부로서 직접 경작하고 싶다는 바람을 더욱 절실하게 했다. 현실은 그것을 허락하지 않고 쌀을 사서 생활해야 했음을 〈적미(糴米)〉라는 제목의 오언고시에서 말한다.

糴米買束薪	百物資之市
不緣耕樵得	飽食殊少味
再拜請邦君	願受一廛地
知非笑昨夢	食力免內愧
春秧幾時花	夏稗忽已穟

悵焉撫耒耜　　　　誰復識此意

쌀을 사고 장작더미를 사고

온갖 물건은 이것을 시장에서 사고 판다

밭을 갈고 나무하여 얻지 않는다면

실컷 먹어도 별다른 맛이 없네

다시 인사하며 지방관리에게 청하여

원컨대 땅 한 뙈기 빌려달라고

안 됨을 알고 어젯밤 꿈을 비웃는다

노동하여 먹는다면 부끄러운 마음 벗을 수 있겠건만

봄 모심기는 언제인가 꽃필 때인가

여름 피는 곧바로 이삭이 되니

처량하구나 쟁기 보습질하지 못함이

누가 이 뜻을 알아 주리오

요컨대 스스로 노동하여 생활하고 싶다는 것이다. '일전지(一廛地)'
는 농부 한 사람이 갈 수 있는 땅. '비(非)'는 과거의 잘못. '식력(食
力)'은 노동으로 얻은 식량. '창언(悵焉)'은 감개(感慨)하는 모양. '뇌
사(耒耜)'는 쟁기와 보습.

소식 시의 결점은 때때로 너무도 안이하게 날림으로 시를 쓴다는 데
있다고 한다. 앞서 인용한 시에도 "시는 또한 물을 뒤집는 것처럼 짓
는다" 하고 다른 시에서는 "새로운 시는 탄환과 같이 손을 떠나서는 잠
시도 멈추지 않는다"고 한다. 소식은 분명 고음형(苦吟型) 시인은 아
니다. 그러나 그것도 그의 자유로운 심경과 자유로운 재능의 표현이었
다. 또 자신은 고음형이 아님에도 과거 가장 고음형의 시인이었던 두
보의 가치를 알고 왕안석과 함께 표창(表彰)하는 데 힘썼다.

만년에 해남도에서 소식은 사랑하는 도연명의 시 전부에 서장에서

언급했듯이 '차운'을 하고 있다. 이른바 〈동파화도시(東坡和陶詩)〉이며 이것도 그의 과잉한 재능을 표현한다고 할 수 있다. 예를 들어 도연명의 〈음주이십수(飮酒二十首)〉 세번째 작품에,

道喪向千載　　　人人惜其情
有酒不肯飲　　　但顧世間名
所以貴我身　　　豈不在一生
一生復能幾　　　倏如流電驚
鼎鼎百年內　　　持此欲何成

길 잃어버려 천 년을 향하고
사람들은 그 정을 아쉬워한다
술이 있으나 마시지 못하고
다만 세간의 명성만을 되돌아본다
내 몸에 귀하게 여기는 것은
어찌 일생에 있지 않겠는가
일생을 다시 몇 개인가
빠름이 흐르는 천둥 놀라는 것 같고
빠르게 지나가는 백 년 인생
이것으로 무엇을 이루겠는가

라고 있는데, 소식의 화작 〈화도음주이십수(和陶飮酒二十首)〉에서 말한다.

道喪士失己　　　出語輒不情
江左風流人　　　醉中亦求名
淵明獨淸眞　　　談笑得此生

身如受風竹　　　掩冉衆葉驚
俯仰各有態　　　得酒詩自成

도는 사라지고 선비는 자기를 잃고

말을 해도 늘 정이 없다

강좌의 풍류인

취중에도 또한 명성을 찾는다

연명은 홀로 청진하여

담소하면서 이 생을 살아갔다

몸은 바람맞는 대나무 같아

재빠르게 뭇잎사귀 놀라게 한다

위로 보고 아래로 보아도 제각기 모양이 있으니

술을 마시면 술은 저절로 써진다

'강좌(江左)'는 도연명이 있었던 남조시대(南朝時代). '엄염(掩冉)'은 흔들흔들. 바람을 받은 대나무가 흔들흔들거리며 많은 잎사귀를 살랑거리게 하고, 올려다보는 것, 내려다보는 것 각기 재미난 자태인 것처럼 술이 들어간 연명에게는 시가 자연적으로 만들어진다는 것은 연명의 시경(詩境)을 말한다기보다는 소식의 시경을 보다 많이 말하고 있는 듯하다.

왕안석이 선의에도 불구하고 당시의 민중들한테 인기가 없었던 것에 비해 소식은 민중들의 사랑을 받았다. 인간적인 체취가 있었던 것이다. 소식의 제자인 시승(詩僧) 참료(參寥)가 소식의 죽음을 애도한 칠언절구 〈동파선생만사(東坡先生輓詞)〉에서 말한다.

峨冠正笏立談叢　　凜凜群驚國土風
却載葛巾從杖屨　　直將和氣接兒童

갓을 곧추세우고 홀을 바로잡고 담론을 하면
늠름한 선비의 모습에 모두들 놀란다
그러나 갈건 쓰고 죽장과 나막신으로 산보하시면
곧바로 자애롭게 아이들 대하신다

관리의 제복으로 위엄을 바로 하고, 사람들과 회담할 때 선생의 늠름한 선비 모습은 사람들의 귀를 쫑긋 세우게 한다. 그러나 갓을 쓰고 산보하시는 선생이 지팡이 짚고 나막신을 신으면 빙긋빙긋 길거리의 아이들과 대화를 나누고 계신다.

참료는 왕안석과도 접촉이 있었다. 비교의 자료로 왕안석의 사후 그가 생전에 산보하던 정림사(定林寺)에서 지은 참료의 작품 〈정림사를 지나 형공의 화상을 배알하다〔過定林寺謁荊公畫像〕〉를 들어 본다.

古木蒼藤一徑纏　　我公疇昔所回旋
蕭蕭屋底瞻遺像　　傑氣英恣尙凜然
고목의 푸른 등걸을 한 줄기 누빈 것은
형공이 이전에 배회하시던 곳
쓸쓸한 집 아래 남긴 모습 바라보니
영걸한 모습 여전히 늠름하구나

제5절 황정견(黃庭堅)

포용력이 풍부한 소식은 많은 후배 시인을 주변에 불러들여 육성했다. 그 가운데 황정견·장뢰(張耒)·조보지(晁補之)·진관(秦觀)을 '소문(蘇門)의 사학사(四學士)'라고 부른다고 남송인의 수필 〈능개재

만록(能改齋漫錄)〉 등에 보인다. 약간 늦게 진사도(陳師道)가 거기에 가담한다. 그런 점에서도 왕안석 주변의 시인으로 지금 시집을 전하는 이가 왕령(王令) 한 사람뿐이라는 것과 대조적이다.

'소문'의 제자 가운데 시인으로서 가장 중요한 이가 황정견이다. 스승과 함께 소황(蘇黃)이라고 나란히 불린다. 강서의 예장(豫章), 즉 지금의 남창(南昌) 사람이며, 이른바 강서시파(江西詩派)의 시조이다. 자는 노직(魯直). 호는 산곡노인(山谷老人), 부옹(涪翁) 등.

황정견이 〈고시 이수, 소자첨에게 바친다〔古詩二首上蘇子瞻〕〉를 예물로서 소식과 처음 교섭을 가진 것은 원풍 원년인 1078년, 소식 43세, 황정견 34세의 때이다. 시만을 전공으로 하지 않았던 소식은 시에 전념하는 이 9세 연하의 시를 자기보다 뛰어나다고 추장했다. 그런 점에서 구양수와 매요신의 관계와 닮아 있다. 입문 후 8년, 원우 원년인 1086년 황정견의 시에 자첨, 즉 소식의 시구는 일세에 묘함에도 즉나 정견의 체를 본뜨고 있다는 등이라며 농담하고 있다. 그 무렵 황정견은 소식의 후원으로 신종황제실록 편수관이 되어 있었다.

소식의 추장에 보답하듯 황정견의 시는 소식의 시보다도 보다 시인적인 집중을 하고 있다. 또 그의 성격도 소식처럼 개방적이지 않고 내공적(內攻的)이었다. 즐겨 찾는 것은 긴장된 정적이다. 예를 들어 아내의 고모인 도자(刀自), 숭덕군(崇德君)의 거문고 소리를 듣고 쓴 작품, 그것은 아직 소식에게 입문하기 전인 희녕 4년 1071년, 27세 때의 작품이다.

月明江靜寂寥中	大家斂袂撫孤桐
古人已矣古樂在	髣髴雅頌之遺風
妙手不易得	善聽良獨難
猶如優曇華	時一出世間

兩忘琴意與己意　　禪心默默三淵靜

幽谷清風淡相應　　絲聲誰道不如竹

我已忘言得眞性　　罷琴窓外月沈江

萬籟俱空七絃定

달은 밝고 강은 조용하여 적막함 속에 있고

대가는 옷소매를 거두고 오동을 어루만진다

고인은 이미 고악에 있어

아송의 유풍에 방불하는구나

묘수는 얻기 어렵고

선청은 갖기 어려우니

비유컨대 우담화 같아

어쩌다 한 번 세상에 나오는 듯하다

거문고와 나의 뜻 모두 잊고

선심으로 침묵하니 삼연이 조용해진다

깊은 계곡에 부는 상쾌한 바람 담담하게 서로 응하고

거문고 소리 누가 피리소리 같다고 하나

나는 이미 말을 잊고 참된 성을 얻었으니

거문고 소리 끝나니 창 밖의 달 강물로 빠져들고

온갖 소리 다함께 하늘에서 일곱 현을 고른다

'대가(大家)'는 원래 대고(大姑)라고도 쓰며 백모(伯母)를 가리킨다.
'아송(雅頌)'은 고전 《시경》의 권명(卷名). '삼연(三淵)'은 선어(禪語)
일 것이다. 소식도 선을 좋아했지만 황정견은 더 심하다. 사(絲), 즉 현
악기는 죽(竹), 즉 관악기에 미치지 못한다는 유명한 이야기가 《세설
신어(世說新語)》에 있지만 여기서는 그것을 부인한다. '망언(忘言)'은
《장자》에 나온다. 모두 언어는 임시의 표현이라고 하여 망각하는 것.

‘진성(眞性)’은 진실한 인간성.

또 성격의 내공성 때문에 조사(措辭)는 단련에 단련을 거듭하여 때로는 회삽(晦澁)으로 떨어지기도 한다. 소식의 천재성이 때로 성근 표현으로 거칠고 조솔(粗率)함에 빠지는 것과 닮아 있다. 이 시는 굳이 그런 예라고 할 수는 없지만, 마지막 구절 “만뢰구공칠현정(萬籟俱空七絃定)”의 ‘정(定)’ 자는 아마 그 예가 될 것이다.

또 표현의 평범함을 기피하는 결과로서 발상이나 조사도 종전의 시인들이 쓰던 방식을 피하여 작은 세계의 작은 파동에서 시를 찾으려고 한다. 소식이 그린 돌과 대나무와 같은 작은 대상을 그린 그림에 이공린(李公麟)이 소치는 목동을 그린 것을 찬한 짧은 오언고시 〈제죽석목우(題竹石牧牛)〉는 그 예가 될 것이다. 원우 3년 소식의 밑에서 사관을 하고 있었던 때의 작품이다.

野次小崢嶸　　幽篁相依綠
阿童三尺箠　　御此老觳觫
石吾甚愛之　　勿遣牛礪角
牛礪角尚可　　牛鬪殘我竹

들판에 작게 솟구친 산이여
그윽한 대나무숲 서로 아울러 푸르구나
아이의 삼 척 채찍
늙은 소를 다룬다
돌은 내가 매우 사랑하는 것
소로 하여금 뿔을 갈게 하지 말거라
소의 뿔을 가는 것은 아직 있으니
소가 혹시 싸운다면 나의 대나무 남아나지 않으리

‘쟁영(崢嶸)’은 보통 큰 산의 높게 솟구친 것을 표현한 것인데, 여기서는 작은 돌을 적은 ‘쟁영’이라고 그는 본다. ‘아동(阿童)’은 아이에 대한 애칭. 동자승. ‘곡속(觳觫)’은 소를 표현한 것.

소식이 그린 소품은 작은 돌 주변에 약간의 조릿대가 더 그려졌다고 생각되는데, 시는 이 작은 세계의 파동을 “서로 의지하며 푸르다”라고 우선 발굴한다. 그리하여 목동인 동자승이여, 돌을 망치지 마라, 특히 대나무를 망치지 말라고 하는 것은 목동이 이공린에 의해 그려졌기 때문에 유머로 표현한 것이다.

황정견이 가장 존경하는 시인은 당대의 두보였다. 왕안석·소식보다도 두보를 더욱 존경하고, 두보를 열심히 표창했다. 글씨도 명인인 황정견이 만년에 스승 소식의 실각과 함께 사천(四川)의 검주(黔州), 그리고 융주(戎州)로 유배되었을 때, 두보의 사천 유랑중에 지은 시 전부를 스스로 쓰고 돌에 새긴 것은 황정견의 산문 〈두자미의 파촉시를 새기는 서〔序刻杜子美巴蜀詩〕〉 그리고 〈대아당기(大雅堂記)〉에 보인다.

황정견이 두보를 본받은 것은 두보의 내공성을 사랑했기 때문이다. 두보가 황정견과 같이 기반으로 삼은 바의 단련을 거듭한 조사, 작은 파동의 숙시(熟視), 그것을 사랑했던 것이다. 동시대인으로부터도 황정견은 두보를 가장 훌륭하게 본받았으며 현대의 두보라는 평가를 받았다.

그러나 황정견의 시는 실제로는 두보의 시와 닮은 바가 없다. 혹은 가장 닮지 않았다고 할 수 있다. 두보의 정열이 보여주는 커다란 진폭, 그것은 그의 지향이 아니었다.

황정견은 종전의 시가 정열을 있는 그대로 표현하는 것, 그것은 내공적인 두보에게도 표현되었던 그것을 거절했다. 어리고 초보적인 것이라고 보았을 뿐더러 작은 파동에의 숙시를 방해하는 것으로 적극적으로 싫어했다고 생각한다. 황정견의 시를 처음 읽은 사람이 느끼는 것은 쌀쌀맞음, 냉담함이다. 정열의 정열로서의 표현은 기피되고 눌러지고 있다. 만약 비교적 정열이 드러난 작품을 찾는다면 혹은 가장 만년에 유배된 곳인 광서(廣西) 선주(宣州)에서 지은 작품 〈마애비 뒤에다 쓴다〔書摩崖碑後〕〉뿐일지도 모른다.

그런 의미에서 황정견의 시는 종전 시의 입장에서는 역설(逆說)이었다. 혹은 어느 시대에도 시에 대해 갖고 있었던 예상, 시라는 것은 정열의 표현이라는 예상, 그것에 대한 역설이다. 이런 역설은 송시, 적어도 북송의 시가 매요신 이후 어느 정도 일반적으로 된 것이다. 앞서 인용한 매요신에 대한 구양수의 평, 떫은 감람열매가 점점 맛있어지는 듯하다는 말을 한 것도 바로 그것인데, 그런 방향을 가장 강하게 몰아붙인 시인이 황정견이었다.

물론 그것이 바로 황정견이 정열의 시인이 아님을 의미하지 않는다. 황정견은 소식과 마찬가지로 애정이 깊은 사람이며 특히 주변 시민들에 대한 애정을 육체적인 것으로 갖고 있었다. 진류(陳留)의 마을을 돌아다니는 이발사 할아버지를 읊으면서 원우 2년 사국(史局)에서 쓴 작품 〈진류의 시은〔陳留市隱〕〉도 또한 같은 것을 보여준다. 시의 서문에 의하면 이발사는 나이 40세 정도, 아내는 없고 7세 된 여자아이를 어깨에 태우고 이발사의 표식인 커다란 가위를 붕붕 울리면서 이 마을 저 마을 돌아다닌다. 하루벌이로 술을 마시고 꽃을 상투에 꽂고 긴 횡적(橫笛)을 분다. 인생의 즐거움은 이런 경애일 것이라고 그렇게 서문을 붙인 시에서 말한다.

市井懷珠玉　　　　往來人未逢
乘肩嬌小女　　　　邂逅此生同
養性霜刀在　　　　閱人淸鏡空
時時能擧酒　　　　彈鑷送飛鴻

시정에 주옥을 품었으니

왕래하는 사람 아직 만나지 못했다

어깨에 태운 예쁜 소녀

이 생에 만나 같이 지낸다

성을 기르는 데는 서리 같은 칼 있고

사람들을 검열하여 맑은 거울은 헛되다

때때로 술을 들고

족집게를 튕겨 나르는 기러기를 보낸다

'주옥(珠玉)'은 그렇게 아름다운 마음. '해후(邂逅)'는 우연. 어깨에 태운 소녀는 실제의 자식이 아니라 우연히 어디선가 주워 온 아이를 양녀로 삼고 이 인생을 함께하고 있는 듯하다. '성(性)을 기르다' 운운은 서리와 같이 잘 갈린 가위는 성격의 단련을 위해 존재하는 것이며, 손님 앞에 놓인 거울은 여러 손님을 비추고 손님이 가면 또 원래의 텅 빈 상태로 되돌아간다. "손에 오현(五絃)을 타고, 눈은 날아가는 기러기를 보낸다"란 고대의 철학자 혜강(嵇康)의 심경이었는데, 같은 철학을 위해 할아버지는 장사도구의 커다란 족집게를 붕 울린다. 커다란 족집게와 그 소리가 마을을 돌아다니는 이발사의 상표인 것은 지금의 중국도 마찬가지이다.

　황정견이 인생의 철학으로서 갖고 있던 것은 스승인 소식과 마찬가지로 저항의 철학이었다. 유배지인 융주(戎州)에서 풀려나는 원부 3년 1100년 56세의 그가 양명숙(楊明叔)이라는 인물을 전별(餞別)한 시에 차운한 작품에서 말한다.

松柏生澗壑　　　坐閱草木秋

金石在波中　　　仰看萬物流

抗髒自抗髒　　　　伊優自伊優

但觀百歲後　　　　傳者非公侯

소나무와 잣나무 계곡에서 자라나고

앉아서 초목에 내리앉은 가을을 바라본다

금석은 물결 속에 있고

만물 흘러감을 우러러 바라본다

튼튼한 것은 스스로 튼튼하다고

흐물거리는 것은 스스로 흐물거린다고

다만 백 년 후에 보면

전하는 자는 공후가 아닐 것이다

　가만히 깊은 계곡에 있어 이렇다 할 이유 없이 초목이 가을에 낙엽지는 것을 보아야 하는 소나무와 잣나무, 또 가만히 물결 밑에서 위에서 흘러가는 만물을 보는 금석(金石), 모두 자기 주체를 비유한 것이다. 가운데 '금석' 운운하는 일련은 왕응린(王應麟)은 소식의 "부운(浮雲) 세상사 새로워지고, 고월(孤月)이 마음 밝게 한다"와 나란히 추장한다. '항장(抗髒)'은 튼튼하고 건강한 것, '이우(伊優)'는 흐늘흐늘한 것을 말하는데, 모두 의태어. 모두 좋아하는 것을 따르는 게 좋다. 백 년 지난 후에 이름이 전해져 남는 것은 때를 주름잡는 공작 후작이 아니다.

　'신법'의 압박에 의해 두 번의 유배로 고통받으면서 그 시집에 우는 소리가 없는 것도 스승인 소식과 마찬가지이다.

　요컨대 황정견은 동시의 여러 시인 가운데 가장 예술가였다. 그의 시는 먼 친척뻘인 매요신과 마찬가지로 일상 생활에 밀착하는데, 일상 속에 있는 작은 파동이 인생에 대해서 갖는 의의를 황정견은 아마 매요신보다도 깊이 알고 있었던 듯싶다. 그리하여 그것을 예술로 조형하고자 했다. 매요신이 '슬'을 시로 읊은 것이 처음이었듯이, 황정견에게도 처음으로 시적 재료로서 취급한 것이 있다. 그것이 납으로 만든 조화인가 할 정도로 정교한 꽃, 납매(臘梅)이며 또 백반화(白礬花)라고 부르는 작은 흰꽃나무였음은 상징적이다. '납매' 시의 하나를 보자.

金蓓鎖春寒　　　惱人香未展
雖無桃李顏　　　風味極不淺

금빛 꽃봉우리 봄추위를 깎아내리고
사람을 괴롭히는 향기는 아직도 나오지 않네
복숭아 배꽃의 얼굴이 없다 해도
풍미는 매우 낮지 않다

제6절 진사도(陳師道) 기타

황정견 다음으로 논해야 할 소식의 제자는 진사도이다. 자는 이상(履常) 또는 무기(無己), 호는 후산거사(後山居士). 강소(江蘇)의 팽성(彭城), 즉 서주(徐州) 사람이다. 황정견과 함께 '황진(黃陳)'으로 나란히 불리는 경우가 있다.

진사도 또한 시에 전념하는 시인이었다. "이 생(生)의 정력(精力)을 시에 다한다"고 스스로 말하면서, 친구인 황정견은 "문을 닫고 시구를 찾는 것은 진무기(陳無己)"라고 한다. 밤을 걷고 있어도 시구가 생각나면 집으로 돌아와 이불을 뒤집어쓰고 병자처럼 며칠을 신음했기 때문이라고 철학자 주희(朱熹)와 제자와의 대화록 〈주자어류(朱子語類)〉에서 설명하고 있다.

진사도 또한 두보를 숭배하고 본받은 시인이었다. 다만 황정견처럼 틀어서 본받는 것이 아니라 보다 더 있는 그대로를 본받고자 했다. 진사도의 시집 《후산시집(後山詩集)》 12권의 앞부분에 실은 오언고시 〈세 아들과 헤어지다[別三子]〉는 송시를 뽑아 싣는 대부분의 선본(選本)에서 반드시 싣는 작품으로 두보를 본받은 하나의 예이다. 신종(神宗) 황제 원풍(元豊) 7년인 1084년, 32세 때 가난으로 인해 아내와 세 아이를 장인이 사천의 사법관이었기 때문에 맡기기로 했다. 아내와 자식들이 출발하는 것을 마중하는 시이며, 두보가 가족에 대한 애정을 읊은 시의 영향이 현저하다.

夫婦死同穴　　父子貧賤離
天下寧有此　　昔聞今見之
母前三子後　　熟視不得追
嗟乎胡不仁　　使我至於斯
有女初束髮　　已知生離悲
枕我不肯起　　畏我從此辭
大兒學語言　　拜揖不勝衣
喚爺我欲去　　此語那可思
小兒襁褓間　　抱負有母慈
汝哭猶在耳　　我懷人得知

부부는 죽어서 한 무덤에 묻히고
부자는 가난하여 이별을 한다
천하 어찌 이런 일이 있는가
옛날에 듣던 일을 지금에서야 본다
어머니는 앞서고 세 아이는 뒤서고
뚫어지게 바라보아도 그 모습 찾을 길 없어
아아 이 얼마나 무정한 일인가
어찌 나를 이 지경을 만들었는가

아내 만나 처음 머리다발질 때
이미 생이별을 알고 있었네
나를 베개 삼아 일어나려 하지도 않고
내가 이 말 하는 것을 두려워하네
큰 아이는 말을 배우고
인사하고 절하는 데에도 옷이 걸리네
아버지 나는 갑니다 소리내고
이 말에 어찌 아무런 생각 없으리오
어린아이는 강보에 쌓여
어머니의 따뜻한 품에 안겨 있다
아내의 울음소리 아직도 귀에 쟁쟁한데
내 슬픔 누가 알아 주리오

부부가 죽으면 같은 무덤, 그러나 아버지와 자식은 가난하면 헤어질 수밖에 없다는 속담, 그 후반을 이 세계에 그런 바보 같은 일이 있겠는가 하면서, 지금까지는 좋을 정도로 건성으로 들어온 나지만 지금 그것은 눈으로 보고 있다. 어미가 앞에 서고 세 아이는 뒤따라간다. 하염없이 바라다볼 뿐, 그뒤를 쫓아갈 수는 없다. 내가 이런 지경이 된 것이 누구의 탓인지 알 수 없지만 이 얼마나 비정한 세상일까. 딸은 이제 겨우 갈래머리 딸 수 있는 나이인데, 벌써 이별의 슬픔을 알고는 나의 무릎에 기대어 일어나려고 하지 않는다. 내가 이대로 돌아가는 게 아닌가 걱정하고 있는 것이다. 큰아이는 이제 철이 들었을 뿐 인사를 하라고 해도 아직 옷도 제대로 못 입는 나이다. 그 아이가 큰 소리로 아버지 갔다 오겠습니다라고 말한다. 그 말을 어떻게든 견딘다. 밑의 남자아이는 아직 잠들어 있는 중, 어미한테 안겨 있을 뿐, 사랑을 더 많이 받고 있다. 모두 가버렸다. 아이들의 울음소리가 아직 귀에 남아 있다. 나의 이 기분을 누가 알아 주겠는가.

　진사도가 서장에서 한 예를 보였듯이 율시를 많이 지은 것도 역시 두보에 접근하려는 노력 때문이다. 용어도 의식적으로 두보와 중복(重複)된다. 게다가 두보의 자손이기 때문에 비양의 억양(抑揚)도 거부하지 않는다. '세 아이와 헤어지다'에서 이미 그러했듯이 〈한야(寒夜)〉라는 제목의 오언율시는 진사도 시의 비애가 풍부한 이유를 스스로 설명한다.

留滯常思動　　艱虞却悔來
寒燈挑不燄　　殘火撥成灰
凍水滴還歇　　風簾掩復開
熟知文有忌　　情至自生哀

어딘가로 전임하여 움직이고 싶어도
고생만 할 뿐 후회막심
차가운 등불 심지 돋궈도 타지 않고
남은 심지 재만 되는구나
얼은 물방울로 목을 축이고
바람 부는 발을 닫고 또 여네
누가 아리오 글에 꺼리는 바가 있음을
정이 지극하면 저절로 슬픔이 생긴다네

　철종(哲宗) 원부(元符) 3년 1100년 고향인 서주의 교관에서 산동 체주(棣州)의 교관으로 전임해 온 겨울에 쓴 작품이다. 한군데 오래 '유체(留滯)'하면 어딘가로 전임하여 움직이고 싶다고 계속 생각해 왔는데, 그렇다고 전임해 봐도 '간우(艱虞)' 노고만 있을 뿐 전임해 온 것이 오히려 후회가 된다. 그것이 첫 2행의 의미이다. 이하 지방교관의 관사를 둘러싼 쓸쓸한 정경을 펼친 다음, "글에 꺼리는 것이 있다"란 비애를 꺼리는 것이며, 진사도의 사후 얼마 되지 않아 가해진 임연(任淵)의 주에는 앞서 인용한 왕안석의 시구 "문장은 종종 비애 있음을 특히 꺼린다"가 진사도의 의식에 있었던 것으로 인용한다. 그러한 구속과도 같은 존재를 숙지하고 있어도 감정이 고조되면 자연히 비애가 생기는 것을 어떻게 할 수 없다. 그것이 끝 2행의 뜻이다. 가운데 '유체' '간우' '풍렴(風簾)' 모두 두보 율시의 용어이다.

시가 이지(理智)의 표출이라고 함은 소식과 황정견을 포화점(飽和點)으로 하여 이후의 송시는 앞으로 언급하듯이 자연스럽게 당시풍의 소박한 서정으로 되돌아가려고 한다. 소식의 제자 가운데 이런 경향이 이미 싹트고 있었던 것을 진사도의 시는 보이고 있다. 다만 그 두보를 본받는 것이 두보의 장대(壯大)함을 본받지 못하고 치밀함만을 본받아 선이 가늘다. 이것도 이후의 송시가 종종 보여주는 경향이다.

진사도는 스승 소식이 사망한 1101년 휘종(徽宗) 건중정국(建中靖國) 원년에 서울 하급 관리의 신분으로 사망한다. 비서성정자(秘書省正字), 도서료(圖書寮)의 교정담당이었던 진사도는 동짓날 천단제(天壇祭)에 열석하라는 명을 받았다. 밤에 찬바람을 있는 대로 맞고 서 있어야 하는데 걸칠 옷도 없다. 아내가 동생 남편인 고관 조정지(趙挺之) 집에서 옷 한 벌 빌려와 이것을 더 입으라고 하는 것을 괘씸한 저 신법당 사내의 옷을 입을 수 있냐며 떨면서 집을 나갔다. 그것이 원인이 되어 병에 걸리고 그해 그믐날에 사망했다고 역시 주자의 《어류》에서 말하고 있다.

이상 설명한 황정견·진사도 외에 진관(秦觀), 자는 소유(少遊), 출신지로 부른다면 진회해(秦淮海)는 강소의 고우(高郵) 사람. 장뢰(張耒), 자는 문잠(文潛), 호는 완구 선생(宛丘先生), 관명(官名)으로 부르면 장우사(張右史)는 강소 회음(淮陰) 사람. 조보지(晁補之), 자는 무구

(無咎)는 사촌인 조충지(晁冲之), 자는 숙용(叔用)과 함께 산동 거야(巨野) 사람. 또 소식의 사촌으로 대나무 그림을 잘 그린 문동(文同), 자는 여가(與可)는 사천의 재주(梓州) 사람. 소식의 서화(書畫)상의 벗이었던 미불(米芾), 자는 원장(元章)은 호북 양양(襄陽) 사람. 또 시승으로는 도잠(道潛), 호는 참료자(參寥子) 등, 소식을 둘러싼 시인은 더욱더 많다.

그 가운데 서장에서 〈전거(田居)〉 시를 인용한 진관은 가요체인 '사(詞)'에 뛰어났기 때문에 최근 문학사의 중시를 받고 있는데, 그의 시는 여성적으로 약하여 '여랑시(女娘詩),' 즉 아가씨의 시라고 금(金)의 원호문(元好問)이 비평하고 있다. 스승 소식의 추천으로 관직을 얻은 그는 스승의 실각과 함께 남방으로 유배되는데, 유배인이 되고 난 다음의 시에는 우는 소리가 눈에 띈다. 그러나 '염진(髥秦)'이라는 별명이 있듯이 턱을 수염으로 뒤덮은 대장부이며, 황정견은 그런 외발적(外發的)인 성격을 "손님을 마주하여 휘호(揮毫)하는 진소유"라고 노래하며, 내공적인 진사도가 "문을 닫고 시구를 찾는 진무기"라고 하는 것과 대조된다. 진관은 신흥 계급 출신의 수재답게 공명심과 콤플렉스가 많은 인물이며, 문학에도 그것이 반영되고 있다.

<h1 style="text-align:center">제4장</h1>

<h1 style="text-align:center">12세기 전반 북송 말기
남송 초기의 과도기</h1>

제1절 강서시파(江西詩派)

거인 소식이 해남도로 멀리 유배되다가 풀려나 북으로 돌아오는 도중 사망한 것은 그 해가 마치 다음 세기의 시작인 1101년이면서 한 시기의 종말을 고한다. 소식의 제자들도 진관과 진사도는 같은 해에, 황정견은 4년 후에, 조보지는 9년 후에, 장뢰는 동생 소철과 함께 11년 후에 사망한다.

그와 함께 북송의 정치도 종국으로 향한다. 새로운 황제 휘종의 첫 연호로서 신구 양법의 조화를 의미한 '건중정국'은 1년으로 끝나고, 선대인 희녕(熙寧)의 신법을 존숭한다는 의미에서 1102년 '숭녕(崇寧)'이 연호로 채택되자 왕안석의 조카사위인 채변(蔡卞) 및 그 형인 채경(蔡京)이 정권을 잡는다. 구법당 사람들은 고인인 사마광·소식·진관, 생존자인 황정견 등 1백20명이 추방자가 되고 그 명부가 석비(石碑)로 각지에 세워진다. 이른바 '원우당적비(元祐黨籍碑)'이다. 또 모든 사람의 저작은 발행 정지된다. 작시(作詩)는 원우 간당(姦黨)의 학술이기 때문에 금지해야 한다는 제의조차 있었다. 그러나 휘종 황제 스스로 금기를 깼기 때문에 금령(禁令)은 중지되었다고 《송시기사(宋

詩紀事)》의 휘종, 장순민(張舜民), 진사도 조에 보인다.

신법당의 재상 채경, 채변은 왕안석의 정책을 계승한다고는 했지만, 왕안석의 결벽을 계승하지 않고 젊은 황제 휘종의 사치를 장려했다. 휘종은 '수금체(瘦金體)'라고 불리는 특수한 서체에 섬세한 감각을 보이고, '박고도(博古圖)'가 수집한 고기물(古器物)의 도록(圖錄)이듯이 서화 골동의 감상, 수집, 또 제작에 뛰어났다. 음악에도 뛰어나 사(詞)의 명수 주미성(周美成)을 아악료(雅樂寮) '대성부(大晟府)'의 일원으로 삼았다. '간악(艮岳)' 또는 '만세산(萬歲山)'이라고 부르는 대정원을 조성하고, 남방의 구옥에서 정원의 나무와 돌을 '화석강(花石綱)'이란 명목 아래 징발했다. 풍문이지만 거리의 명기(名妓) 이사사(李師師)를 사랑했다. 휘종이 지은 칠언절구 〈궁사(宮詞)〉 한 수에서 말한다.

苑西廊畔碧溝長　　修竹森森綠彩凉
戲擲水毬爭遠近　　流星一點耀波光
정원의 서쪽 낭간 끝에 있는 푸른 도랑 길고
쭉쭉 뻗은 대나무 우거져 푸르름이 서늘하다
희롱하며 던지는 수구 멀고 가까움을 다투니
흐르는 별 한 점 파도빛에 빛난다

물 위의 공을 서로 던지는 것은 궁녀이다. 그러나 밤이 되면 대정원 '간악'은 방사하는 새 짐승이 우는 소리로 가득했다. 사람들은 불길하게 느꼈다.

서울 개봉이 110년의 태평함 속에서 허망한 번영을 계속했다는 것은 《동경몽화록(東京夢華錄)》에 맹원로(孟元老)가 북송이 망한 후의 추억으로서 기록한다. 농민 집단이 각지에서 모반을 일으키고, 특히 산동의 송강(宋江)에 대해서는 소설 《수허전(水滸傳)》이 약간 과장되게 그려진다. 또 차기의 철학자 주자의 《어류》에도 그 무렵의 '도적'에 대한 비평이 있다.

　망국은 숭녕·대관(大觀)·정화(政和)·중화(重和)·선화(宣和)로 연호를 바꾼 사반세기 후인 1126년 정강(靖康) 원년에 현실이 된다. 처음에 송나라와 동맹을 맺은 금나라는 송나라의 숙적인 요나라를 멸망시킨다. 그러나 송나라가 약속을 깨트렸다고 주장하며 변경을 포위하여 휘종과 흠종(欽宗) 부자를, 궁중의 보물, 여자들과 함께 만주로 끌고 간다. 그후 9년 동안 휘종은 오국성(五國城)에 있는 억류지에서 죽는다. 다음의 칠언절구는 휘종이 억류지의 벽에 쓴 것이라고 한다.

徹夜西風撼破扉　　蕭條孤館一燈微
家山回首三千里　　目斷天南無雁飛

밤새 부는 가을바람 찢어진 문을 흔들고
쓸쓸하고 외로운 객지 등불만 희미하네
고향으로 고개 돌려도 여기서 삼천 리
하늘 남쪽 바라보아도 날아가는 기러기도 없다

　휘종의 다른 황자 고종(高宗)이 남송의 초대 황제가 되어 잠시 남방의 여러 지역을 전전하다가 절강(浙江)의 항주(杭州)에서 정부를 수립한다. 최초의 연호는 국가의 부흥을 의미하는 '건염(建炎),' 이어서 중흥을 의미하는 '소흥(紹興),' 재위 기간은 모두 36년, 금나라와 싸워야 하는가 화평을 맺어야 하는가 주화파(主和派) 재상 진회(秦檜)가 주전파(主戰派) 장군 악비(岳飛)을 멸하고 금나라와 평화조약을 체결한 소흥 11년인 1141년, 조정은 더욱 안정되었다. 고종도 아버지와 닮아 글씨를 잘 썼으며, 새로운 수도 항주는 서호(西湖)의 아름다운 풍광을 마주하고 온난한 기후 속에 있었다. 고효수(高孝璹)라는 인물이 쓴 칠언절구에서 말한다.

朱簾白舫亂湖光　　隔岸龍舟艤夕陽
今日歡遊復明日　　便將京洛看錢塘
붉은 주렴 흰 배는 호수빛을 어지럽히고
양 언덕 용주는 석양에 정박해 있다
오늘의 기쁜 놀이 다시 내일에 할 것이니
장차 서울을 전당에서 볼 것이네

지붕 덮인 배가 떼지어 다니는 호수, 건너편 언덕에서 석양 속을 배를 저어 나오는 것은 '용주(龍舟),' 즉 황제가 탄 배였다. '경락(京洛)'이란 북송의 옛서울 변경 개봉부, 또 '전당(錢塘)'은 항주의 이명. 옛 수도의 번화함은 이곳 '전당'으로 옮겨졌던 것이다. 형식적으로는 제국의 수도는 어디까지나 변경이고, 이곳 항주 임안부(臨安府)는 '행재(行在)'라고 불렀어도 반공(反攻)의 의사는 황제를 중심으로 점점 상실되고 있었다. 원래 이 시는 씌어진 시기가 분명하지 않아 조금 더 후대의 작품일지도 모른다. 그래도 좋다. 이후 150년간 남송이 멸망할 때까지 '행재' 항주는 늘 향락적인 분위기 속에 있었다.

고종 말년, 야심적인 금나라의 황제 완안량(完顔亮)이 조약을 깨트리고 남침을 기도한 것도 이 아름다운 도시를 동경했기 때문이라고 한다. 그것이 격퇴된 소흥 32년, 1162년, '반벽(半壁)의 천하'라는 안정을 취한 고종은 황제의 자리를 양자인 효종(孝宗)에게 양위한다. 또한 고종은 자신의 제위(帝位)를 유지하려고 적지에 포로가 된 부형의 귀환을 실제로는 희망하지 않았다고 한다.

반세기의 정치사의 곡간은 문학사의 곡간이기도 했다. 이미 대시인은 없었다. 있는 것은 소시인뿐이다. 이 세기 후반에 대시인인 육유(陸

遊)·양만리(楊萬里)·범성대(范成大)도 그 청년기와 장년기 시절을 보낸 고종의 치세에서는 아직 뚜렷한 활동을 시작하지 않는다.

소시인들이 가장 많이 계승하고자 한 것은 황정견의 시였다. 소시인의 한 사람인 여거인(呂居仁), 자는 본중(本中), 호는 자미(紫微)는 동시기 시인 스물여섯 명을 황정견의 유파에 넣어 계보를 만들었다. 이른바 《강서시사종파도(江西詩社宗派圖)》로서 진사도, 조충지 등도 열거하고 있다. 강서라는 것은 원조로 떠받드는 황정견이 강서 사람이었기 때문에 붙인 명칭으로, 스물여섯 명은 진사도를 비롯하여 강서 출신이 아닌 인물도 포함되어 있다. 여거인은 스물여섯 명의 시를 집성(集成)한 1백37권을 편찬했다고 하는데, 현재 전하지는 않는다. 대체적으로 이 시기의 시집으로 전하는 것이 적은 이유는 전란으로 인해 문헌이 소실되었으며, 남송 초기에 주화와 주전으로 갈라져 싸운 정쟁이 반대당의 저작을 서로 말살했기 때문으로 생각된다.

이른바 '강서시파'는 송시 역사에서 중요한 이야깃거리이며, 차기의 양만리, 말기의 유극장(劉克莊)과 관련된 문장이 있다. 또 후세의 시론가로 예를 들어 청대의 왕사진(王士禛)의 고증이 있다. 진사도를 '강서' 계보 속에 넣는 것은 타당하지 않다고 하는 논의가 당시에 이미 있었으며, 또 사실 진사도의 시가 황정견과 닮지 않았음은 앞서 이야기한 바가 있다. 그밖의 시인들도 다른 의미에서 황정견 시를 제대로 본받은 것 같지는 않다. 설령 의식적으로 황정견을 본받았어도 결과는 그렇지 않다. 예를 들어 《강서시사종파도》의 편자 여거인은 자신의 《동래선생시집이십권(東萊先生詩集二十卷)》에서 작은 취미의 시를 싣고 있다. 황정견이 자잘한 생활을 즐겨 숙시(熟視)한 것은 큰 의미를 내포한 것으로 파악한 것인데, 그것은 단지 자잘한 취미만으로 계승한다. 또 황정견과 같은 역설적인 '경어(硬語)'를 이미 쓰지 않는다. 아니 쓸 수가 없다.

되돌아보면 북송의 시가 종종 역설처럼 보이는 산만한 서술과 논리를 가졌던 것은 시인이 모두 크고 넓은 인격의 소유자이며 그에 어울리는 학문의 단련이 있었기 때문이다. 구양수·왕안석·소식 모두 학자로서도 일류였다. 매요신·황정견도 그뒤를 잇는다. 사태는 그대로 계승하는 것이 사실은 곤란한 데 있었다. 하물며 정치사의 곡간, 문학사의 곡간에 있는 소시인들에게는 곤란한 일이었다.

그때로 계승하는 것이 곤란하다면 시는 방향을 틀어야만 한다. 그 최초의 걸음이 '소문(蘇門)' 사람들 가운데에서도 진사도에게 이미 보여졌다는 것, 앞에서 언급한 바이지만, 이 시기에서는 진여의(陳與義)를 손꼽을 수 있다.

제2절 진여의(陳與義)

진여의, 자는 거비(去非), 호는 간재(簡齋), 소시인만 있는 이 시기에 그래도 가장 읽을 만한 시인으로 평가받고 있다. 진여의의 《간재시집(簡齋詩集)》이 있다.

휘종 정화 3년, 24세의 나이로 관직에 오른 이래 북성이 멸망할 때까지의 십수 년 동안 읊은 시에서 칠언절구 연작 〈묵매(墨梅)〉 5수는 휘종황제의 칭찬을 받았다. 특히 다음의 일수는 철학자 주자의 《어류》에도 언급되고 있다. 묵매란 수묵화로 그린 매화이다.

粲粲江南萬玉妃　　別來幾度見春歸
相逢京洛渾依舊　　唯恨緇塵染素衣
아름다운 강남의 만옥비
헤어진 뒤 몇 번의 봄을 맞이했는가

서울에서 만나니 모든 것은 그대로인데

다만 한스러운 것은 검은 먼지 흰 옷 물들이는 것이네

또한 〈중모도중(中牟道中)〉이라는 제목의 칠언절구 2수는 역시 북송 말기 지방교관으로 이곳저곳을 다니던 무렵의 작품이다. 그 중 한 수이다.

雨意欲成還未成　　歸雲却作伴人行
依然壞郭中牟縣　　千尺浮屠管送迎

비올 듯해도 아직 오지 않으니

돌아가는 구름 오히려 나그네와 더불어 가네

여전히 무너진 중모현의 성곽

치솟은 탑은 나그네 보내고 맞이하네

중모현은 수도 변경과 이웃한 소도시. '부도(浮屠)'는 절의 탑. 중국 평원을 마차로 여행하는 나그네가 도시로 들어가면 가장 먼저 보이는 것은 도시 주변을 방형으로 둘러싼 성벽 위에서 머리를 내보이는 탑이다. 여전히 허물어진 성벽 위에 보이는 높이 솟구친 탑, 그것은 오늘도 또한 날씨가 찌푸린 들에서 나그네를 맞이하고 보내는 역할을 하고 있다.

37세, 변경이 함락되면서 금나라 군사를 피하여 하남·호북·호남·복건·절강 각지를 전전하기를 수년, 항주의 고종이 불러 참지정사, 즉 부재상이 되고 소흥 8년, 49세로 사망한다. 만년에 쓴 작품 〈모란(牡丹)〉이란 제목의 칠언절구가 있다.

一自胡塵入漢關　　十年伊洛路漫漫

靑墩溪畔龍鍾客　　獨立東風看牧丹

오랑캐 먼지 나라 안으로 들어온 뒤

십 년 낙양 거리 아득하네

청돈계 강가에서 뒤뚱거리는 나그네

홀로 봄바람 맞으며 모란을 바라보네

‘이락(伊洛)’은 하남성의 강인 이수(伊水)와 낙수(洛水) 유역. 특히 낙양시. 진여의의 고향이면서 모란의 명소이기도 했다. 지금은 적지이며 갈 수가 없다. 청돈계(靑墩溪)는 절강성 동향현(桐鄕縣)의 지명이다. ‘용종(龍鍾)’은 노인이 뒤뚱뒤뚱 걷는 모습을 말하는 의태어. ‘동풍(東風)’은 봄바람.

모두 솔직한 서정이며 서경이다. 구양수의 서술, 소식의 대담함, 황정견의 회삽함은 이미 없다. 그래서 당시의 평명(平明)함에 접근하고 있다. 시형도 율시와 절구가 많고 장편의 고시는 많지 않다.

진여의는 두보를 좋아했는데, 전란을 피하여 방랑하는 동안 유사한 환경으로 두보와의 친근함이 더해졌다고 스스로 말한다. 또 누군가가 그의 시집에 쓴 서문에서 진여의의 말을 인용하면서 말하기를, 근세의 시인은 두보를 존중할 줄은 알고 있다. 그러나 그 결과 소식은 ‘사(肆)’ 방만함, 황정견은 ‘강(强)’ 고집셈을 보이고 있다는 것이다. “요컨대 반드시 소식과 황정견이 하지 않은 부분을 알고 나서야 두보의 경애로 넘어갈 수 있다.” 두보에서 소식과 황정견이 발굴하지 않았던 부분을 발굴함으로써 두보의 주변으로 접근할 수 있다는 것이다. 소식과 황정견의 시대는 이미 끝나고, 같은 두보를 본받아도 새로운 노력이 필요했음을 자각한 말이다.

진여의의 경우, 그런 노력은 새로운 감각에 의한 서정으로 나타난다. 특히 특징적인 것은 광선(光線)의 변화로 달라지는 감각이다. 건염

(建炎) 4년, 41세 때 복건의 산중에서 지은 작품은 밤 기운에 둘러싸인 산들을 노래한다.

今夕定何夕　　對此山蒼然
偸生經五載　　幽意獨已堅
微陰拱衆木　　靜夜聞孤泉
唯應寂寞事　　可以送餘年

오늘밤은 과연 무슨 밤인가

푸르게 우거진 산을 마주한다

태어나 5세가 되도록

깊은 뜻 홀로 굳히고

희미한 그늘은 수많은 나무를 껴안고

고요한 밤 외로운 샘물소리 듣는다

다만 적막한 일 생각하며

남은 생을 보내고자 한다

또 석양빛을 받아 흔들리며 빛나는 거미줄, 그것도 진여의가 즐겨 읊는 풍경이다. 〈춘우(春雨)〉라는 제목의 시이다.

花盡春猶冷　　羈心只自驚
孤鶯啼永晝　　細雨濕高城
擾擾成何事　　悠悠送此生
蛛絲閃夕霽　　隨處有心情

꽃은 져도 봄은 아직도 차가운데

고삐 잡은 마음 다만 놀랄 뿐이라네

외로운 꾀꼬리 대낮에 오래 울고

가랑비 높은 성을 적신다

근심 깊으니 무슨 일 이루리오

유유하게 이 생을 보내리니

거미줄은 저녁 노을에 번뜩이고

도처에서 마음 정겹게 하는구나

다른 시에서도 “거미줄은 반짝이며 밝아졌다 어두워졌다 한다”고 한다. 그 〈시심양절구(詩尋兩絶句)〉라는 칠언절구는 광선에 대한 감각과 진여의 시와의 관계를 스스로 이야기한다.

愛把山瓢莫笑儂　　愁時引睡有奇功
醒來推戶尋詩云　　喬木崢嶸明月中
산바가지 잡기 좋아하는 나를 비웃지 말게
근심 있을 때 잠 깨우는 데는 대단한 공이 있다네
술 깨고 문을 열어 시를 찾으러 나간다
키큰 나무 솟아오른 달 밝은 밤

술에 취해 잠이 들어 축적된 시정(詩情)을 응결시킨 것은 문을 밀어젖히고 걷고 있던 달이 밝게 뜬 숲이었다.

다만 진여의도 인생은 승제(乘除), 즉 혹은 더하고 혹은 빼기라는 낙관의 철학을 유랑 생활 속에서도 종종 주장하여 비애로 몰입되는 것을 피하고 있다는 측면에서 역시 송대 시인이라고 할 수 있다. “인생의 역경과 순경은 더하고 빼기 속에 있다〔人生險易乘除裏〕” “더하고 빼기로 늙음의 편안함을 바란다〔乘除晚泰冀〕” “다만 더하고 빼기로서 나의 삶을 마치리라〔只將乘除吾事了〕.”

그런데 이러한 감각적으로 파악한 자연 속의 서정, 그것은 당시가 이전에 득의로 하려던 것이었다. 당시에 대한 향수는 이렇게 해서 이후 남송시의 저류(低流)가 된다. 다만 당대 시인은 가지지 않았던 새로운 감각, 그것을 발굴하여 시를 지으려는 것이 진여의의 태도라고 볼 수 있는데, 그것은 아직 섬세한 시를 짓는 정도로 그치고 있다. 새로운 서정이 완성되는 것은 다음 시기의 대시인을 기다려야 했다.

차대의 대시인 육유의 스승인 증기(曾幾), 호는 다산(茶山), 차대의 대철학자 주희의 스승인 유자휘(劉子翬), 호는 병산(屏山), 주자의 부친인 주송(朱松) 모두 진여의와 동시기 시인이며, 모두 진여의와 유사한 느낌의 시를 짓고 있다. 주송의 시론(詩論)에는 당대 시인은 인격적으로 논할 만한 자가 많이 없지만, "시인이 있어온 이래로 당대만큼 성행한 적은 없다"라고 하고, "당대의 이백과 두보가 뛰어나니 고금의 시인 모두 폐할 만하다"고 하였다. 당시에 대한 향수는 이렇게 자각된 언어로서도 나타나고 있었다.

제5장

12세기 후반 남송 중기

제1절 육유(陸遊)

송시는 12세기 후반부터 13세기 초기에 걸쳐 제2의 정점에 도달한다. 남송 두번째 황제인 효종이 양부 고종을 태상황(太上皇)으로 섬기면서 융흥(隆興) · 건도(乾道) · 순희(淳熙)를 연호로 한 것에서 시작하여 또 그것을 중심으로 한다. 효종은 양부인 고종보다는 금나라에 대한 태도가 적극적이었다. 북벌군을 보냈으나 실패하고 조약을 다시 맺는다. 이른바 '융흥(隆興)의 화의(和議)'이다. 소식 등 '원우 명신'의 명예는 남송 초기부터 회복되고 있었지만, '문충공(文忠公)'이라는 휘호를 소식에게 추증한 것도 효종이 베푼 정책의 하나이다. 재위 28년 동안, 고종을 본받아 아들 광종(光宗)에게 황제의 자리를 양도하는데, 병약한 광종은 소희(紹熙) 연호를 5년 동안 썼을 뿐이고, 다시 그 아들인 4대째 영종(寧宗)에게 양위를 강요받는다. 이후 영종은 다음 세기 중반까지 30년의 긴 세월을 다스리는데, 그 첫번째 연호 경원(慶元) · 가태(嘉泰) · 개희(開禧)무렵까지는 송시의 두번째 전성기가 된다.

육유를 가장 손꼽히는 시인으로 평가하며, 범성대 · 양만리가 그와 어깨를 견주어 범육(范陸) 혹은 양육(楊陸)으로 병칭되고 있다. 세 사람은 북송이 망할 무렵, 한 살 차이로 태어나 서로 교류하고 있었다.

모두 초대 황제인 고종시대에 청년기와 장년기를 보냈는데, 그 무렵의 작품을 남긴 이는 범성대뿐이다. 육유와 양만리는 그 시기의 시를 버리고 남에게 보이지 않는다. 금나라에 대한 고종의 태도가 연약했기 때문이라는 무언(無言)의 반발이었는지도 모른다.

육유, 자는 무관(務觀), 호는 방옹(放翁), 32세 때부터 85세에 이르기까지 50년 동안의 작품을 《검남시고(劍南詩稿)》 85권으로 남기고 있다. 총 작품수는 1만 수. 육유 스스로가 연도 순서대로 편집했다. 시의 양은 만년에 이를수록 밀도(密度)를 더한다. 중년인 46세부터 54세까지 즉 효종 치세 중반에 전선지대인 사천에서 벼슬살이할 때 이미 상당 수준의 밀도를 보였지만, 66세 이후 강종·영종시대, 고향인 절강 소흥 부근에 농촌에 은거하여 그후 20년 동안 지은 작품은 거의 일기 형식과 같은 밀도를 보인다. 이렇게 다작한 시인은 공전에 없었다. 그 양이 이미 사람들을 압도한다. 또 그것은 이미 육유가 행동하는 인물이었음을 말해 준다.

또 1만 수의 시는 사탕발림식으로 아무렇게나 썼다는 느낌이 전혀 없다. 각기 충실감을 느끼게 한다. 한 작품 한 작품 행동하는 정신이 간직되어 있어 크든 작든 나름대로 시적 조형(造型)을 갖고 있다.

행동적인 것은 원래 육유의 성품이었다. 적국인 금에 대한 철저한 교전(交戰), 그것이 정치가로서 성공하지 못했던 육의 정치적 주장의 핵심이었다. 종종 자진해서 종군하고 적지를 공격하면서 "시체를 말 안장에 싸고" 싶다고 노래한다. "천년의 사책(史策), 이름 없음이 부끄럽고, 일편 단심, 천자에게 보답하리라." "하루 아침에 요새를 나가면 그대 시험삼아 보라, 아침에 보계(寶鷄)를 떠나 저녁에는 장안(長安)." 이런 주장은 되풀이되면서 노래되는데 86세 임종할 때 읊은 "왕사(王師), 북쪽 중원을 평정하는 날, 집안 제사 잊지 마라, 네가 아버지에게 고하는 것을"이라고 언급하고 있다.

시작 태도나 정치적 태도 또한 행동적이었음은 격정의 인물이었기 때문이다. 또한 격정은 좌절을 겪으면서 한층 더 높아졌다.

우선 북벌에 대한 주장이 당시의 권력자들에게 자주 무시되었다. 육유의 시가 갖고 있는 하나의 특징은 꿈에 기탁하여 지은 시가 많다는 것, 청대 비평가 조익(趙翼)이 지적하는 바이지만, 적국 금나라에 대한 공격은 꿈속에서나 가능한 일이었다. 56세 때 지은 칠언고시 제목으로 〈5월 11일, 바야흐로 한밤중이 되자 꿈에 대가(大駕)의 친정(親征)을 쫓아 말 위에서 장구를 짓다가 아직 다 짓지도 못하고 깨어나다〔五月十一日 夜且半夢 從大駕親征 盡復漢唐故地 見城邑人物繁麗 西凉府也 喜甚馬上作長句 未終篇而覺乃足成之〕〉가 있다. 또 원래 적국 금의 사정은 육유뿐만 아니라 대체적으로 남송 사람들은 잘 알지 못했다. 예를 들어 순희 11년, 61세가 된 육유는 "오랑캐 추장은 막북(漠北)으로 도망쳤다" "오랑캐 정권은 쇠퇴했다"라고 하면 지금이야말로 공격할 때라고 서슬이 퍼렇게 말한다. 그러나 그 무렵의 금나라는 영주(英主) 세종(世宗)의 통치 시대로 가장 안정된 상태였다. 국제 정세에 대한 무지도 육유를 더욱 강하게 좌절시켰다.

가정적으로 좌절을 겪었다. 어머니의 명령으로 첫 아내와 이혼한 씁쓸한 추억으로 63세 때 〈국침(菊枕)〉이란 제목의 시를 짓고 있다.

采得黃花作枕囊　　曲屏深幌悶幽香
喚回四十三年夢　　燈暗無人說斷腸
노란 국화를 따 침낭을 만든다
구부린 병풍 깊은 휘장 그윽한 향기 나고
사십삼 년 전의 꿈을 기억하며
등불 어둑어둑 남의 간장을 태우네

'황화(黃花)'는 국화. 꺾여진 병풍, 깊이 드리워진 장막 속에서 국화 꽃을 넣은 베개는 43년 전에 저 사람이 만들어 준 것과 똑같은 그윽한 향기를 풍긴다.

> 少日曾題菊枕詩　　蠹編殘稿鎖蛛絲
> 人間萬事鎖磨盡　　只有淸香似舊時
> 젊은 적에 쓴 국침시
> 좀 슬은 채 거미줄이 칭칭
> 인간 만사 닳고 닳아도
> 맑은 향기만 여전하구려

젊은 날에 지었다고 하는 〈국침〉 시는 지금 전하지 않는다. 75세 때 지은 〈심원(沈園)〉 절구도 또한 첫 아내에 대한 추억을 읊은 시이다.

좌절을 겪으면서 높아지는 격정(激情)은 감상적인 시를 많이 낳는다. 그 때문에 육유의 시는 종전의 송시, 특히 북송의 시와는 인상이 다르다. 이미 비애를 거부하지 않으며, 감상(感傷)을 노골적으로 드러낸다. 혹은 감상이야말로 대해(大海)와 같은 육유의 시가 갖고 있는 평균적인 바탕이라는 생각이 든다. 대해 속에서 한 방울, 두 방울 건져 올려 본다면 순희 4년, 53세 때 사천에 재임하고 있을 때 쓴 〈추감(秋感)〉에서 말한다.

> 西風繁杵擣征衣　　客子關情正此時
> 萬事從初聊復爾　　百年彊半欲何之
> 畫堂蟋蟀怨淸夜　　金井梧桐辭故枝
> 一枕凄涼眠不得　　呼燈起作感秋時
> 가을바람에 들려오는 방망이 소리는 군복을 다듬고

나그네의 관심이 기울어지네

모든 일은 처음부터 애오라지 이것뿐

반백 년의 삶 무엇을 할 것인가

벽화 그린 객실에서 귀뚜라미는 맑은 밤을 원망하고

금테 두른 우물가 벽오동은 낙엽을 떨구네

베개 베고 누워도 처량함에 잠 못 이루고

등심지 돋구려 일어나 가을만을 느끼고 있네

'서풍(西風)'은 가을바람, '번저(繁杵)'는 빈번하게 소리를 울리는 다듬이 방망이. '정의(征衣)'는 출정하는 병사의 군복. '객자(客子)'는 나그네인 나. '관정(關情)'은 관심. '만사(萬事)' 운운하는 연은 자기 생활도 대금정책(對金政策)을 중심으로 하는 주변의 정치적 환경도 처음부터 좋을 정도로 내팽개쳤다는 회한(悔恨)과 분노. '강반(强半)'은 반 분 이상, 인생 백 세 가운데 반 이상이 지난 나는 앞으로 어떤 인생 행로를 걸어갈 것인가. '화당(畫堂)'은 벽화가 있는 객실. '실솔(蟋蟀)'은 귀뚜라미. '금정(金井)'은 우물벽을 금속으로 두른 우물, 그 위에 떠 있는 오동 낙엽이 지금까지 붙어 있던 '고지(故枝)' 원래의 가지를 떠나려고 한다. '처량(凄凉)'은 비통한 쓸쓸함.

순희 11년, 60세 때 고향인 산음에서 지은 칠언율시 〈비추(悲秋)〉에서 말한다.

病後支離不自持　　湖邊蕭瑟早寒時

已驚白髮憑唐老　　又起淸秋宋玉悲

枕上數聲新到雁　　燈前一局欲殘碁

丈夫幾許襟懷事　　天地無情似不知

병으로 흐트러져 몸도 못 가누고

호숫가 쓸쓸함에 추위 빨라지네
백발의 풍당 늙어감을 놀라고
일어나 맑은 가을 송옥의 슬픔을 껴안네
베개 위 새로이 들리는 기러기 소리
등불 앞 두다 남은 바둑판 펼쳐 있네
대장부 뜻 품은 지 몇 번인고
천지의 무정함을 알 길 없어라

‘지리(支離)’는 심적인 또는 육체적인 뒤죽박죽. ‘호변(湖邊)’의 호(湖)란, 집이 있었던 감호(鑑湖), 다른 이름은 경호(鏡湖). ‘소슬(蕭瑟)’은 냉엄한 쓸쓸함. ‘조한(早寒)’은 예상보다 빨리 온 추위. ‘풍당(馮唐)’은 세상과 맞지 않아 뒤죽박죽의 인생을 90세가 될 때까지 불우하게 보낸 한 대의 인물. ‘송옥(宋玉)’은 말할 나위 없이 초사(楚辭)의 시인, 가을을 슬퍼하는 노래의 시조이다. 베갯머리로 우는 소리를 들려 주는 기러기는 북방의 금나라에서 날아온 것이며, 등불 앞에 일단 멈춘 바둑판은 시국을 상징할 것이다. ‘금회(襟懷)’는 가슴속에 품은 마음. ‘천지무정(天地無情)’의 시구에 대해서는 여러 가지 분석이 가능하겠지만 지금은 다른 시에도 유사한 시구로 “헛되이 스스로 하늘을 불러도 하늘은 알지 못하고”라고 있는 것으로 보아 주목만 하고 싶다.

북송의 시가 종종 보여준 과도한 냉정, 그에 대한 반발이 육유에게는 있었다. 반발은 시단 전체적인 문제로서 남송 초기부터 선배들 사이에 이미 움직이고 있었다. 앞장에서 언급한 당시에 대한 향수는 그 때문이었다. 그러나 서정의 부활이 이 대시인의 행동하는 성격에 의해 결실을 보았던 것이다.

육유가 자신의 시와 가장 근접한 존재로서 의식했던 것은 두보, 특히 두보의 격정이다. 두보에 대한 존경은 일찍부터 있어 왔다. 50세를 전후로 하여 사천, 즉 두보의 후반세의 시가 씌어진 지역에서 지방관으로 생활하던 육유에게 두보에 대한 접근 속도가 빨라졌다. 1만 수의 시 대부분이 칠언율시인 것도 두보적이며, 또 그 칠언율시가 〈감추(感秋)〉 시의 '실솔' '오동'의 예가 그러하듯이 자연을 점출하여 격정을 높인다는 점에서도 두보적이다. 혹은 당시적이다. 다만 상하구 모두 자연의 풍경이라기보다는 〈비추(悲秋)〉의 '신도안(新到雁)' '욕잔기(欲殘碁)'처럼 반은 인사(人事)인 것이 역시 인사를 중시하는 송시이기 때문일 것이다. 1만 수의 반을 차지하는 5천 수의 칠언율시, 만약 그것을 자세하게 분석한다면 어느 정도의 결과가 나올 것이다.

그런데 육유의 격정은 두보와 반드시 같은 형태로는 표현되지 않는다. 두보처럼 일방적으로 솟구쳐 오르며 드러나는 깊은 슬픔, 그런 형태로는 가지 않는다. 육유도 역시 송대 시인이며, 거시의 철학, 저항의 철학을 소식으로부터 자신은 자각하지 않지만 상속하고 있기 때문이다. 원래 육유는 북송시에 대한 반발이겠지만, 소식과 같이 철학을 자주 이야기하지 않는다. 그러나 1만 수의 시는 여전히 그 자료를 인색하게 내보이지 않는다.

우선 육유도 소식과 같이 근심, 비애가 인생의 필수적인 부분으로 편재함을 긍정한다. 사천 재임중에 쓴 2수의 〈춘수(春愁)〉는 모두 그러한 철학을 이야기하는데, 여기서는 순희 3년 52세 때 연말 다가오는 봄을 맞이할 때 쓴 작품을 든다.

春愁茫茫塞天地　　我行未到愁先至

滿眼如雲忽復生　　尋人似瘧何由避

客來勸我飛觥籌　　我笑謂客君罷休

醉自醉倒愁自愁　　愁與酒如風馬牛

봄 근심 막막하여 천지가 춥고

도착하기도 전에 근심이 먼저 앞서네

눈에는 구름이 홀연 다시 생겨나는 듯

사람 찾음이 학질과 같으니 무슨 이유로 피하리오

나그네 찾아와 내게 술잔을 기울이자 권하니

웃으며 답하기를 그만두게 그만두게

취해도 저절로 취해 쓰러지고 근심해도 저절로 근심하니

근심과 술은 바람 앞의 소 말과 같다네

'학(瘧)'은 병명, 학질. '굉(觥)'은 큰 술잔, '주(籌)'는 술잔의 숫자를 세는 사람. 마지막 구는 근심과 술이란 '풍마우(風馬牛)'처럼 관계없으며 근심은 술에 의해서는 풀리지 않는다는 것을 말한다. 보다 중요한 것은 그 앞의 시구이다. 하늘에 떠도는 구름처럼 말라리아 환자를 덮친 열처럼 근심은 빈번하지만 인생의 필연으로 인식하는 것이며, 같은 인식은 종종 육유의 시집에 보인다. 가장 만년에 지은 작품으로 죽기 몇 년 전인 84세 때 쓴 〈근심을 읊은 당인의 시를 읽고 장난삼아 쓴다[讀唐人愁詩戲作]〉라는 오언절구의 첫번째 작품에서 말한다.

少時喚愁作底物　　老境方知世有愁
忘盡世間愁故在　　和身忘却始應休

젊을 적 근심은 무엇으로 만든 것인가 했으나

늙어가니 처음으로 세상에 근심 있음을 알았다

세상을 잊어도 근심은 그 자리에 있고

온몸으로 잊어야 비로소 쉴 수 있네

요컨대 이 몸이 있는 한 근심은 나의 몸에 따라붙는 것이라고 한다. 또 두번째 작품은 근심이야말로 시를 낳는 재료라고 한다.

清愁自是詩中料　　向使無愁可得詩

不屬僧窓孤宿夜　　卽還山驛旅遊時

근심은 저절로 시 속 재료가 되니

근심이 없으면 어떻게 시를 쓰리오

절방에서 홀로 머물지 않는다면

곧바로 산역참으로 여행하여 놀러갈 때

그와 함께 인생은 비애만으로는 구성되어 있지 않으며, 행복도 또한 도처에 있다는 철학도 소식으로부터 상속한다. 순희 원년, 50세 때 사천의 대읍현(大邑縣)을 여행하던 도중 황씨(黃氏) 성을 가진 서생의 서재에서 잠깐 쉬면서 읊은 오언고시 〈황수재의 서당에서 쉬다〔憩黃秀才書堂〕〉는 바로 그 예이다. 또한 이 시는 "나의 삶은 빈 배와 같다"면서 표현마저도 소식의 "나의 삶은 더부살이와 같다"와 유사하다.

吾生如虛舟　　萬里常泛泛

終年厭作客　　著處思繫纜

道邊何人居　　花竹頗閑淡

門庭淨如拭　　窓几光可鑑

堂上滿架書　　朱黃方點勘

把茅容卜隣　　老死更誰憾

내 삶은 빈 배와 같아

만 리에 언제나 떠 있다

말년에 나그네살이가 싫어

가는 곳마다 밧줄 내리려 생각하네

길가의 집은 누구 집인가

꽃 대나무 자못 한가롭구나

정원은 씻은 듯이 깨끗하고
창가의 책상 거울처럼 빛난다
방안에 가득한 서가
주황색으로 일일이 조사하고 있네
띠를 잡고 이웃집을 점친다면
늙어 죽는 것을 누가 원망하리오

지나가다 문득 이끌려 방문한 초대면의 젊은이의 청결한 서재. '한
담(閑談),' 번거롭지 않은 정원의 나무 속에서 비로 쓸어 깨끗해진 정
원·창문·책상. '주황(朱黃)' 붉은 묵으로 점을 찍은, 서가 한가득 채
워진 책. 행복은 여기에도 넘쳐흐른다. '모(茅)'는 지붕을 엮기 위한 띠.
그것을 준비하여 당신 이웃에 살고 싶다.

더욱이 '범범(泛泛),' 정처없이 물 위를 떠다니는 허무한 배처럼 인
생의 시간을 주체의 저항으로 살아남으려는 철학도 소식과 같다. 원래
분명하게 그것을 말하는 것은 69세 때의 작품 〈산두석(山頭石)〉이다.

秋風萬木霣　　　春雨百草生
造物初何心　　　時至自枯榮
惟有山頭石　　　歲月浩莫測
不知四時運　　　常帶太古色
老翁一生居此山　脚力欲盡猶躋攀
時時撫石三歎息　安得此身如爾頑

가을바람에 낙엽 떨어지고
봄비에 온갖 풀이 돋아나네
조물은 처음부터 무슨 마음이었는가
때가 되면 저절로 지고 피네

다만 산 위에 돌 있어

세월 가이없어 헤아리기 어렵네

사계절 돌아감을 알 수 없으니

언제나 태곳적 모습을 간직하는구나

늙은이 평생 이 산에 살아

다리 힘을 다하려 해도 오히려 뒤뚱거리네

때때로 돌을 어루만지며 세 번 탄식하니

어찌 이 몸이 그대처럼 완고해질 수 있으리오

"조물(造物)은 처음부터 무슨 마음이었는고," 자연은 의지가 있는가 없는가, 그것은 차치하더라도 자연은 봄가을을 순환시킴을 노래하는 사색(思索)은, 한편 순환하지 않은 불변의 자연으로서 산꼭대기의 암석에 주목하고 그것과 자기와의 관계를 고찰한다. 노옹이 된 나는 평생 이 고향산에 살기 때문에 다리가 쇠약해진 지금도 언제나 그곳으로 기어오른다. 실로 산에 오른다는 것은 산이 있기 때문이라는 철학이다. 그렇게 해서 이 돌과 같을 수 없는 자신이 그렇게 될 수 있음을 "어찌 얻을 수 있을 것인가"라고 그 방법에 회의를 느끼면서 바란다.

이러한 저항의 철학은 일찍부터 갖고 있었다. 50세 때 사천에서 쓴 〈백발(白髮)〉에는 "나의 삶은 실로 떠도는 일이 많아 아홉 번 돌아 밤길을 간다"면서 앞서 언급한 소식의 시와 표현까지도 겹쳐진다.

육유의 시가 감상이 풍부하면서도 감성으로 시종하지 않는 것은 소식으로 시작되는 거시철학이 이처럼 그에게도 상속되어 작용하고 있기 때문이다. 또 육유의 교양도 거시를 낳는 데 적합했다. 육유의 집안은 조부 육전(陸佃) 이래로 학자 가문이었다. 또 가학(家學)은 육유가 종종 주변의 농민에게 시약(施藥)하고 있듯이 의학, 약학에도 미친다. 물론 의약학만이 교양은 아니었다. "등불 앞 눈의 힘은 옛날과 같지 않지만, 여전히 승두(蠅頭, 파리 대가리처럼 자잘은 문구)의 2만 마디를 읽는다" "독서의 본뜻은 원원(元元, 근본의 탐구)에 있다." 선량한 백성에게 봉사하는 준비로서의 폭넓은 독서를 책임을 갖고 임함으로써 그의 관점은 더욱더 다양해졌다.

타고난 격정과 후천적으로 키워진 다양한 관점, 이 두 가지의 연결은 육유의 시에 또 하나의 그리고 아마 가장 중요한 성질을 만들어 낸다. 격정의 사람이지만 격정으로 시선을 좁히지 않으며, 좁혀지지 않는 시선에 격정이 작용한다면 결과는 현실의 다양한 반영을 얻을 수밖에 없다. 더구나 다양하고도 거시적인 관점을 냉정한 철학으로 귀납시키는 것을 좋아하지 않는다. 감각을 통한 현실 파악이야말로 행동하는 성격에 어울리는 것이었다. 파악은 긴 인생 후반을 보낸 농촌을 향하여 특히 활발하다. 도연명 이래 농촌을 노래한 '전원시인'은 적지않다. 그러나 육유처럼 농촌의 생활을 다각도로 또 다방면으로 감각적으로 파악한 시인은 없다.

시험삼아 내용이 되는 사항들을 열거해 보자. 우선 사계절의 농경(農耕) 모습을 비롯하여, 정월·단오·풍년제 등의 연중행사. 결혼. 납세(納稅). 세금을 완납할 수 없어 도망친 '포호(逋戶)'(《검남시고》 59권 이하 동일), 마을의 의사(59권). 자신도 그 한 사람인 약국(72권). 틀니를 만드는 치과 의사(56권). 양복쟁이(39권). 모자집(39권). 땔감 파는 노인(69권). 밤에도 사람 부르는 태고소리가 시끄러운 술집(64권). 도련님(40권). 관상쟁이(29권). 점쟁이(32권). 연극 혹은 강석(講釋)(27권, 32권, 33권, 53권, 68권, 80권). 늙은 배우(26권). 농경하는 시간의 개시를 알리기 위해 아침 5시에 두들기는 철판(鐵板)(20권). 농촌의 공동 식사(45건). '객(客)'이라 불리는 농번기 일꾼(66권). 도로공사(45권). 촌의 아이. '백가성(百家姓) 그밖의 것을 교과서로서 10월에 시작되는 촌숙(村塾)(22권, 25권). 찻집(77권). 담뱃집(61집) 등등. 12,13

세기 절강성 동부의 농촌 생활이 종횡무진으로 나타난다.

그리하여 묘사는 근로하는 사람들의 에너지에 대한 동감 내지 경의 (敬意)로 더욱더 활발하다. 예를 들어 죽기 바로 전해인 84세 때의 작품 〈농가(農家)〉라는 제목의 오언율시 연작 가운데 하나.

大布縫袍穩　　乾薪起火紅

薄才施畎畝　　朴學敎兒童

羊要高爲棧　　雞當細織籠

農家自還樂　　不是傲王公

성긴 면으로 옷을 지으면 헐렁해지고

메마른 장작에 불을 붙이면 타오른다

미미하나마 땅을 갈고

작은 학식으로 아이들을 가리킨다

양은 높은 울타리 속에 가두고

닭은 마땅히 광우리를 짜야 한다

농가 저절로 즐기지만

왕공에게 뽐내는 것은 아니네

'대포(大布)'는 올이 성긴 면. '견무(畎畝)'는 농지. 또 정기(精氣)에 넘친 농촌의 아이들이 학교에서 돌아오는 것은 같은 연작의 다섯번째 작품에서 칭송한다.

諸孫晩下學　　髻脫繞園行

互笑藏鉤拙　　爭言鬪草贏

爺嚴責程課　　翁愛哺飴餳

富貴寧期汝　　他年且力耕

농촌의 아이들 배움터에서 돌아와
상투 풀고 밭을 빙 둘러 간다
서로 장구 서툶을 웃어대며
다투어 풀싸움에서 승리한다고 하네
아버지는 엄하여 공부를 재촉하고
할아버지는 자애로워 엿을 먹인다
부귀 어찌 그대에게 기약되리오
다음해 밭갈이 또 힘쓰게나

'제손(諸孫)'은 이집 저집 농촌의 손자들. '장구(藏鉤)'는 손바닥에 꽉 쥔 것을 가지고 노는 유희. '투초(鬪草)'는 풀싸움. '정과(程課)'는 공부. '이당(飴餳)'은 엿. 세간적으로 훌륭한 사람이 되지 않아도 좋다. 좋은 백성이나 되라.

전원에 은둔하고 난 후부터 가난한 연금생활자이며 가난한 자작농이었음은 스스로도 농민의 한 사람이라는 의식을 깊게 했다. 80세 때 〈가난이 심하여 단가를 지어 근심을 떨군다〔貧甚作短歌排悶〕〉에서 말한다.

年豊米賤身獨飢　　今朝得米無薪炊
地上去天八萬里　　空自呼天天豈知

풍년 들어 쌀값 싸도 이 몸 홀로 굶주리고
오늘 아침 쌀 얻어 장작불도 때지 못하네
지상에서 하늘까지는 팔만 리
허공에서 스스로 하늘을 불러도 하늘이 어찌 알리오

큰아들 육자흌(陸子遹)을 비롯하여 여섯 명의 자식들에 대한 애정은 당연히 치열했다. 오래 사는 동안 아이들이 모두 장성하고 여기저기 취직했다. 아이들에게 주는 시는 특히 숙연하여 다른 시인에게는 드문 소재이다. 예를 들어 둘째아들인 육자룡(陸子龍)이 강서 길주(吉州)로 부임하는 것을 전송한 시를 보아라.

가정에서의 애정은 고양이에게도 간다. 근처 마을에서 받아온 '설아(雪兒)'라는 이름의 고양이(23권), '분비(粉鼻)' 흰코라는 이름의 고양이(38권) 모두 시를 받고 있는데, 또 다른 고양이에게 준 〈고양이에게 준다〔贈猫〕〉에서 말한다.

裹鹽迎得小狸奴　　盡護山房萬卷書
慙愧家貧策勳薄　　寒無氈坐食無魚
소금을 싸서 얻은 작은 고양이
산방 만 권의 책을 지키고 있네
집 가난하여 그 공로 갚지도 못하는 부끄러움
추위에도 모포도 없고 먹을 물고기도 없네

'이노(狸奴)'는 고양이의 아명(雅名). '과염(裹鹽)'은 고양이를 준 집에는 소금을 답례로 하는 것이 풍습임을 다른 시에서도 밝힌다(42권). 도서담당 관리에게 받은 너이지만 아무래도 가난한 생활로는 공로를 보답해야 할 앉을 모포도 먹을 물고기도 없다. 중년, 사천에 있었을 무렵 밤의 서재에서 막내아들이 보여준 시의 습작을 고쳐 준 다음 졸려 아이는 아이방으로 보내고 단지 고양이와 마주하여 방석 위에 앉아 있다는 칠언고시에 이르러서는 거의 개인 소설을 읽는 느낌이다.

가장 큰 치열한 애정으로 국가와 민족에 대한 그것은 근래의 문학사가로부터 '애국시인(愛國詩人)'으로 불린다. 애국의 의식은 숙적인 금에 대한 군사적 복수를 축으로 했지만, 항전은 국내 동포의 행복을 바라서라도 처음부터 갖고 있었다. 왕안석과 마찬가지로 공평한 토지 분배를 주장한 것은 70세의 〈세모감회(歲暮感懷)〉에서 보인다. 또 "치도(治道)는 농상(農桑)을 근본으로 한다"는 것, 즉 농민 문제야말로 정치의 근본 문제라는 것은 어릴 적 가숙(家塾)에서 《시경》의 빈풍(豳風)시를 배운 이래 신념이었다고 한다(76권).

84세 때의 작품인 다음의 칠언율시는 1만 수의 시를 관통하는 또 하나의 의식을 설명한다. 제목은 〈겨울밤 마을에서 살 수 없는 자가 많아 창연히 시를 쓰다〔冬夜里中多不濟者 愴然有賦〕〉.

大耋年光病日侵　　久辭微祿臥山林
雖無歎老嗟卑語　　猶有哀窮悼屈心
力薄不能推一飯　　義深常願散千金
夜闌感慨殘燈下　　皎皎孤懷帝所臨

아흔 먹은 늙은이 날로 병이 깊어져
오랫만에 녹봉을 버리고 산림에 누워 있다
늙음을 한탄하고 천한 말도 하지 않아도
여전히 가난을 슬퍼하고 비굴함을 애도하는 마음 있네
힘 딸려 밥 한 끼 먹기도 힘들지만
뜻은 아주 깊어 천금을 쓰기를 바라네
남은 등불 밑에서 밤새워 감개하니
홀로 품는 이 마음 하느님께 바치리

'대질(大耋)'은 90세의 노인, '연광(年光)'은 시간, '교교(皎皎)한 고회(孤懷)'는 선명하게 고립된 흥분, '제(帝)'는 천제(天帝), 즉 하느님.

또 '고회'를 품은 것만으로 아무것도 이룰 수 없는 자신을 다음과 같이 읊기도 한다. 〈야좌(夜坐)〉.

家家績火夜深明　　處處新畬雨後耕
常愧老身無一事　　地爐堅坐聽風聲

집집마다 켜놓은 등불에 밤은 더욱 밝고
곳곳마다 새로워진 밭은 비 온 뒤 갈리라
늙은 몸 하는 일 없음을 늘상 부끄러워하고
바닥난로에 물끄러미 앉아 바람소리 듣는다

'지로(地爐)'는 바닥 난로, '견좌(堅坐)'는 물끄러미 앉아 있는 것. '가제(家祭)' 운운의 유언을 남기고 세상을 떠난 것은 그 다음해이다.

육유의 시에 대한 비평 가운데 가장 빠른 것은 다음 장에서 언급하는 대복고(戴復古)가 〈방옹 선생의 검남시초를 읽고〔讀放翁先生劍南詩草〕〉라는 칠언율시에서 말한다. "남으로 도읍을 옮긴 지 백 년 동안 이렇듯 뛰어난 시인은 없었다." 북방 개봉에서 남방 항주로 천도가 '남도(南渡)'이며, 그 이후 백 년 동안 육유와 같이 뛰어난 시는 없다고 그렇게 말한 다음, "묘함으로 들어서는 문장은 평담함을 바탕으로 하고, 등한(等閑, 마음에 두지 않은)한 언어도 괴기(瑰琦, 아름답고 훌륭함)함으로 바뀐다." 즉 일상적인 등한한 언어이며 제재를 사용하면서 괴기장려한 표현이라는 것이다. 또 이백·두보·진사도·황정견이 읊은 것을 "선생은 모사(模寫)하여 하나도 남기지 않았다"고 한다.

제2절 범성대(范成大)

범성대, 자는 지능(至能), 호는 석호거사(石湖居士), 육유보다 한 살 아래이며, 사천 재임중인 육유의 장관이다. 마지막에는 재상의 지위인 참지정사가 된다. 지위에 걸맞게 《석호거사시집(石湖居士詩集)》 33권

1916수는 육유의 《검남시고》보다 다채로움이 약간 적으며 대담함도 약간 모자르다. 그런 만큼 품위가 있고 단정하다. 육유의 시가 때로 건방짐을 느끼게 하는 것과는 다르다. 또 육유가 전당강 동쪽에 있는 소흥 사람임에 반해, 범성대는 그 서쪽인 소주(蘇州) 사람이다. 차이는 훗날 문학이나 예술 분야에서 이른바 오파(吳派), 즉 강소파(江蘇派)와 절파(浙派), 즉 절강파(浙江派)로 보이는 차이가 일찍부터 나타나고 있었을지도 모른다.

각지의 지방관리를 역임했기 때문에 여행중에 쓴 시가 많다. 〈고순도중(高淳道中)〉에서 말한다.

路入高淳麥更深　　草泥霑潤馬駸駸

雨歸隴首雲凝黛　　日漏山腰石滲金

老柳不春花自蔓　　古祠無壁樹空陰

一簞定屬前村店　　裊裊炊煙起竹林

길이 고순으로 접어드니 보리 더욱 깊어지고

말 달리니 풀잎의 흙 더욱 젖어 빛난다

비는 언덕 너머로 물러가고 구름은 잔뜩 찌푸려 있는데

해는 산허리에 젖고 돌은 금빛으로 물들인다

늙은 버드나무는 아직 푸르지도 않건만 꽃은 저절로 피고

오랜 절에 허물어진 벽 나무 빈 그늘 밑에 있네

점심은 반드시 앞마을 가게에서 먹으리

무럭무럭 대나무 숲에서 차연기 피어오르네

고순(高淳)은 강소 남경 옆에 있는 현. 부유한 농촌지대일 것이다. 중간의 풍경 묘사는 새로운 감각을 통한 자연을 파악하여 성공한 예이다. '일단(一簞)'은 점심을 담은 대광주리. '전촌(前村)'은 다음 마을. '점

(店)'은 찻집. 무럭무럭 차연기가 대나무 숲 저쪽에서 올라오고 있다. 그곳 찻집에서 점심 도시락을 열자.

또 특수한 여행시로서 효종 건도 6년, 1170년, 45세 때, 적국 금으로 가는 사신이 되었을 때 지은 칠언율시 연작시이다. 북송의 옛 서울 변경 개봉을 지나 이전에는 가장 번화했던 상국사(相國寺) 연일(緣日) 노점에서 여진족의 물건만 늘어서 있는 것을 슬퍼하면서,

傾檐缺吻護奎文　　金碧浮圖暗古塵
聞說今朝恰開寺　　羊裘狼帽趁時新
기울어진 처마와 이그러진 홀은 규문을 지키고
황금빛 벽에 그린 부도는 오랜 먼지가 끼어 있네
들으니 오늘 아침에 절을 연다고
유행을 쫓아 모여든 것은 양가죽 모피와 모자뿐일세

'규문(圭文)'은 아직도 옛날 그대로 걸려 있는 휘종의 칙액(勅額). 황금과 벽옥으로 장식한 '부도(浮圖)'란 불탑. 오늘은 연일이기 때문에 절의 문이 열려 있지만, '시신(時新)' 유행을 쫓아 모여든 것은 여진인의 모피 외투와 모자뿐. 그때 산문기행 〈남비록(攬轡錄)〉과 같이 읽으면 좋다. 또한 범성대는 기행문의 명수이다. 효종 순희 4년, 사천의 장관 지위를 버리고 양자강을 내려갔을 때 쓴 〈오선록(吳船錄)〉은 그보다 7년 먼저 육유가 같은 행정(行程)을 하류에서 올라가면서 쓴 〈입촉기(入蜀記)〉와 병칭되고 있다.

그러나 범성대의 시 가운데 가장 알려진 것은 칠언절구 60수의 연작 〈사시전원잡흥(四時田園雜興)〉이다. 효종 순희 13년, 61세 때 소주 교외의 별장에서 주위 농촌 생활을 노래한다. 〈춘일전원잡흥(春日田園雜興)〉 제1수를 보자.

柳花深巷午雞聲　　桑葉尖新綠未成
坐睡覺來無一事　　滿窓晴日看蠶生

버드나무 우거진 거리 오후의 닭소리
뽕나무잎 돋았지만 아직 푸르진 않네
앉아 졸다가 깨어나도 아무 일도 없고
창 가득 맑은 햇빛에 누에 태어나는 것을 본다

이하, 춘일(春日) · 만춘(晚春) · 하일(夏日) · 추일(秋日) · 동일(冬日) 각 12수. 유사한 제재의 작품으로 〈상원(上元)〉, 즉 1월 15일에 〈오중의 절물을 기록하는 배해체 32운〔上元紀吳中節物排諧體三十二韻〕〉 〈납월(臘月)〉, 즉 음력 12월의 〈촌전의 악부 10수〔村田樂府十首〕〉 등 소주 풍속사의 자료로서 재미나는 것인데, 관리로서의 높은 지위에 있었던 것도 한몫하여 농민 생활에 대한 태도는 육유에 비해 방관적인 태도를 벗어나지 못한다.

제3절 양만리(楊萬里), 주희(朱熹) 기타

세번째 대가 양만리, 자는 정수(廷秀), 호는 성재(誠齋), 강서 길수(吉水) 사람이다. 양만리의 시집은 친구인 누약(樓鑰)이 그에게 준 시에 "관직이 하나씩 올라갈 때마다 하나의 시집을 만드니, 유전(流轉)하는 것 거의 천 권"이라고 할 정도로 중앙지방의 관직을 전전할 때마다 하나의 시집을 엮고 있다. 제1시집 《강호집(江湖集)》의 자서(自序)에 따르면 범성대의 시는 처음에는 '강서(江西)의 체(體),' 즉 고향 선배인 황정견풍의 시체였지만, 훗날 그 모든 것을 버렸다. 이 시집에 실은 것은 소흥 32년 7월 즉 범성대의 나이 36세였으며, 또 효종이 즉위한 첫

해이기도 한데, 그 이후의 것만 있어 처음에는 진사도의 오언율시, 이어서 왕안석의 칠언절구, 또 이어서는 당인의 칠언절구를 배운 시기의 것이라고 한다. 이어서 제2시집《형계집(荊溪集)》은 강소성 상주(常州)의 지사였을 무렵의 시집인데, 그 서에서 말하기를 순희 5년 52세 때 삼조(三朝)의 휴가, 홀연히 깨달음을 얻어 지금까지 모범으로 해온 것을 전부 버리고 "만상(萬象) 남김없이 다가와 내게 시재(詩材)를 바쳤다"고 하였다. 또 제5시집《조천시집(朝天詩集)》서에서 말하기를 "나는 놀거나 앉거나 잠들거나 먹거나 할 때 시가 아니면 함께하지 않으려 했다"고 했다. 이리하여 64세 때 광종 소희(紹熙) 원년, 제7시집《조천속집(朝天續集)》자서에 종전의 시작 이미 3천 수 가까이 되지만 이후《강동집(江東集)》《퇴휴집(退休集)》이 있으며, 영종 개희(開禧) 2년, 1206년, 80세의 죽음에까지 이르고 있다. 육유 다음으로 많은 작품을 지은 것이다.

황정견의 계통을 잇는 초기 작품을 태워 버렸다고 한 것처럼, 양만리의 시도 북송의 바퀴자국을 지키지 않고 당시로 접근하고자 했다. 당시에 대한 경도는 세 사람 가운데 가장 노골적이다. 52세 때 시에 대해 깨달음을 얻었다는 해의 봄에 쓴 작품으로 〈당인 및 반산의 시를 읽다〔讀唐人及半山詩〕〉라는 제목의 칠언절구가 제2시집《형계집》에 보인다.

不分唐人與半山　　無端橫欲割詩壇
半山便遣能參透　　猶有唐人是一關

슬프구나 당인과 반산
뜻밖에 마음대로 시단을 가르고자 한다
반산 설령 당인에 가까워질 수 있어도
여전히 당인이 한 수 위라네

'반산(半山),' 즉 왕안석은 당시에 가장 가깝지만 당인은 왕안석보다 한 단계 더 위에 있다는 것이다. 또 진사도의 시를 배우는 것도 "상피(霜皮, 서리껍질)를 전부 벗고 산골(山骨, 산의 뼈) 춥다"를 얻는데, "요컨대 당인의 최상 단계를 밟아야 한다"고 제4시집 《남해집(南海集)》에서 말한다. 만당 육귀몽(陸龜蒙)의 시집 《입택총서(笠澤叢書)》에 대해서도 호의를 보이며 "만당의 색다른 맛을 누구와 함께 맛보리오, 근래의 시인은 만당을 가볍게 여긴다"며 제7시집 《조천시집》에서 말한다. 또한 이 무렵 효종이 부채에 당시인의 절구를 쓰는 것을 좋아했기 때문에 그 의사에 따라 양만리의 동료인 홍매(洪邁)가 《당인만수절구(唐人萬首絶句)》를 편찬하고 있는 것도 당시 특히 절구시에 대한 애호가 세상의 일반적인 풍조였음을 말해 준다.

그러나 양만리의 시가 당시 그대로 본받은 것은 아니다. 자유롭고 활달한 새로운 시풍, 그것이 그의 평균치이다. 55세 때 깨달음을 얻기 전부터 이미 그러했으니, 일부러 제1시집 《강호집》에서 두 개의 절구시를 든다면 그 중 하나 〈백가도를 지나면서 지은 사절구〔過百家渡四絶句〕〉 가운데 하나에서 말한다.

一晴一雨路乾濕　　半淡半濃山疊重
遠草平中見牛背　　新秧疎處有人踪

개이다 비오니 길은 마르고 젖으니
옅고 짙음 산은 첩첩이 겹쳐 있네
멀리 퍼져 있는 풀밭 속으로 소등이 보이고
새로 심은 벼 성긴 곳에 사람의 발자국 있구나

또 〈감추(感秋)〉에서 말한다.

舊不悲秋只愛秋　　風中吹笛月中樓

如今秋色渾如舊　　欲不悲秋不自由

이전에 가을을 슬퍼하지 않고 다만 가을을 사랑했으니

바람 속에 푸는 피리소리 달 속의 누각이라

지금처럼 가을빛 모두 여전하지만

가을을 슬퍼하지 않으려 해도 자유롭지가 않구나

절구만이 양만리의 시형(詩形)은 아니었다. 자유로운 시형인 고시도 사랑했다. 제6시집《강서도원집(江西道院集)》에서 같은 〈감추(感秋)〉라는 제목의 오언고시 5수 가운데 하나를 보자.

平生畏長夏　　　一念願清秋

如何遇秋至　　　不喜却成愁

書册秋可讀　　　詩句秋可搜

永夜宜痛飲　　　曠野宜遠遊

江南萬山川　　　一夕入寸眸

請辦雙行纏　　　何處無一丘

평생 긴 여름을 꺼려

한마음으로 맑은 가을을 바라왔다

어찌하려 가을을 맞으면

기쁘기는커녕 오히려 근심만 하고 있으니

서책은 가을에 읽을 수 있고

시구는 가을에 찾을 수 있으니

긴 밤에는 마땅히 술 마시고

넓은 들에는 마땅히 놀러가야 하리

강남의 수많은 산천

하루 저녁에 눈으로 들어오니

청컨대 쌍행전을 준비하게

어디에 앉을 언덕 없겠는가

'행전(行纏)'은 게톨.

양만리의 시는 용어도 또한 자유로워 송시 가운데 가장 많이 속어를 쓰고 있다고 한다. 또 그 관찰이나 발상도 혹은 매우 기발하다.

제1시집 《강호집》의 절구 〈신조의 교정을 지나서〔過神助橋亭〕〉는 그 예이다. '신조'란 지명일 것이다. 큰 강가에 있는 길거리의 찻집, 길거리와 같은 평면에 세웠기 때문에 아래가 강이라고는 전혀 눈치채지 못하고 밖에서 높은 돛대가 나타나 놀랐다는 것이다.

下轎渾將野店看　　只驚脚底水聲寒

不知竹外長江近　　忽有高桅出寸竿

가마에서 내려 모두 들의 가게에 올라 본다

다만 발밑 물소리 차가움에 놀랄 뿐

대나무 밖 장강 가깝다는 것을 모르고

홀연히 높은 돛대 막대가 나타나네

양만리는 용어와 내용의 자유로움에서 왕왕 경쾌(輕快)한 시인이라는 오해를 받기 쉽지만, '성재'라는 그의 호처럼 유가의 고전을 주석(註釋)하여 《성재역전(誠齋易傳)》을 쓰고 있다. 이처럼 성실한 인격을 가진 학자였다.

사람들은 모두 형제라는 감정을 양만리는 교묘하게 다음과 같이 읊는다. 〈분의의 여인숙에서 고향 나그네를 만나고〔分宜逆旅同郡客子〕〉라는 제목의 절구인데 역시 《강호집》에 싣고 있다. '분의'는 지명, '역려'는 여인숙.

在家兒女亦心輕　　行路逢人總弟兄
未問後來相憶否　　其如臨別不勝情
집에 있는 딸도 마음 가볍고
길가다 사람 만나면 모두 형제
아직 이제부터 서로 생각할지 안할지를 묻지도 않고
헤어짐에 정을 이기지 못함을 어찌하리오

　여행하고 있으면 집에 두고 온 아들딸이 생각나지만, 그런 심정을 경감시키는 것은 여행 도중에 만난 사람들이 모두 형제와 같이 느껴지기 때문이다. 이 여인숙에 묵으면서 고향 사람임을 알고 말을 나눈 젊은이, 다만 그것뿐인 인연이며 장래 서로 기억할 기회가 있는가는 다른 문제로 치더라도, 헤어질 때에 감정이 북돋아지는 것은 어떻게도 할 수가 없다.

　또 육유보다 훨씬 높은 위치의 고관이 되었는데, 백성에 대한 애정은 풍부했다. 제8시집《강동집》에 있는 〈도방점(道傍店)〉, 길거리의 찻집이라는 제목의 작품을 그것을 보여준다.

路傍野店兩三家　　清曉無湯況有茶
道是渠儂不好事　　青瓷瓶插紫薇花
길거리 찻집 두세 집
맑은 새벽에 끓인 물 없으니 어찌 차가 있으랴
그가 호사가가 아니라고 말한다면
청자병에 수국을 꽂으리

‘자미(紫薇)’는 수국(水菊). 또 당시를 애호한 양만리는 백거이의 《백씨장경집(白氏長慶集)》, 원진의 《원씨장경집(元氏長慶集)》도 애독한 듯싶은데, 두 시인의 시는 너무도 상호간의 우정이나 사적인 생활만을 읊어 공적인 연대감이 부족하다고 하여 제2시집 《형계집》에 실은 〈백거이와 원진의 장경 이집의 시를 읽다[讀白元長慶二集詩]〉에서 말한다.

讀遍元詩與白詩　　一生少傅重微之
再三不曉渠何意　　半是交情半是私

원진과 백거이 시를 두루 읽어보니
평생 소부가 미지를 중히 여긴 것을 알 수 있네
새삼 그들의 생각 깨닫지 못하고
반은 우정이고 반은 나이네

‘소부(少傅)’란 백거이의 관직명, ‘미지(微之)’는 원진의 자. 육유가 자신의 시를 사람들은 백거이와 닮았다고 하지만 실은 같지 않다, “향산(香山)과 닮았다고 말하지만 실은 같지 않다”는 것도 함께 생각하면 좋다.

《형계집》 가운데 또 다른 작품으로 양만리의 서재 〈와치재에서 밤에 앉아[臥治齋晚座]〉는 끊기 어려운 것으로 찾아드는 인간 전체에 대한 근심과 그에 대처하려는 철학과의 교착(交錯)을 읊는 것 같다.

閉戶坐不得　　開窓竚微凉
樹林蔭白日　　几研生碧光
信手取詩卷　　細哦三數章
初披頗欣愜　　再攬忽感傷

廢卷不能讀　　　起行繞胡床

古人恨如山　　　吾心澹於江

本不與彼謀　　　云何斷我腸

感罷翻自笑　　　一蟬催夕陽

문 닫고 앉지 못하고

창문 열고 잠시 미풍을 기다린다

숲 햇빛을 덮고

책상 붓을 빛낸다

손가는 대로 시권을 잡아

세세하게 읊어보는 시 세 편

처음에 펼치니 자못 마음 상쾌해지고

다시 보니 홀연 감상에 젖는다

시권 덮고 읽지 못한 채

일어나 소파를 맴돈다

고인의 한은 산과 같고

내 마음 강보다 맑아

책과 그것을 도모하지 못함은

어찌 내 간장을 끊는다 말하리오

허탈한 마음에 스스로 웃으니

매미 한 마리 석양을 재촉하는구나

‘궤연(几研)’의 궤는 책상과 같다. ‘호상(胡床)’은 소파.

양만리와 육유의 교유는 《조천집》의 〈운룡가(雲龍歌)〉에 자세하게 나와 있다. 또 육유가 조카의 부임을 전별하는 시에도 보인다.

이상 언급한 육유·범성대·양만리 외에 당시에는 우무(尤袤) 혹은 소덕조(蕭德藻)가 대가라고 하여 우양범육 혹은 우소범육으로 병칭되었다고 하는 두 사람의 전집은 무슨 이유인지 전해지지 않는다.

　덧붙여 하나 부언한다면 송대 철학의 대성자 주희도 앞장에서 언급한 시인 주송의 아들이며, 시를 잘했다. 예를 들어 호남의 형산(衡山)에 유람하면서 쓴 작품, 〈취하여 축육봉을 내려오다〔醉下祝融峰〕〉는 매우 호방하다.

我來萬里駕長風　　絶壑層雲許盪胸
濁酒三杯豪氣發　　朗吟飛下祝融峰

나는 만리의 장풍을 타고 와

깊은 계곡 층층 구름 가슴을 씻어내리네

탁주 석 잔에 호기가 나와

낭음하며 축융 봉우리로 날아 내려간다

　또 복건(福建)의 무이(武夷)에 지은 별장 '운곡(雲谷)'으로 제목을 붙인 몇 개인가의 오언절구도 뛰어나다. 예를 들어 그 〈연소(蓮沼)〉에서는 연꽃을 읊으면서

亭亭玉芙蓉　　逈立映澄碧
只愁山月明　　照作寒露滴

우뚝 솟은 옥부용

저 멀리 서서 해맑은 물결 위에 비추인다

산 위의 달밝음을 다만 근심하니

비추어 차가운 이슬되어 내린다

　또 제자와의 대화록 《주자어류》 끝에 시문을 평론한 것이 매우 뛰어나며 그의 문집에도 〈공중지에게 주는 글〔與鞏仲至書〕〉 외에 문학론이

산견(散見)된다. 《시경》《초사》의 주석을 다시 하고 당 한유의 전집을 교정하여 이 학자의 문학비평가로서의 견식을 보여준다. 당시에서는 진자앙(陳子仰), 이백을 추장하고, 두보가 만년에 쓴 시를 좋아하지 않는다. 동시기의 시인으로는 육유를 제일로 친다.

또한 주자뿐만 아니다. 누약, 홍매, 그의 형인 홍괄(洪适), 주필대(周必大) 등 이 시기 학자의 시도 매우 재미있다. 누약의 칠언율시 〈가을을 슬퍼하는 자에게 이른다〔諭悲秋者〕〉가 비애의 억제에 대한 송인의 태도를 잘 보여주는 예라고 할 수 있다.

黃雲萬頃一時收　　喜見高空風露秋
歲事及今將告畢　　人生到老盡歸休
固知景物能興感　　亦有痴人苦過憂
胸次果然無一累　　豈容秋月使人愁
노란 구름 넘실넘실 일시에 모아지고
높은 하늘 바람에 이슬 맺히는 가을 즐거이 바라본다
올해는 이제 끝남을 고하려 하고
인생 늙어가니 어찌 돌아가 쉬지 않으리오
원래 경물이란 능히 감흥하는 것임을 알아도
어리석은 자의 지나친 근심 힘들어하네
가슴속에 과연 근심이 없다면
어찌 가을달 사람으로 하여금 근심할 수 있게 하리오

제6장

13세기 남송 말기

제1절 민간의 시인들

송시 최후의 시기인 13세기. 남송은 이미 대시인을 배출하지 못했다. 그리하여 소시인(小詩人)과 그들의 자잘한 시들이 넘쳐났다.

정치사의 면에서 본다면 전반이 영종 30년, 후반은 이종(理宗) 41년이다.

전반의 황제인 영종이 선대인 광종이 집안 싸움으로 퇴위하게 된 후 연호를 경원(慶元)으로 삼고 즉위한 것은 전 시기 말의 일이었다. 새로운 황제를 옹립한 한탁주(韓侂冑)는 자신에게 이롭지 못한 주희와 그 일파 열아홉 명을 '위학(僞學)'이라는 미명 아래 추방한다. 만년의 육유가 한탁주의 정원을 위해 〈남원기(南園記)〉를 써서 청절(淸節)을 더럽혔다고 한다. 한탁주는 금나라와 전쟁을 일으켰으나 실패하고 궁중에서 살해된다. 그리하여 금나라의 요구로 부관참시된 목이 금나라의 수도 북경으로 보내져 조약을 다시 맺게 된다. 이 사건으로 인해 연호가 다시 가정(嘉定)으로 바뀐다. 영종 말기의 일이다. 이 시기에 몽골의 칭기즈칸이 금나라를 침략했다. 금나라는 수도를 북경에서 개봉으로 옮기지만 그들 북방국의 정세는 남송에 분명하게 전해지지 않았다. 또한 칭기즈칸의 폭풍은 서쪽의 저 유럽으로 향했기 때문에 남송의 관심, 적어도 시민들의 관심을 끌지는 못했다.

후반부의 이종 때에는 재상 사미원(史彌遠)이 예정된 황위 계승자를 축출하고 먼 친척이 되는 황족에서 황제를 옹립한다. '위학 금지'를 풀고 대략 '도리(道理)의 학문'을 높였기 때문에 이종이라는 휘호가 붙었다. 첫해의 연호는 보경(寶慶)·소정(紹定)으로, 이때의 실력자는 사미원이었으며, 역사에 불리한 시를 지었던 민간의 시인들은 탄압을 받는다. 이어서 단평(端平)·순우(淳祐)·보우(寶祐)·개경(開慶)·경정(景定)이라는 식으로 순조로운 연호가 이어지는 사이에 북방에서는 몽골 제2대 오고타이가 금나라를 멸망시키자 금나라의 유신 원호문의 비가(悲歌)가 나오게 된다. 이어서 몽골은 운남·티베트·베트남을 정복하고 4대째 몽케 칸이 동생 쿠빌라이 칸과 함께 스스로 원정군을 이끌고 남송의 사천, 호북으로 쳐들어온다. 이종이 총애하는 황비의 동생 가사도(賈似道)가 몽골을 방어하고 있어 수도 항주는 여전히 향락을 누리는 도시로 남아 있었다. 몽골에도 내분이 생겨 쿠빌라이 칸이 연호를 중통(中統)으로 고치고 자신이 중국의 군주임을 내보인 것은 세기의 중반을 지난 이종 말년의 일이었다. 최후로 이종의 조카 도종(度宗)이 함순(咸淳)을 연호로 하던 10년간은 가사도의 시대였다. 서호를 내려다보는 갈령에 있는 관저에서 애첩에게 둘러싸여 귀뚜라미 싸움에 빠져 있던 나날이었다. 항주 시민의 소비생활을 기록한 《몽양록(夢粱錄)》은 도종 마지막 해 함순 10년에 씌어졌다. 그해 몽골에서는 쿠빌라이가 원정군을 내보냈다. 다음해 도종의 아들이 덕우(德祐) 원년이라고 정한 그 해, 가사도는 패배의 책임으로 유배되고 장주의 목면암에서 교살된다. 거기다 다음해인 1276년 2월에는 원나라의 장군 바얀(白顔)이 항주에 입성하여 7세 된 송나라 황제를 '대도(大都)' 북경으로 끌고 간다. 문천상(文天祥), 육수부(陸秀夫) 등이 다른 황족을 복건, 광동에서 옹립하고 저항했지만, 아무런 효과가 없었다. 몽골이 일본을 침략한 것은 항주를 함락한 지 5년이 지난 일이었다.

요컨대 국제 정세에 대한 무지가 반세기 이상의 평화를 양자 강가에 가져왔지만 육유·양만리가 이 시기초에 사망한 뒤 대시인은 이미 이 지역에 나오지 않았다. 이 시기의 대시인은 오히려 몽골의 폭풍이 휘몰아치는 북방에 있었다. 금나라 원호문의 비가가 그것이다. 칭기즈칸의 서방 원정에 의해 야율초재가 머나먼 서방의 풍물을 처음으로 중국의 시에 실리게 한 것도 주의할 만한 일이다. 나는 그런 사항들을 다음의 책에서 써볼 예정이다.

그러나 남송의 시단(詩壇)도 적막만 했던 것은 아니다. 대단히 성행했다. 대시인이 없었지만 수많은 소시인들이 지역적인 평화 속에서 작은 시를 짓고 있었다.

그리하여 소시인들의 시는 자잘해도 집단으로서는 중요한 움직임을 문학사에 가져왔다는 것을 간과해서는 안 된다.

하나는 대부분의 소시인들이 관료가 아니라 민간인이었다는 사실이다. 혹은 도시의 상인이며 혹은 농촌의 지주였다. 이것은 이후, 원·명·청 시기를 통틀어 문학이 주로 민간인을 담당자로 하는 첫 예라고 할 수 있다. 약간 기교(奇矯)한 말을 사용한다면 문학의 민주화가 시작된 것이다.

그리고 민간인의 시인만큼 지금까지의 송시처럼 심원한 이지(理智)의 시를 유지하는 것은 더 이상 곤란해지고, 당시의 평명(平明)한 서정으로 복귀하는 경향이 더욱더 뚜렷해진다. 이 또한 원명의 시가 당시를 본받기 시작하는 단초가 되었다.

시민이 시를 쓴다는 현상은 그때까지 없었던 일은 아니었다. 남북송 사이의 사람인 오가(吳可)의 《장해시화(藏海詩話)》에는 철종 원우 연간, 즉 11세기 후반 소식이 구법당의 대신이었을 무렵, 금릉 즉 지금은 남경에서 전당포 왕사십랑, 술집 왕이십랑, 잡화상집의 진이숙이 '시사(詩社)'를 만들었다는 것을 기록하고, 전당포 왕씨의 칠언절구 〈송객(送客)〉을 든다.

楊花繚亂繞煙村　　感觸離人更斷魂
江上歸來無好思　　滿庭風雨易黃昏

버드나무 꽃 활짝 피어 연기 나는 마을을 두르고
사람을 보내면서 혼은 더욱 끊어지는구나
강에서 돌아와도 좋은 생각 없고
정원 가득 비바람에 황혼이 지는구나

그러나 북송의 자료로서 이것뿐이다. 2세기를 지난 이 시기에는 보편적인 현상이 된다. 또 이 무렵의 민간시인에게는 한탁주, 가사도와 같은 고관의 '청객(淸客),' 주변 인물이 되고 문학 내지 서화 감상의 고문으로 생활한 자가 상당수 있다. 고관도 또한 그것을 바랐으며 료형중(廖瑩中), 황공소(黃公紹) 등은 가사도의 '객'으로서 유명했다.

제2절 영가(永嘉)의 사령(四靈)

민간시인의 최초는 세기가 시작되는 무렵인 영종시대의 '영가(靈嘉)의 사령(四靈)'이다. 모두 절강 동해안 도시인 영가 즉 온주(溫州) 사람이며, 조사수(趙師秀)는 자는 자지(紫芝) 또는 영수(靈秀), 옹권(翁卷)은 자를 영서(靈舒), 서조(徐照)는 자는 도휘(道暉) 또는 영휘(靈暉), 서기(徐機)는 자를 도연(道淵) 또는 영연(靈淵) 모두 영(靈)을 별명으로 가진 네 명의 동인(同人)이었다. 조사수와 서기는 벼슬 경험을 갖고 있지만 미관말직이었다.

네 명 모두 당시를 모범으로 하자고 분명하게 주장했다. 그래서 중당과 만당의 고담(枯談)한 시, 특히 오언율시를 배웠다. 그것은 민간인이 먼저 배워야 하는 시풍(詩風)으로 적절하기도 했다. 한 예로 서기의 〈오려(吾廬)〉.

蓬戶閉還開　　深居稱不才
移荷憐故土　　買石帶新苔
藥信仙方服　　衣從古樣裁
本無官可棄　　何用賦歸來

쑥 덮인 문은 닫히다가 다시 열리고
깊이 들어앉아 재주 없다고 하네
짐을 옮겨 오랜 흙을 가여워하고
돌을 사면 새로운 이끼를 두른다
약은 신선의 처방을 믿어 먹고
옷은 옛날 식으로 마름질한다
본래 관직 버릴 수 없으니
무엇으로 귀거래를 노래하리오

원래 벼슬이 없는 몸이라 도연명처럼 벼슬을 그만두는 기쁨을 '귀거래〔歸去來〕'라고 노래하지 않아도 좋다.

다른 세 사람도 모두 소시민으로서 생활하는 기쁨을 담백하게 읊는다. 칠언율시의 예로 조사수의 〈이거, 우인의 잘못을 사과하다〔移居謝友人見過〕〉. 아마 수도 항주에서 빌린 집일 것이다.

賃得民居亦自淸　　病身於此寄飄零
筍從壞砌磚中出　　山在隣家樹上晴

有井極甘便試茗　　無花可插任空瓶

巷南巷北相知少　　感爾詩人遠扣扃

집을 빌려 스스로 치워도

병든 몸 여기서 안전부절 못하는구나

죽순은 부서져 섬들 밑에서 돋아나고

산은 이웃집 머리 위에서 맑게 개인다

우물의 물 아주 달아 찻물로 끓여보고

꽃을 꽂 없어 병은 빈 채로 내둔다

길거리 남쪽과 북쪽 서로 잘 모르니

시인들 멀리 문을 두드리는 소리 들리는구나

'표령(飄零)'은 불안정. '명(茗)'은 차. '항(巷)'은 노지.

　칠언절구의 예로서 서기의 〈하일한좌(夏日閑坐)〉. 이것은 산속에서 지은 작품이다.

無數山蟬噪夕陽　　高峰影裏坐陰涼

石邊偶看清泉滴　　風過微聞松葉香

수많은 산매미 석양에 울고

높은 봉우리 그림자 속 그늘 시원한 곳에 앉아 있다

돌가에서 우연히 맑은 샘물 발견하고

바람 불어 소나무잎 향기 희미하게 실려오네

　요컨대 모두 작은 취미에 시종일관하고 있다. 그러나 그들은 당시의 부활을 자각(自覺)으로 갖고 있었다. 서기는 "시는 당인의 시구를 얻었다"고 하며, 서조는 "시는 당시체를 완성하여 남이 연마하는 것을 기다린다"라고 한다. 또 그들과 동향인 정치학자로 이른바 영가학파의 거두 엽적(葉適)은 그들의 패트론 내지는 지도자로서 서조와 서기를 위해 각기 묘비명을 쓰면서 "당시가 또한 행해졌음"은 그들의 공적이라고 하였다. 다만 당시의 전성기인 개원(開元), 원화(元和) 시기에 이르지 못했음이 안타깝다는 말을 덧붙이고 있다.

주의할 만한 것은 작은 시이지만, 각각 생활을 즐기고, 당시를 배우면서도 비애의 그림자가 없다. 그런 점은 역시 소식이 비애를 차단하고 난 후의 시이다.

조사수가 엮은 당시 선본 《중묘집(衆妙集)》은 동배 시인의 작시 모범으로 했을 것으로 당초의 심전기(沈佺期)로부터 당말의 왕정백(王貞白)까지 76명 2백28수, 대부분은 상큼한 오언율시이다. 이백·두보·한유·백거이 등 대가를 싣지 않은 것은 귀신을 공경하되 이를 멀리하고자 했을 것이다.

제3절 강호파(江湖派)

사령에 이어서 강호파라고 불리는 수많은 시인들의 일군이 있다. '강호'란 민간이란 뜻이며, 명칭은 수도 항주의 책장사 진기(陳起)가 동시기의 시인 1백90명의 시를 총서로서 간행하고 이것을 《강호시집(江湖詩集)》이라고 이름 붙였기 때문이다.

진기, 자는 종지(宗之), 진도인(陳道人)이라고 부르며, 항주 목친방(睦親坊)에 가게를 열었다. 스스로 시를 잘 지어 시집 《예림을고(藝林乙稿)》를 《강호집》 시리즈 속에 넣었다. 절구 〈조기(早起)〉.

今早神淸覺步輕　　杖藜聊復到前庭
市聲亦有關情處　　買得秋花揷小瓶

오늘 아침은 정신 맑아 걸음 가볍고

지팡이 짚고 순식간에 앞정원에 간다

시장소리 또한 관심 있어

가을꽃을 사서 작은 병에 꽂는다

‘시성(市聲)’은 물건 파는 소리, ‘관정(關情)’은 관심. 가게의 모습은 사령의 한 사람 조사수의 시 〈진종지에게 보내다〔贈陳宗之〕〉에도 보인다.

四圍皆古今	永日坐中心
門對官河水	簷依綠樹陰
每留名士飮	屢索老夫吟
最感書燒盡	時容備檢尋

사방은 모두 옛날과 지금

온종일 중심에 앉아 있다

문은 관하의 강물을 마주하고

처마는 푸른 나무 그늘에 의지한다

언제나 명사를 불러들여 마시게 하고

자주 노부는 시를 읊는다

책을 다 태우고 난 뒤

때로 검색할 수 있는 것이 감사할 뿐

‘영일(永日)’은 종일. ‘노부(老夫)’는 조사수 할아버지. 끝의 2행은 조사수가 화재를 당해 장서에 있던 책이 전부 태워진 후, 아는 이의 가게에서 참고서를 충분히 검색할 수 있게 한 것에 대한 감사의 마음을 읊은 것이다. 항주는 이전부터 화재가 많은 곳이었다.

　　조사수의 시에서 볼 수 있듯이 진기는 책 소매점을 하고 있었는데, 한편으로 출판업자로서 당인의 시집 특히 소시인의 시집을 시리즈로 간행하여 동료 시인들의 당시 애호에 답했다. 서지학자가 말하는 '진씨서붕본(陳氏書棚本)'이 그것이다. 또 다른 기획으로 동료시인의 시집을 시리즈로 간행한 것이 앞서 언급한 《강호집》이다. 상당히 팔렸다고 여겨져 필화사건(筆禍事件)조차 일으키고 있다. 훗날 언급하는 유극장(劉克莊)의 시집 《남악고(南岳稿)》도 그 중의 한책이었는데, 훗날 〈낙매(落梅)〉 칠언율시는 영종의 양자 제왕굉(濟王竤)이 재상 사미원(史彌遠)에게 제위계승권을 빼앗기고 불행한 죽음을 당한 것을 동정했다는 의심을 받았다. 또 조사해 보면 진기 자신이 쓴 작품에도,

秋雨梧桐皇子府　　春風楊柳相公橋
가을비 오동나무 황자의 처소
봄바람 버드나무 상공의 다리

라는 시구가 있었다. 또 증극(曾極)이란 인물의 시집에는 다음과 같은 불온(不穩)한 시구가 있다.

九十日春晴景少　　百千年事亂時多
구십 일 봄에 개인 적이 드물고
백천 년의 일은 어지러울 때 많네

　　시인은 취조당하고 시집의 판본은 불태워져 발행인 진기는 유배당했다. 또 얼마 동안 일반인의 작시(作詩)가 금지되었다고 방회(方回)의 《영규율수(瀛圭律髓)》의 매화 부분, 주밀(周密)의 《제동야어(齊東夜語)》 권16 등에 보인다. 사미원이 권력을 잡고 있었던 이종(理宗) 초기

의 일이었다.

그러나 작시의 유행은 원래 권력이 누를 수 있는 것이 아니었다. 《강호집》백수 명의 시인 가운데 홍매나 유극장과 같은 고관, 혹은 '사(詞)'의 명수였던 강기(姜夔) 등 사적이 약간 분명한 인물도 있지만, 대개는 작은 시를 쓴 작은 시집을 전할 뿐으로 사적을 전하지 않고 있다. 자세한 사적을 전하지 않는다는 점이 대개의 '강호'인, 민간인이었다는 것을 짐작하게 한다. 나중에 언급하는 대복고와 유극장만은 예외적으로 많은 양의 시를 남기고 있다. 그리하여 대복고의 신분은 가장 분명하게 민간인이다.

제4절 대복고(戴復古)

대복고, 자는 식지(式之), 호는 석병(石屛)은 "광부(狂夫)는 원래 농가의 자식〔狂夫本是農家子〕"이라고 하듯이 절강 황엄(黃嚴)의 농민인데, "하나의 쟁기를 내던지고 사방으로 유람한다〔抛却一犁遊西方〕." 시인으로서 각지를 방랑했다. 매우 장수하여 전세기말 효종시대에 태어나 금세기 중반 이종 순우(淳祐) 연간, 80세를 넘어서도 건재했다. 〈칠십 노옹의 머리는 눈처럼 하얗고, 낙락하여 강호에서 시책을 팔고 있다〔七十老翁頭雪白　落在江湖賣詩册〕〉. 여러 고관들을 패트런으로 삼고 시를 바쳐 사례금을 받아 그것으로 생활하고 있었음을 의미한다.

野人何得以詩鳴　　落魄騎驢走帝京

白髮半頭驚歲月　　虛名一日動公卿

頗思湖上春風約　　不奈樓頭夜雨聲

柳外斷雲篩日影　　試聽幽鳥話新晴

야인이여 어찌 시로서 이름을 내려 하는가

낙백하여 당나귀 타고 서울로 달려간다

반백의 머리 세월에 놀라고

헛된 이름 하루만에 공경을 움직인다

호수 위 봄바람의 약속을 생각하니

어찌 누대 머리 밤비 소리 견디리오

버드나무 위의 끊어진 구름 햇빛을 체로 치니

시험삼아 그윽한 새 개인 날을 지저귀는 것을 들어본다

이것은 수도 항주에서 황자매(黃子邁)라는 고관의 초빙에 대한 답례로 바친 칠언율시이다.

‘시를 판 돈’으로 살고 있었던 사람이기 때문에 시가 속된 것은 어쩔 수 없다. 남송 망국을 재촉한 권력자 가사도에게도 손을 벌려 “세상에 오직 홀로 추학 있고 때로 두 개의 석병 없다〔世有一秋壑詩無雨石屛〕”고 한다. 추학은 가사도의 호, 석병은 자신의 호이다. 그러나 약간 후대의 비평가 방회의 말에 의하면 13세기초, 영종 경원(慶元) 연간 이래 요직에 앉아 있던 고관을 둘러싸고 있는 것이 시인의 풍조가 되어 잘하면 천만금을 얻을 수 있었는데, 그 가운데 가장 청렴했던 것이 유극장이었다고 한다.

만년에는 아들이 작은 이층집을 지어 주어 안정을 찾게 되었다. 그 기쁨을 읊은 오언율시 하나에,

老去知無用　　歸來得自如

幾年眠客舍　　今日愛吾廬

處世無長策　　閑時讀故書

但能營一飽　　渾莫問其餘

늙어감에 쓸모없음을 알고

돌아옴에 저절로 여유로움을 찾았구나

몇 해인가 객사에서 잠들더니

오늘은 내 초막을 사랑하네

세상살이 뛰어난 재주 없으니

시간 나면 옛글을 읽는다

다만 한 번 싫증내는 일을 한다면

모두 그 나머지를 묻지 말게나

　유극장은 '사령'과 같이 율시에만 전념하지 않고 고시의 형태로 의론과 서술을 시도한 적이 있다. '본조(本朝),' 즉 송시는 '경(經),' 즉 유가의 고전에서 나온 것으로 당시 특히 만당의 시와는 다르다는 주장을 갖고 있었다. 원래 큰 철학은 없다. 복건(福建)의 시박제거(市舶提擧), 즉 무역부장관을 의지하여 어딘가 떨어져 살고 있었을 때의 오언고시 연작 하나는 유머가 있다.

寄跡小園中　　　忽有烏衣至

手中執圓封　　　州府特遺餽

羅列滿吾前　　　禮數頗周緻

四鄰來聚觀　　　若有流涎意

呼童急開樽　　　四鄰同一醉

작은 정원에다 발자국 내니

홀연 하인이 다가온다

수중에 둥근 봉투를 집어드니

주부에서 특별히 보낸 것이네

앞에다 잔뜩 나열해 보고

대단한 예의를 갖추고 받는다
사방에서 모여들어 구경하는데
침들을 삼키고 있는 듯
아이를 불러 급히 술동이를 열어
모두 함께 거나하게 취해 보네

‘오의(烏衣)’는 검은옷을 입은 관청의 아전. ‘원봉(圓封)’은 아마 예물 목록일 것이다. ‘주부(州府)’는 지방청. ‘예수(禮數)’는 예의. ‘주치(周緻)’는 두루 미치다. 관에서 물품이 도착했다며 근처의 사람들이 구경하러 모여들어 부러운 듯이 침을 삼킬 뿐. 좋다, 함께 마시자. 아이를 시켜 술동이를 열고 모두 다같이 취했다.

제5절 유극장(劉克莊)

유극장, 자는 잠부(潛夫), 호는 후촌(後村). 복건 포전(蒲田) 사람. 대복고보다 후배이며, 일찍부터 영가 사령과 교유했다. 이종 초년에 필화사건을 일으킨 것은 앞서 언급했다. 관리로서는 복건제형(福建提刑)에 이르고 있다. 《후촌선생대전집(後村先生大全集)》 193권 가운데 시는 48권, 이 시기의 대부분은 이 시집이다. 숫자로 헤아린다면 몇천 수가 될 것이다. 대부분이 율시와 절구이며 “고음(苦吟)하는 것도 만당의 시를 벗어나지 못하고”라며 스스로 말하지만 때로는 새로운 시의(詩意)을 보여주기도 한다. 친구의 죽음을 슬퍼하는 〈설자서를 곡하다〔哭薛子舒二首〕〉에서

醫自金壇至　　　猶言疾可爲

瀕危人未信　　聞死世皆疑
友共收殘稿　　妻能讀殮儀
借來書册子　　掩淚付孤兒

의사가 금단에서 와

말하기를 병을 고쳐야 한다네

위험에 빠진 것을 사람들은 모르고

죽었다고 하니 모두 의심한다

친구들은 남은 작품을 모으고

아내는 장례식 순서를 읽는다

빌려온 책

눈물을 흘리며 아들에게 돌려준다

‘금단(金壇)’은 강소의 지명. 설은 그곳의 주인이었다. ‘염의(殮儀)’
는 장례식 순서 쓰는 것. 생전에 설한테 빌린 책을 눈물을 흘리면서 아
들에게 돌려준다.

　몽골와의 관계를 정부의 관리로서 근심하는 시도 있다. 〈방강의 병
사에게 주는 6수〔贈防江卒六首〕〉〈개호행(開濠行)〉〈양운행(糧運行)〉
등이 그것이다. 〈정군서와 뇌계에서 나왔을 때의 즉사〔同鄭君瑞出瀨
溪卽事四首〕〉는 친구와 산보하면서 본 견문이며, 마을에 펄럭이는 막
사(幕舍)의 깃발에 대해 늙은 몸인 자신을 부끄러워한다.

北耗而今杳不知　　路傍羽檄走無時
自憐滿境星星髮　　羞見官中募士旗

북녘 소식 지금도 막막하여 알 길이 없고

길거리 소집영장 시도 때도 없이 달린다

거울에 비치는 성성한 백발을 슬퍼하며

막사의 깃발 보는 것도 부끄럽다

'우격(羽檄)'은 소집영장. '무시(無時)'는 시간을 가리지 않고.

만년에는 농촌에 은퇴하여 농민들과 접촉을 보여주는 시가 여러 수 있다. 〈출성(出城)〉이라는 제목의 칠언절구 하나에

小憩城西賣酒家　　綠陰深處有啼鴉
主人歎息官來晚　　謝了酴醾一架花

성 서쪽 술집에서 잠시 쉬려니

녹음 깊어진 곳에 우는 까마귀 있네

주인은 내가 오는 것이 늦다고 탄식하니

술 한 시렁 다 마신다네

'관(官)'은 나리, 술집 주인이 유극장을 그렇게 부르는 것이다.

은퇴 후의 생활은 편안하지 않은 듯, 〈세만서사십수(歲晚書事十首)〉의 하나는 문을 두들기는 거지에게 적선을 거절하는 변명이다.

丐客鶉衣立戶前　　豈知儂自窘殘年
染人酒媼逋猶緩　　且送添丁上學錢

거지 넝마옷으로 문 앞에 서 있다

어찌 알리오 나 또한 연말에 쪼들리는 것을

염색집, 술집 노파, 사냥꾼에게 돈도 못 주는데

게다가 아이들 수업료도 내야 한다네

'개객(丐客)'은 거지. '순의(鶉衣)'는 넝마. '염인(染人)'은 염색집,

‘주온(酒媼)’은 술집 노파. 거기다 더 내야 하는 것은 ‘첨정(添丁),’ 우리 집 도련님 수업료, 남은 돈은 없다.

퇴직한 관리도 지주로서의 세금을 여지없이 징집당했다는 것은 육유에게도 그 고통을 호소하는 시가 있는데, 유극장에게도 그것이 있다. 그밖에 촌의 학교, 촌연극을 언급한 작품도 있다. 일단은 소육유(小陸遊)라고 해도 좋다. 83세의 죽음은 항주가 함락되기 7년 전의 일이었다.

또한 방악(方岳)도 이부시랑까지 올라간 관리인데, 스스로 경력을 언급하고

我本耕田夫　　　　識字略可數

誰令半窓燈　　　　奪此一犁雨

나는 본래 밭가는 농부

아는 글자는 대략 손꼽을 정도

누가 돋궈진 창가의 등불로 하여금

밭갈 때를 빼앗으려 하는가

라고 하듯이 안휘(安徽) 신안(新安) 농가 출신이다. 시도 시민적이며 ‘배서인(背書人)’ 제본집에게 준 시 등도 있다. ‘당률(唐律)’이라고 분명하게 제목을 단 오언율시가 10수 있는 것은 그만의 일은 아니지만 당시인에의 경도를 보여준다. 또 당시 〈금기서화객(琴棋書畵客)〉이라는 명함으로 고관을 역방하는 남자가 있었음을 조소하는 시가 있다. 이른바 ‘청객(淸客)’의 발호(跋扈)를 생각하게 한다.

제6절 삼체시(三體詩), 시인옥설(詩人玉屑),
창랑시화(滄浪詩話)

요컨대 남송 말기의 이 시기 분위기는 위기가 닥쳐오는 것을 알지 못하는 태평한 분위기 속에서 남송 초기 이래의 저류였던 당시에 대한 향수가 민간인을 중심으로 하는 시인 집단에 의해 분명해지는 방향을 취한다. 다만 본받으려는 당시는 당 말기의 경쾌한 시, 즉 이른바 '중만당(中晩唐)' 시로 그치고 있다.

《삼체시》도 이런 분위기 속에서 편찬된 중만당시 선본이다. 편자 주필(周弼)은 《강호집》 시인의 한 사람이며 이종시대에 있었다. 책은 '허(虛)'와 '실(實),' 즉 서정의 구(句)와 풍경 묘사의 구 그 두 가지를 어떻게 얽어가는가에 대해 '전허후실(前虛後實)' '전실후허(前實後虛)' '사허(四虛)' '사실(四實)' 등의 법칙을 세워 그것에 의해 시를 배열(排列)한다. 수도의 시인들을 위한 지침서라고 생각되며, 이런 책을 원하는 독자의 증가를 엿보게 해준다. 또한 약간 후대의 시론가인 방회(方回)의 《영규율수》에 있는 '정(情)'이란 것은 주필의 '허(虛)'에, '경(景)'은 주필의 '실(實)'에 해당한다.

또 일찍이 구양수가 시에 대한 수필을 '시화(詩話)'라는 이름으로 쓴 이래 남북송을 통틀어 시에 관한 수필, 평론이 엄청나게 출현하여, "시화는 흥하고 시는 망하다"는 말이 있을 정도였다. 그것들을 집대성하여 일찌감치 남송 초기에 《초계어은총화(苕溪漁隱叢話)》《시화총귀(詩話叢龜)》가 출현하고 있는데, 시정의 시인이 배출된 이 세기에 출판된 《시인옥설》이 가장 솜씨가 좋다. 또 이 책은 영리출판으로 간행된 흔적이 분명하게 나타난다. 북송에서도 영리출판은 이미 있었다. 그러나 대개는 관청에서 출판한 것이었는데, 이 시기에는 진기를 비롯하여 출판업자가 점점 '방각본(坊刻本)'을 출판한다. 시민의 문학 열기는 더욱더 높아질 수밖에 없었다.

또한 당시를 배우는 이상에는 그 핵심적인 부분을 본받자 하는 논의도 고립적인 것일지라도 엄우의 《창랑시화》에 보인다. 저자는 대복고의 친구이며, 두 사람이 시론을 교환했다는 것이 대복고의 시집에 보여 둘 다 민간인이었다고 생각한다. 논의의 요점은 시를 선(禪)에 비유하여, 이백·두보 등 성당의 시는 한(漢), 위(魏), 진(晉)의 시와 함께 선으로 말하자면 제일의(第一義)인 것에 대해 한유·백거이 등의 중당의 시는 소승선(小乘禪)의 제이의(第二義)로 떨어진 것, 만당의 시에 이르러서는 성문벽지과(聲聞辟支果)라고 격한 어조로 말한다. 따라서 최근의 조사수·옹권 등 강호 시인의 '당체(唐體)'는 만당의 가도(賈島), 요합(姚合)을 흉내낸 것에 불과하며, 제일의가 아니라고 한다. 당시에 초(初)·성(盛)·중(中)·만(晩)의 네 시기가 있으며, 그 가운데 성당을 절정으로 한다는 것이 훗날 명대 이후의 상식이 되는데 그 시작은 엄우에게 있다.

엄우는 또한 당인과 '본조인(本朝人),' 즉 송인 시의 차이를 "아직 공졸(工拙)을 논하지 않고 곧바로 이 기상(氣象)이 같지 않다," 분위기가 원래 다르다고 하면서, "성당(盛唐)의 여러 시인의 시는 공중(空中)의 소리, 상중(相中)의 색, 수중(水中)의 달, 경중(鏡中)의 코끼리와 같이 말은 다하지만 뜻은 무궁하다"였던 것에 반해, 근대의 여러 사람의 시는 "문자로서 시를 읊고 재주와 학문으로 시를 읊고 의론으로 시를 읊는다"고 하였다.

엄우의 의론은 만당시 애호를 계기로 일어난 당시에 대한 재인식이 보다 구심적인 방향을 취한 것이다. 의론이 실천으로 옮겨진 것은 명대의 일이지만, 엄우가 '본조인'의 시에 불만을 드러낸 것은 송의 시풍이 그 정치와 함께 종언으로 다가섰음을 말해 준다.

제7절 송말의 저항시인

　무수한 소시인의 중얼거림이 계속 이어지는 것처럼 보인 남송의 시는 최후에 돌연 격정을 촉발한다. 당시의 국제 정세로 인한 당연한 귀결이며, 더구나 남송 사람들에게는 적어도 일반 시민에게는 게다가 적어도 항주 시민에게는 청천벽력과 같은 사건, 몽골의 정복으로 인한 멸망 때문이었다. 특히 멸망할 때의 재상이며 멸망하고 난 후의 저항군 지도자이며 훗날 패하여 북경 감옥으로 끌려간 문천상(文天祥)의 시는 대표작 〈정기가(正氣歌)〉를 비롯하여 훌륭하다.

　그런데 사항은 국제적인 갈등에 의해 생겨나고 있다. 필자는 이 세기의 북방시의 상태와 함께 그 서술을 다음의 저서에서 할 예정이다.

발(跋)

이 책은 내가 기획하고 있는 중국문학사의 일부분이다. 다만 송시 연구는 10년 전 필자의 나이 50이 가까울 무렵 비로소 개인적인 과제가 되었다. 그것을 언급한 최초의 문장은 1952년 49세 되던 봄, 어느 잡지에다 쓴 단편 〈송시에 대해서〉이다. 거기서 말하기를 당인의 시는 조잡한 읽기 방식으로 몇 가지 독파했다. 원인(元人), 청인(淸人)의 시집도 그렇다고 할 수 있다. 송인의 시집은 소식·황정견·육유·양만리, 모두 조금 읽고 책을 덮었다. 그럼에도 그 문장을 쓴 것은 교토대학 문학부에서의 문학사 강의가 송대 부분을 넣지 않을 수 없었던 것은 비전문가인 친구로부터 무리한 의뢰가 있었기 때문이었다. 문장은 《현대수상전집(現代隨想全集)》에 있는 나의 글에 보인다(1954년, 동경창원사).

7년 후 1957년 56세의 봄, 다른 잡지에다 쓴 역시 단편 〈송시의 경우〉는 수필집 《학사시사(學事詩事)》에 보인다(1960, 축마). 문학사 강의가 다시 송 부분으로 들어간 부산물이며, 전의 글보다 다소 진보가 있을지도 모른다. 진보가 뚜렷하지는 않지만 송시 연구를 스스로의 과제로 하고 싶다는 마음은 크게 진전되었다. 같은 해 가을 규슈대학에서 일본중국학대회에서도 〈송시의 입장〉을 발표했다.

재작년 57세의 여름, 이 책을 쓸 결심을 했다. 여러 시인들의 전집을 읽을 여유가 없는 경우는 오로지 청대 문인이 쓴 《송시초(宋詩鈔)》를 읽었다. 청초 초기, 절강의 시인 오지진(吾之振)이 여유량(呂留良)과

토론하여 각 시인의 시 평균 삼분지 일을 뽑은 것이라서 신뢰해도 좋다고 생각한다. 그밖에 간단한 선본이나 비평도 있지만, 그 양은 원래 많지 않고 또 참고할 만한 것은 더욱 적었다. 시인의 전기와 일화(逸話)에 대해서는 청의 여악(厲鶚)의 《송시기사(宋詩紀事)》, 정전정(丁傳靖)의 《송인일사휘편(宋人軼事彙編)》을 참고했다.

스스로에게 부과한 과제를 일단은 해냈다는 느낌이지만, 전집의 독파, 혹은 적어도 《송시초》의 독파, 즉 되도록 근본 자료에 의한 필자 스스로의 사고를 갖고자 노심했기 때문에 뽑은 시를 다른 간단한 선본으로 대략 계산하면 그다지 겹치지 않는다. 이 책은 시의 역사에 대한 서술을 중심으로 했으며 선본은 아니었음을 어느 정도 변명으로 삼으면서도 불안한 마음도 갖고 있다.

송시는 불교, 특히 선과의 관계가 밀접하다. 또 원고를 읽어 주신 고가와[小川] 박사의 지남에 의하면 도교와의 관계도 상당하다고 한다. 두 종교에 무지한 필자는 고가와 박사가 지남한 것도 포함하여 어설픈 지식을 풀지는 않았다. 서술을 불완전하게 요소로서 이 책에 대한 또 다른 불안 요소로 남긴다.

모든 것은 학계의 가차없는 비판을 기대한다.

요시카와 고지로[吉川幸次郎]

송시 연표

10세기 후반

간지	서력	황제	연호	재위 연수	사항	북국
庚申	960	太祖	建隆	1	魏野 태어남, 馮延己 58세 죽음, 정월 태조 34세 즉위	遼 穆宗 應曆 10
辛酉	961		2	2	寇準 태어남, 李煜 25세 南唐의 왕이 되다	11
壬戌	962		3	3	丁謂 태어남	12
癸亥	963		乾德	4	王曙 태어남	13
甲子	964		2	5		14
乙丑	965		3	6	後蜀 멸망	15
丙寅	966		4	7		16
丁卯	967		5	8	林逋 태어남, 《舊五代史》 완성	
戊辰	968		開寶	9	姚鉉 태어남	
己巳	969		2	10		景宗 保寧
庚午	970		3	11		2
辛未	971		4	12	歐陽炯 76세 죽음, 南漢 멸망	3
壬申	972		5	13		4
癸酉	973		6	14		5
甲戌	974		7	15	楊億 태어남	6
乙亥	975		8	16	남당 멸망	7
丙子	976	太宗	太平興國	17	10월 태조 50세 붕어, 동생 태종 38세 즉위	8
丁丑	977		2	2	錢惟演 태어남, 呂蒙正 32	

干支	年	帝	年號	年	事件	遼
					세 진사, 《太平御覽》《太平廣記》완성	9
戊寅	978			3	3	李煜 42세 죽음, 吳越 항복	10
己卯	979			4	4	北漢 멸망	乾亨
庚辰	980			5	5	張詠 35세 진사	2
辛巳	981			6	6		3
壬午	982			7	7		4
癸未	983			8	8	王禹偁 30세, 요현 16세, 李巽 진사	聖宗 統和
甲申	984		雍熙	9		2
乙酉	985		2	10		3
丙戌	986		3	11	《文苑英華》완성	4
丁亥	987		4	12		5
戊子	988		端拱	13		6
己丑	989		2	14	范仲淹 태어남	7
庚寅	990		淳化	15		8
辛卯	991		2	16	晏殊 태어남	9
壬辰	992		3	17	徐鉉 76세, 趙普 72세 죽음, 정위 31세 진사	10
癸巳	993		4	18	李昉 69세, 李至 47세〈二李唱和集序〉, 여몽정 48세 平章事	11
甲午	994		5	19		12
乙未	995		至道	20		13
丙申	996		2	21	宋庠 태어남, 이방 72세 죽음	14
丁酉	997		3	22	3월 태종 59세 붕어, 아들 眞宗 30세 즉위	15
戊戌	998	眞宗	咸平	2	宋祁 태어남, 劉筠 진사	16
己亥	999		2	3		17
庚子	1000		3	4		18

干支	年				
辛丑	1001		4	5	尹洙 태어남, 李至 55세, 왕우칭 48세 죽음	
壬寅	1002		5	6	梅堯臣 태어남	20
癸卯	1003		6	7		21
甲辰	1004		景德	8	富弼 태어남, 〈西崑酬唱集序〉, 요나라와 澶淵에서 화친을 맺다	22
乙巳	1005		2	9	石介, 江休復 태어남	23
丙午	1006		3	10	文彥博 태어남	24
丁未	1007		4	11	歐陽修 태어남	25
戊申	1008		大中祥符	12	蘇舜欽, 韓琦 태어남	26
己酉	1009		2	13	蘇洵 태어남	27
庚戌	1010		3	14	구양수 4살 부친이 죽음	28
辛亥	1011		4	15	邵雍 태어남, 여몽정 66세 죽음, 요현 44세 〈唐文粹序〉	29
壬子	1012		5	16	蔡襄 태어남	開泰
癸丑	1013		6	17	《册府元龜》 완성	2
甲寅	1014		7	18	寇準 54세 同平章事	3
乙卯	1015		8	19	張詠 70세 죽음, 범중엄 27세 진사	4
丙辰	1016		9	20	구양수 10세 韓愈集을 얻음	5
丁巳	1017		天禧	21	周敦頤, 韓惟 태어남	6
戊午	1018		2	22	文同 태어남	7
己未	1019		3	23	司馬光, 曾鞏, 謝景初, 劉敞, 宋敏求 태어남, 魏野 60세 죽음	8
庚申	1020		4	24	姚鉉 53세, 楊億 47세 죽음, 丁謂 59세 平章事	9
辛酉	1021		5	25	王安石, 吳充 태어남	太平
壬戌	1022		乾興	26	2월 진종 55세 붕어, 아들	

干支	西紀	皇帝	年號	年	事	
					인종 13세 즉위, 義母 劉氏 54세 섭정	2
癸亥	1023	인종	天聖	2	劉攽 태어남, 구준 63세 죽음, 매요신 22세 임포 57세 만남	3
甲子	1024		2	3	宋庠 29세, 宋祁 27세, 尹洙 24세 진사	4
乙丑	1025		3	4		5
丙寅	1026		4	5		6
丁卯	1027		5	6	梅堯臣 26세 謝氏와 결혼	7
戊辰	1028		6	7	林逋 62세 죽음, 范仲淹 40세에 秘閣校理	8
己巳	1029		7	8	沈括 태어남	9
庚午	1030		8	9	안수 40세 知貢擧, 歐陽修 24세, 石介 24세, 蔡襄 19세 진사	10
辛未	1031		9	10	매요신 30세, 구양수 25세에 낙양에서 벼슬살이	景福
壬申	1032		明道	11	程顥, 王令 태어남, 晏殊 42세 참지정사	興宗 重熙
癸酉	1033		2	12	程頤 태어남, 丁謂 72세 죽음, 皇太后 65세 붕어, 매요신 32세 饒州에서 벼슬살이	2
甲戌	1034		景祐	13	王曙 72세, 錢維演 58세 죽음, 구양수 28세 서울에서 벼슬살이, 柳永 진사가 되다	3
乙亥	1035		2	14	曾布 태어남, 범중엄 47세 天章閣待制, 매요신 34세 池州에서 벼슬살이	4
丙子	1037		3	15	蘇軾 태어남, 범중엄 48세, 구양수 30세 유배	5

干支	西紀	年號			內容	
丁丑	1037		4	16		6
戊寅	1038	寶元		17	사마광20세, 오충18세 진사	7
己卯	1039		2	18	蘇轍 태어남, 송상 44세 참지정사, 매요신 38세 襄城에서 벼슬살이	8
庚辰	1040	康定		19	구양수 34세 다시 서울에서 벼슬살이	9
辛巳	1041	慶曆		20	범중엄 53세, 한기 34세 서하를 방어	10
壬午	1042		2	21	왕안석 22세 진사, 안수 52세 평장사, 매요신 41세 호주에서 벼슬살이	11
癸未	1043		3	22	범중엄 55세, 한기 36세, 富弼 40세, 구양수 37세 조정에 들어감, 석개 39세 聖德詩를 짓다	12
甲申	1044		4	23	범중엄 56세, 구양수 38세, 소순흠 37세 유배, 서하와 화친	13
乙酉	1045		5	24	黃庭堅 태어남, 석개 41세로 죽음, 구양수 39세로 滁州의 지사	14
丙戌	1046		6	25	劉敞 28세, 謝景初 28세, 유분 24세, 襲煜 진사	15
丁亥	1047		7	26	蔡京 태어남 尹洙 47세 죽음, 文彦博 42세 참지정사	16
戊子	1048		8	27	소순흠 41세 죽음, 구양수 42세 揚州의 지사, 매요신 47세 國子博士	17
己丑	1049	皇祐		28	秦觀 태어남, 구양수 43세 穎州의 지사, 소상 54세	

干支	서기	年號			사건	遼
					同平章事	18
庚寅	1050		2	29	구양수 44세 應天府의 지사	19

11세기 후반

干支	서기	年號			사건	遼
辛卯	1051		3	30	米芾 태어남, 매요신 50세 太常博士	20
壬辰	1052		4	31	陳師道 태어남, 범중엄 64세 죽음, 앙안석 32세 舒州에서 벼슬살이	21
癸巳	1053		5	32	晁補之 태어남	22
甲午	1054	至和		33	張耒 태어남, 구양수 48세 翰林學士, 왕안석 34세 서울에서 벼슬살이	23
乙未	1055		2	34	안수 65세 죽음, 부필 52세, 문언박 50세 동평장사	道宗 清寧
丙申	1056	嘉祐		35	周邦彦 태어남, 매요신 55세 國子監直講, 한기 49세 樞密使	2
丁酉	1057		2	36	구양수 51세 지공거, 증공 39세, 증포 23세, 소식 22세, 소철 19세, 呂惠卿 진사	3
戊戌	1058		3	37	蔡卞 태어남, 왕안석 36세 서울에서 벼슬살이, 한기 51세 평장사	4
己亥	1059		4	38	晁說之 태어남, 왕령 28세 죽음, 소식 24세 詩起, 章惇, 蔡確 진사 5	5
庚子	1060		5	39	매요신 59세, 江休復 56세 죽음, 왕안석 40세 《唐百家詩選》《新唐書》 완성	6
辛丑	1061		6	40	송사 64세 죽음, 구양수 55	

干支	年						
						세 참지정사, 소식 26세 鳳翔에서 벼슬살이	7
壬寅	1062			7	41	사마광 44세 知諫院	8
癸卯	1063			8	42	3월 仁宗 54세 붕어, 조카 英宗 32세 즉위, 沈括 35세 진사, 구양수 57세《集古錄》	9
甲辰	1064	영종	治平		2		10
乙巳	1065			2	3	소식 30세 史館에서 벼슬살이	咸雍
丙午	1065			2	3	소순 58세, 송상 71세 죽음, 소옹 56세〈擊壤集序〉	2
丁未	1067			4	5	정월 영종 36세 붕어, 아들 神宗 20세 즉위, 구양수 61세 벼슬에서 물러남, 황정견 23세 진사	3
戊申	1068	신종	熙寧		2	유창 50세 죽음, 왕안석 48세 신종 21세 서로 만남, 소식 33세 除服에서 서울로 돌아옴	4
己酉	1069			2	3	왕안석 49세 참지정사	5
庚戌	1070			3	4	왕안석 50세 평장정사, 채경 24세 진사	6
辛亥	1071			4	5	구양수 65세 穎州로, 사마광 53세 洛陽으로 옮기김, 소식 36세 杭州通判	7
壬子	1072			5	6	구양수 66세 죽음	8
癸丑	1073			6	7	주돈이 57세 죽음	9
甲寅	1074			7	8	왕안석 54세 사직, 여혜경 참지정사, 소식 39세 密州知事	10
乙卯	1075			8	9	한기 68세 죽음, 왕안석 55	

					세 다시 동평장사	太康
丙辰	1076		9	10	왕안석 다시 사직함, 이후 江寧에서 거주, 오충 56세 동평장사	2
丁巳	1077		10	11	葉夢得 태어남, 소옹 67세 죽음, 소식 42세 저주지사, 진관 29세 입문	3
戊午	1078		元豊	12	황정견 34세, 소식 43의 문하에 들어감	4
己未	1079		2	13	문동 62세 죽음, 소식 44세 湖州에서 벼슬살이, 이어서 御史臺의 감옥에 갇힘	5
庚申	1080		3	14	오충 60세 죽음, 소식 45세 黃州로 유배	6
辛酉	1081		4	15	趙明誠 태어남, 成尋 81세 개봉에서 죽음	7
壬戌	1082		5	16	소식 47세, 〈赤壁賦〉 그리고 東坡居士로 호를 지음	8
癸亥	1083		6	17	부필 80세, 증공 65세 죽음	9
甲子	1084		7	18	曾幾 태어남, 소식 49세 黃州로 감, 사마광 66세 《自治通鑑》 완성	10
乙丑	1085		8	19	정이 54세 죽음, 3월 신종 38세 붕어, 아들 哲宗 10세 즉위, 조모인 高氏 54세 섭정	太安
丙寅	1086	철종	원우	2	사마광 68세 左僕射 왕안석 66세 사마광 68세 죽음, 소식 51세 한림학사	2
丁卯	1087		2	3		3
戊辰	1088		3	4	진관 40세에 서울에서 벼슬살이	4

己巳	1089			4	5	유분 67세 죽음, 소식 54세 항주지사	5
庚午	1090			5	6	陳與義, 秦檜 태어남	6
辛未	1091			6	7	소식 56세 翰林承旨, 이어 서 穎州知事	7
壬申	1092					소식 57세 양주지사, 이어 서 병부상서, 예부상서, 端明殿學士	8
癸酉	1093			8	9	심괄 65세 죽음, 태황태후 62세 붕어, 황제 親政, 소 식 58세 定州知事	9
甲戌	1094		紹聖		10	소식 59세 惠州로 유배	10
乙亥	1095			2	11	황정견 51세 黔州로 유배	泰昌
丙子	1096			3	12	진관 48세 彬州로 유배, 제1차 십자군	2
丁丑	1097			4	13	朱松 태어남, 문언박 92세 죽음, 소식 62세 海南島로 유배	3
戊寅	1098		元符		14	한유 82세 죽음, 황정견 54 세 戎州로 유배	4
己卯	1099			2	15	진관 51세 雷州로 유배	5
庚辰	1100			3	16	정월 철종 25세 붕어, 동생 徽宗 20세 즉위, 소식 65세, 황정견 56세, 진관 52세 사면	6

12세기 전반

| 辛巳 | 1101 | 휘종 | 建中靖國 | | 2 | 劉子翬 태어남, 소식 66
세, 진관 53세, 진사도 50
세 죽음 | 天祚帝 乾統 |
| 壬午 | 1102 | | 崇寧 | | 3 | 채경 56세 右僕射 元祐黨
籍碑, 황정견 58세 鄂州에 | |

干支	西紀	宋	宋年	事件	金	遼
				기거		2
癸未	1103	2	4	岳飛 태어남, 三蘇와 황정견 등의 문집발간을 금함		3
甲申	1104	3	5	황정견 60세 宜州로 유배		4
乙酉	1105			황정견 61세 죽음		5
丙戌	1106	5	7			6
丁亥	1107	大觀	8	정이 75세, 증포 73세, 미불 57세 죽음, 채경 61세 좌복야		7
戊子	1108	2	9	채경 62세 太師		8
己丑	1109	3	10			9
庚寅	1110	4	11	조보지 58세 죽음		10
辛卯	1111	政和	12			天慶
壬辰	1112	2	13	소철 74세 죽음		2
癸巳	1113	3	14			3
甲午	1114	4	15	장뢰 61세 죽음		4
乙未	1115	5	16	진회 26세 진사	金太祖 收國	5
丙申	1116	6	17	채경 70세 相公으로 칭함	2	6
丁酉	1117	7	18	채변 60세 죽음, 휘종 37세 教主道君皇帝로 칭하다, 花石綱	天輔	7
戊戌	1118	重和	19		2	8
己亥	1119	宣和	20	금나라와 요나라의 협공을 논의, 금나라 여진문자를 만듦	3	9
庚子	1120	2	21		4	10
辛丑	1121	3	22	주방언 66세, 당경 51세 죽음	5	保大
壬寅	1122	4	23	금나라, 요나라의 연경 함락, 萬歲山 완성	6	2
癸卯	1123	5	24	洪邁 태어남, 《宣和書畫		

干支	西紀	宋	연호/년	재위	事件	金主	金 연호	金年	遼
					譜》완성	太宗	天會		3
甲辰	1124		6	25				2	4
乙巳	1125	欽宗	7	26	陸游 태어남, 금나라 침범, 12월 휘종 44세, 아들 흠종 26세에게 전위			3	5
丙午	1126		靖康	2	范成大, 周必大 태어남, 11월 25일 변경 함락			4	
丁未	1127	高宗	建炎	1	楊萬里, 尤袤 태어남, 휘종 46세, 흠종 28세 금나라로 감, 5월 고종 21세 즉위			5	
戊申	1128		2	2				6	
己酉	1129		3	3	조설지 71세, 조명성 49세 죽음, 금나라 군대 강남을 침략			7	
庚戌	1130		4	4	朱熹 태어남. 금나라 군대 북으로 돌아감, 금의 포로가 되었던 진회 41세 귀국, 禮部尙書			8	
辛亥	1131		紹興	5	진회 42세 참지정사에 이어 우복야			9	
壬子	1132		2	6	고종 26세 杭州에 기거			10	
癸丑	1133		3	7				11	
甲寅	1134		4	8	韓世忠 금나라 군대에 패배			12	
乙卯	1135		5	9	4월 上皇 휘종 54세 금나라의 五國城에서 붕어	熙宗		13	
丙辰	1136		6	10				14	
丁巳	1137		7	11	呂祖謙, 樓鑰 태어남, 진회 48세 樞密使			15	
戊午	1138		8	12	진여의 49세 죽음, 금나라와 화친, 항주를 行在所로 정함		天眷		

己未	1139	9	13	금나라와의 화친 깨트림	2
庚申	1140	10	14	辛棄疾 태어남	3
辛酉	1141	11	15	악비 39세 살해	皇統
壬戌	1142	12	16	휘종의 관이 돌아옴, 금나라와 화친하고 신하로 칭함	2
癸亥	1143	13	17	朱松 죽음	3
甲子	1144	14	18		4
乙丑	1145	15	19		5
丙寅	1146	16	20		6
丁卯	1147	17	21	〈東京夢華錄序〉 제2차 십자군	7
戊辰	1148	18	22	엽몽득 72세 죽음, 주희 19세 진사, 〈茗溪漁隱叢話前集序〉	8
己巳	1149	19	23		海陵王 天德
庚午	1150	20	24	葉適 태어남	2

12세기 후반

辛未	1151	21	25	韓侂胄 태어남	3
壬申	1152	22	26	범성대 27세 詩起	4
癸酉	1153	23	27	금나라 연경으로 천도	貞元
甲戌	1154	24	28	범성대 29세, 양만리 28세 진사	2
乙亥	1155	25	29	진회 66세 죽음	3
丙子	1156	26	30	상황 흠종 57세 금나라 오국성에서 붕어, 육유 32세 詩起	正隆
丁丑	1157	27	31		2
戊寅	1158	28	32	육유 34세 福建의 寧德에 기거	3
己卯	1159	29	33	平治의 난	4

干支	서기	황제	연호	연수	사항	金
庚辰	1160		30	34	육유 36세 서울에서 벼슬살이	5
辛巳	1161		31	35	금나라 海陵王 40세 침략하여 양주에서 암살당함	世宗 大定
壬午	1162		32	36	徐璣 태어남, 5월 고종 56세, 양자 孝宗 36세에게 전위, 양만리 36세 《江湖集》	2
癸未	1163	효종	隆興	2	張浚 금나라를 토벌하려다 실패, 〈韻語陽秋序〉	3
甲申	1164		2	3	육유 40세 鎭江에서 벼슬살이	4
乙酉	1165		乾道	4	육유 41세 강서의 隆興에 거하다, 금나라와 다시 강화	5
丙戌	1166		2	5	증기 83세 죽음, 육유 42세 귀향	6
丁亥	1167		3	6	戴復古 태어남	7
戊子	1168		4	7	〈碧溪詩話序〉	8
己丑	1169		5	8		9
庚寅	1170		6	9	육유 46세 〈入蜀記〉, 이후 四川에서 기거, 범성대 46세 금나라에 사신감	10
辛卯	1171		7	10		11
壬辰	1172		8	11		12
癸巳	1173		9	12		13
甲午	1174		淳熙	13		14
乙未	1175		2	14		15
丙申	1176		3	15	육유 52세 放翁으로 호를 지음	16
丁酉	1177		4	16	범성대 52세 〈吳船錄〉, 양만리 51세 《荊溪集》	17
戊戌	1178		5	17	魏了翁, 眞德秀 태어남,	

干支	연도	황제	연호	재위	사항	金
					육유 54세 촉을 떠남, 엽적 29세 진사	18
己亥	1179		6	18	양만리 53세 《西歸集》, 육유 55세 撫州에서 벼슬살이	19
庚子	1180		7	19	육유 56세 귀향, 양만리 54세 《南海集》	20
辛丑	1181		8	20	여조겸 45세 죽음	21
壬寅	1182		9	21		22
癸卯	1183		10	22		23
甲辰	1184		11	23	양만리 58세 《朝天集》 또는 〈江西詩派序〉	24
乙巳	1185		12	24		25
丙午	1186		13	25	육유 62세 절강의 嚴州知事, 범성대 61세 〈四時田園雜興〉	26
丁未	1187		14	26	劉克莊 태어남, 상황 고종 81세 붕어, 주필대 62세 우승상, 사미원 진사	27
戊申	1188		15	27	육유 64세 서울에서 벼슬살이, 양만리 62세 《江西道院集》	28
己酉	1189		16	28	2월 효종 63세, 아들 光宗 43세에게 전위, 양만리 63세 《朝天續集》, 제3차 십자군	29
庚戌	1190	광종	紹熙	2	육유 66세 귀향, 양만리 64세 《江東集》, 元好問 태어남	章宗 明昌
辛亥	1191		2	3		2
壬子	1192		3	4	양만리 66세 《退休集》	3
癸丑	1193		4	5	범성대 68세 죽음, 홍매 71세 《唐賢萬首絶句》	4

甲寅	1194		5	6	우무 68세 죽음, 상황 효종 68세 붕어, 7월 광종 48세 아들 영종 27세에게 전위	5
乙卯	1195	영종	慶元	2		6
丙辰	1196		2	3	한탁주46세 開府儀同三司	承安
丁巳	1197		3	4	僞學의 禁	2
戊午	1198		4	5	方岳 태어남	3
己未	1199		5	6	위료옹 22세 진사	4
庚申	1200		6	7	주희 71세 죽음, 상황 광종 54세 붕어	5

13세기 전반

辛酉	1201		嘉泰	8			泰和
壬戌	1202		2	9	홍매 80세 죽음, 육유 78세 서울에서 벼슬살이, 제4차 십자군		2
癸亥	1203		3	10	육유 79세 귀향		3
甲子	1204		4	11	주필대 79세 죽음		4
乙丑	1205		開禧	12	한탁주 55세 平章軍國事가 되어 금나라를 토벌		5
丙寅	1206		2	13	鄭思肖 태어남, 양만리 80세 죽음, 吳曦 사천에서 반란을 일으킴	蒙古太祖 元	6
丁卯	1207		3	14	신기질 68세 죽음, 사미원 등 한탁주 57세를 죽임	2	7
戊辰	1208		嘉定	15	한탁주의 머리를 금나라로 보내고 다시 강화, 사미원 우승상	3	8
己巳	1209		2	16	육유 85세 죽음	4	衛紹王 大安
庚午	1210		3	17		5	2

干支	서기	황제	연호	송	사건	금	금 연호
辛未	1211		4	18	徐照 죽음	6	3
壬申	1212		5	19		7	崇慶
癸酉	1213		6	20	賈似道 태어남, 누약 77세 죽음	8	宣宗 貞祐
甲戌	1214		7	21	서희 53세 죽음, 금나라 변경으로 천도	9	2
乙亥	1215		8	22	금나라의 연경, 몽골에 함락	10	3
丙子	1216		9	23		11	4
丁丑	1217				금나라와 싸움	12	興定
戊寅	1218		11	25		13	2
己卯	1219		12	16	趙紫芝 죽음	14	3
庚辰	1220		13	27		15	4
辛巳	1221		14	28		16	5
壬午	1222		15	29		17	元光
癸未	1223		16	30	王應麟 태어남. 엽적 74세 죽음	18	2
甲申	1224		17	31	8월 영종 57세로 붕어, 사미원 양자 理宗 20세를 세우다, 금나라와 화친	19	哀宗 正大
乙酉	1225	이종	寶慶	2	이무렵 陳起 《江湖集》 완성, 칭기스칸 東還	20	2
丙戌	1226		2	3	謝枋得 태어남	21	3
丁亥	1227		3	4	方回 태어남	22	4
戊子	1228		紹定	5	제5차 십자군		5
己丑	1229		2	6		太宗 元	6
庚寅	1230		3	7	胡三省 태어남	2	7
辛卯	1231		4	8	劉辰翁 태어남	3	8
壬辰	1232		5	9	周密 태어남	4	天興
癸巳	1233		6	10	사미원 죽음, 금나라		

				의 변경 몽골에게 함락 5	2
甲午	1234	端平	11	몽골와 협력하여 금 나라를 멸망 6	3
乙未	1235	2	12	진덕수 58세 죽음, 〈都城紀勝序〉	7
丙申	1236	3	13	文天祥 태어남	8
丁酉	1237	嘉熙	14	위료옹 60세 죽음, 〈黑韃事略序〉	9
戊戌	1238	2	15	陸秀夫 태어남, 가사도 26세 진사	10
己亥	1239	3	16		11
庚子	1240	4	17		12
辛丑	1241	淳祐	18	方鳳 태어남	13
壬寅	1242	2	19	林景熙 태어남	
癸卯	1243	3	20		
甲辰	11244	4	21	〈詩人玉屑序〉	
乙巳	1245	5	22	戴表元 태어남	
丙午	1246	6	23		定宗 원년
丁未	1247	7	24	唐珏 태어남	2
戊申	1248	8	25	張炎 태어남 제6차 십자군	3
己酉	1249	9	26	謝翺, 吳澄 태어남	
庚戌	1250	10	27		

13세기 후반

辛亥	1251	11	28	憲宗 원년	2
壬子	1252	12	29		3
癸丑	1253	寶祐	30	道元 54세 죽음	4
甲寅	1254	2	31	趙孟頫 태어남	5
乙卯	1255	3	32		
丙辰	1256	4	33	사방득 31세, 문천상 21세 진사	6

丁巳	1257			5	34	원호문 68세 죽음	7
戊午	1258			6	35	몽골 헌종 쿠빌라이 위량 하타이 침략	8
己未	1259		開慶		36	몽골 헌종 合州에서 붕어, 쿠빌라이 鄂州에서 가사도와 화친	9
庚申	1260		景定		37	世祖 中統	
辛酉	1261			2	38	仇遠 태어남	2
壬戌	1262			3	39	〈對床夜語序〉	3
癸亥	1263			4	40		4
甲子	1264			5	41	10월 이종 59세 붕어, 조카 度宗 24세 즉위	至元
乙丑	1265	도종	咸淳		2		2
丙寅	1266			2	3	袁桷 태어남	3
丁卯	1267			3	4	가사도 55세 太師平章軍國重事	4
戊辰	1268			4	5		5
己巳	1269			5	6	黃公望 태어남, 유극장 83세 죽음	6
庚午	1270			6	7	柳貫 태어남 제7차 십자군	7
辛未	1271			7	8	楊載 태어남, 몽골 나라이름을 元으로 정함	8
壬申	1272			8	9	虞集, 范梈, 薩都剌 태어남	9
癸酉	1273			9	10	呂文煥 襄陽에서 원나라에 항복	10
甲戌	1274			10	11	7월 도종 35세 붕어, 아들 恭帝 5살 즉위, 〈夢梁錄序〉, 원나라의 伯顔 침략	11
乙亥	1275	공제	德祐		2	范文虎 安慶에서 원나라에 항복, 문천상 40세 충성을 다함, 가사도 63세 유배	

					지에서 죽음	12
丙子	1276			2	3	문천상 41세 우승상, 2월 항주 함락, 3월 황제 7세 북경으로 송치	13
丙子	1276	端宗	景炎	1	5월 공제의 형 단종 福州에서 즉위하여 11월 潮州로 옮김	
丁丑	1277			2	2	문천상 42세 강서에서 왕을 모심, 10월 단종 秀山으로 옮김	14
戊寅	1278	衛王	祥興	1	4월 단종 碙州에서 붕어, 동생 위왕이 즉위, 6월 崖山으로 옮김	15
己卯	1279			2	2	2월 위왕 애산에서 익사, 송나라는 완전히 멸망, 문천상 44세 북경으로 송치	16

시인생일기연표

생일		**기일**	
임포	967 건덕 5년	1028 천성 6년 12월 7일	
범중엄	989 단공 2년 8월 2일	1052 황우 4년 5월 20일	
매요신	1002 함평 5년	1060 가우 5년 4월 25일	
구양수	1007 경덕 4년 6월 21일	1072 희녕 5년 윤7월 23일	
문동	1018 천희 2년	1079 원풍 2년 1월 21일	
사마광	1019 천희 3년 10월 18일	1086 원우 원년 9월 1일	
왕안석	1021 천희 5년 11월 12일	1086 원우 원년 4월 6일	
소식	1036 경우 3년 12월 19일	1101 건중정국 원년 7월 28일	
소철	1039 보원 2년 2월 20일	1112 정화 2년 10월 3일	
황정견	1045 경력 5년 6월 12일	1105 숭녕 4년 9월 30일	
진사도	1052 황우 4년 8월 10일	1101 건중정국 원년 12월 29일	
진여의	1090 원우 5년 6월	1138 소흥 8년 11월 29일	
육유	1125 선화 7년 10월 17일	1209 가정 2년 12월 29일	
주희	1130 건염 4년 9월 15일	1200 경원 6년 3월 9일	
문천상	1236 단평 3년 5월 2일	1282 원 지원 19년 12월 9일	

호승희
이화여자대학교 국어국문학과 졸업
한문학박사 국제대학 출강
학위 논문: 〈신라 한시 연구〉
저서: 《노자》(역해) 《장자》(역해) 《사기열전》(편역)
《한국한문학강의》(공저) 《조선 중기 유산기 연구》(공저)
논문: 〈십초시일고〉 〈십초시의 자료적 이해와 편찬 체제〉
〈조선 전기 유산록 연구〉 〈김입지 한시 연구〉
〈한국의 악부 논의에 나타난 시가관〉 〈추사의 예술론〉
〈목은 이색의 선적 취향의 한시에 대하여〉
〈한림별곡의 시적 구조와 정서〉

宋詩槪說

초판발행 : 2007년 2월 5일

東文選
제10-64호, 78. 12. 16 등록
110-300 서울 종로구 관훈동 74번지
전화 : 737-2795

편집설계 : 李娗炅

ISBN 978-89-8038-595-9 94820

【東文選 現代新書】

1 21세기를 위한 새로운 엘리트	FORESEEN 연구소 / 김경현	7,000원
2 의지, 의무, 자유 ― 주제별 논술	L. 밀러 / 이대희	6,000원
3 사유의 패배	A. 핑켈크로트 / 주태환	7,000원
4 문학이론	J. 컬러 / 이은경·임옥희	7,000원
5 불교란 무엇인가	D. 키언 / 고길환	6,000원
6 유대교란 무엇인가	N. 솔로몬 / 최창모	6,000원
7 20세기 프랑스철학	E. 매슈스 / 김종갑	8,000원
8 강의에 대한 강의	P. 부르디외 / 현택수	6,000원
9 텔레비전에 대하여	P. 부르디외 / 현택수	10,000원
10 고고학이란 무엇인가	P. 반 / 박범수	8,000원
11 우리는 무엇을 아는가	T. 나겔 / 오영미	5,000원
12 에쁘롱 ― 니체의 문체들	J. 데리다 / 김다은	7,000원
13 히스테리 사례분석	S. 프로이트 / 태혜숙	7,000원
14 사랑의 지혜	A. 핑켈크로트 / 권유현	6,000원
15 일반미학	R. 카이유와 / 이경자	6,000원
16 본다는 것의 의미	J. 버거 / 박범수	10,000원
17 일본영화사	M. 테시에 / 최은미	7,000원
18 청소년을 위한 철학교실	A. 자카르 / 장혜영	7,000원
19 미술사학 입문	M. 포인턴 / 박범수	8,000원
20 클래식	M. 비어드·J. 헨더슨 / 박범수	6,000원
21 정치란 무엇인가	K. 미노그 / 이정철	6,000원
22 이미지의 폭력	O. 몽젱 / 이은민	8,000원
23 청소년을 위한 경제학교실	J. C. 드루엥 / 조은미	6,000원
24 순진함의 유혹 〔메디시스賞 수상작〕	P. 브뤼크네르 / 김웅권	9,000원
25 청소년을 위한 이야기 경제학	A. 푸르상 / 이은민	8,000원
26 부르디외 사회학 입문	P. 보네위츠 / 문경자	7,000원
27 돈은 하늘에서 떨어지지 않는다	K. 아른트 / 유영미	6,000원
28 상상력의 세계사	R. 보이아 / 김웅권	9,000원
29 지식을 교환하는 새로운 기술	A. 벵토릴라 外 / 김혜경	6,000원
30 니체 읽기	R. 비어즈워스 / 김웅권	6,000원
31 노동, 교환, 기술 ― 주제별 논술	B. 데코사 / 신은영	6,000원
32 미국만들기	R. 로티 / 임옥희	10,000원
33 연극의 이해	A. 쿠프리 / 장혜영	8,000원
34 라틴문학의 이해	J. 가야르 / 김교신	8,000원
35 여성적 가치의 선택	FORESEEN연구소 / 문신원	7,000원
36 동양과 서양 사이	L. 이리가라이 / 이은민	7,000원
37 영화와 문학	R. 리처드슨 / 이형식	8,000원
38 분류하기의 유혹 ― 생각하기와 조직하기	G. 비뇨 / 임기대	7,000원
39 사실주의 문학의 이해	G. 라루 / 조성애	8,000원
40 윤리학 ― 악에 대한 의식에 관하여	A. 바디우 / 이종영	7,000원
41 흙과 재 〔소설〕	A. 라히미 / 김주경	6,000원

42 진보의 미래	D. 르쿠르 / 김영선	6,000원
43 중세에 살기	J. 르 고프 外 / 최애리	8,000원
44 쾌락의 횡포·상	J. C. 기유보 / 김웅권	10,000원
45 쾌락의 횡포·하	J. C. 기유보 / 김웅권	10,000원
46 운디네와 지식의 불	B. 데스파냐 / 김웅권	8,000원
47 이성의 한가운데에서—이성과 신앙	A. 퀴노 / 최은영	6,000원
48 도덕적 명령	FORESEEN 연구소 / 우강택	6,000원
49 망각의 형태	M. 오제 / 김수경	6,000원
50 느리게 산다는 것의 의미·1	P. 쌍소 / 김주경	7,000원
51 나만의 자유를 찾아서	C. 토마스 / 문신원	6,000원
52 음악적 삶의 의미	M. 존스 / 송인영	근간
53 나의 철학 유언	J. 기통 / 권유현	8,000원
54 타르튀프/서민귀족 〔희곡〕	몰리에르 / 덕성여대극예술비교연구회	8,000원
55 판타지 공장	A. 플라워즈 / 박범수	10,000원
56 홍수·상 〔완역판〕	J. M. G. 르 클레지오 / 신미경	8,000원
57 홍수·하 〔완역판〕	J. M. G. 르 클레지오 / 신미경	8,000원
58 일신교—성경과 철학자들	E. 오르티그 / 전광호	6,000원
59 프랑스 시의 이해	A. 바이양 / 김다은·이혜지	8,000원
60 종교철학	J. P. 힉 / 김희수	10,000원
61 고요함의 폭력	V. 포레스테 / 박은영	8,000원
62 고대 그리스의 시민	C. 모세 / 김덕희	7,000원
63 미학개론—예술철학입문	A. 셰퍼드 / 유호전	10,000원
64 논증—담화에서 사고까지	G. 비뇨 / 임기대	6,000원
65 역사—성찰된 시간	F. 도스 / 김미겸	7,000원
66 비교문학개요	F. 클로동·K. 아다-보트링 / 김정란	8,000원
67 남성지배	P. 부르디외 / 김용숙	개정판 10,000원
68 호모사피언스에서 인터렉티브인간으로	FORESEEN 연구소 / 공나리	8,000원
69 상투어 — 언어·담론·사회	R. 아모시·A. H. 피에로 / 조성애	9,000원
70 우주론이란 무엇인가	P. 코올즈 / 송형석	8,000원
71 푸코 읽기	P. 빌루에 / 나길래	8,000원
72 문학논술	J. 파프·D. 로쉬 / 권종분	8,000원
73 한국전통예술개론	沈雨晟	10,000원
74 시학—문학 형식 일반론 입문	D. 퐁텐 / 이용주	8,000원
75 진리의 길	A. 보다르 / 김승철·최정아	9,000원
76 동물성—인간의 위상에 관하여	D. 르스텔 / 김승철	6,000원
77 랑가쥬 이론 서설	L. 옐름슬레우 / 김용숙·김혜련	10,000원
78 잔혹성의 미학	F. 토넬리 / 박형섭	9,000원
79 문학 텍스트의 정신분석	M. J. 벨맹-노엘 / 심재중·최애영	9,000원
80 무관심의 절정	J. 보드리야르 / 이은민	8,000원
81 영원한 황홀	P. 브뤼크네르 / 김웅권	9,000원
82 노동의 종말에 반하여	D. 슈나페르 / 김교신	6,000원
83 프랑스영화사	J. -P. 장콜라 / 김혜련	8,000원

2 민속문화론서설	沈雨晟	40,000원
3 인형극의 기술	A. 훼도토프 / 沈雨晟	8,000원
4 전위연극론	J. 로스 에반스 / 沈雨晟	12,000원
5 남사당패연구	沈雨晟	19,000원
6 현대영미희곡선(전4권)	N. 코워드 外 / 李辰洙	절판
7 행위예술	L. 골드버그 / 沈雨晟	절판
8 문예미학	蔡 儀 / 姜慶鎬	절판
9 神의 起源	何 新 / 洪 熹	16,000원
10 중국예술정신	徐復觀 / 權德周 外	24,000원
11 中國古代書史	錢存訓 / 金允子	14,000원
12 이미지 — 시각과 미디어	J. 버거 / 편집부	15,000원
13 연극의 역사	P. 하트놀 / 沈雨晟	절판
14 詩 論	朱光潛 / 鄭相泓	22,000원
15 탄트라	A. 무케르지 / 金龜山	16,000원
16 조선민족무용기본	최승희	15,000원
17 몽고문화사	D. 마이달 / 金龜山	8,000원
18 신화 미술 제사	張光直 / 李 徹	절판
19 아시아 무용의 인류학	宮尾慈良 / 沈雨晟	20,000원
20 아시아 민족음악순례	藤井知昭 / 沈雨晟	5,000원
21 華夏美學	李澤厚 / 權 瑚	20,000원
22 道	張立文 / 權 瑚	18,000원
23 朝鮮의 占卜과 豫言	村山智順 / 金禧慶	28,000원
24 원시미술	L. 아담 / 金仁煥	16,000원
25 朝鮮民俗誌	秋葉隆 / 沈雨晟	12,000원
26 타자로서 자기 자신	P. 리쾨르 / 김웅권	29,000원
27 原始佛敎	中村元 / 鄭泰爀	8,000원
28 朝鮮女俗考	李能和 / 金尙憶	24,000원
29 朝鮮解語花史(조선기생사)	李能和 / 李在崑	25,000원
30 조선창극사	鄭魯湜	17,000원
31 동양회화미학	崔炳植	18,000원
32 性과 결혼의 민족학	和田正平 / 沈雨晟	9,000원
33 農漁俗談辭典	宋在璇	12,000원
34 朝鮮의 鬼神	村山智順 / 金禧慶	12,000원
35 道敎와 中國文化	葛兆光 / 沈揆昊	15,000원
36 禪宗과 中國文化	葛兆光 / 鄭相泓·任炳權	8,000원
37 오페라의 역사	L. 오레이 / 류연희	절판
38 인도종교미술	A. 무케르지 / 崔炳植	14,000원
39 힌두교의 그림언어	안넬리제 外 / 全在星	9,000원
40 중국고대사회	許進雄 / 洪 熹	30,000원
41 중국문화개론	李宗桂 / 李宰碩	23,000원
42 龍鳳文化源流	王大有 / 林東錫	25,000원
43 甲骨學通論	王宇信 / 李宰碩	40,000원

44 朝鮮巫俗考	李能和 / 李在崑	20,000원
45 미술과 페미니즘	N. 부루드 外 / 扈承喜	9,000원
46 아프리카미술	P. 윌레뜨 / 崔炳植	절판
47 美의 歷程	李澤厚 / 尹壽榮	28,000원
48 曼茶羅의 神들	立川武藏 / 金龜山	19,000원
49 朝鮮歲時記	洪錫謨 外/李錫浩	30,000원
50 하 상	蘇曉康 外 / 洪 熹	절판
51 武藝圖譜通志 實技解題	正 祖 / 沈雨晟·金光錫	15,000원
52 古文字學첫걸음	李學勤 / 河永三	14,000원
53 體育美學	胡小明 / 閔永淑	18,000원
54 아시아 美術의 再發見	崔炳植	9,000원
55 曆과 占의 科學	永田久 / 沈雨晟	8,000원
56 中國小學史	胡奇光 / 李宰碩	20,000원
57 中國甲骨學史	吳浩坤 外 / 梁東淑	35,000원
58 꿈의 철학	劉文英 / 河永三	22,000원
59 女神들의 인도	立川武藏 / 金龜山	19,000원
60 性의 역사	J. L. 플랑드렝 / 편집부	18,000원
61 쉬르섹슈얼리티	W. 챠드윅 / 편집부	10,000원
62 여성속담사전	宋在璇	18,000원
63 박재서희곡선	朴栽緒	10,000원
64 東北民族源流	孫進己 / 林東錫	13,000원
65 朝鮮巫俗의 研究(상·하)	赤松智城·秋葉隆 / 沈雨晟	28,000원
66 中國文學 속의 孤獨感	斯波六郎 / 尹壽榮	8,000원
67 한국사회주의 연극운동사	李康列	8,000원
68 스포츠인류학	K. 블랑챠드 外 / 박기동 外	12,000원
69 리조복식도감	리팔찬	20,000원
70 娼 婦	A. 꼬르벵 / 李宗旼	22,000원
71 조선민요연구	高晶玉	30,000원
72 楚文化史	張正明 / 南宗鎭	26,000원
73 시간, 욕망, 그리고 공포	A. 코르뱅 / 변기찬	18,000원
74 本國劍	金光錫	40,000원
75 노트와 반노트	E. 이오네스코 / 박형섭	20,000원
76 朝鮮美術史研究	尹喜淳	7,000원
77 拳法要訣	金光錫	30,000원
78 艸衣選集	艸衣意恂 / 林鍾旭	20,000원
79 漢語音韻學講義	董少文 / 林東錫	10,000원
80 이오네스코 연극미학	C. 위베르 / 박형섭	9,000원
81 중국문자훈고학사전	全廣鎭 편역	23,000원
82 상말속담사전	宋在璇	10,000원
83 書法論叢	沈尹默 / 郭魯鳳	16,000원
84 침실의 문화사	P. 디비 / 편집부	9,000원
85 禮의 精神	柳 肅 / 洪 熹	20,000원

86 조선공예개관	沈雨晟 편역	30,000원
87 性愛의 社會史	J. 솔레 / 李宗畋	18,000원
88 러시아미술사	A. I. 조토프 / 이건수	22,000원
89 中國書藝論文選	郭魯鳳 選譯	25,000원
90 朝鮮美術史	關野貞 / 沈雨晟	30,000원
91 美術版 탄트라	P. 로슨 / 편집부	8,000원
92 군달리니	A. 무케르지 / 편집부	9,000원
93 카마수트라	바짜야나 / 鄭泰爀	18,000원
94 중국언어학총론	J. 노먼 / 全廣鎭	28,000원
95 運氣學說	任應秋 / 李宰碩	15,000원
96 동물속담사전	宋在璇	20,000원
97 자본주의의 아비투스	P. 부르디외 / 최종철	10,000원
98 宗敎學入門	F. 막스 뮐러 / 金龜山	10,000원
99 변 화	P. 바츨라빅크 外 / 박인철	10,000원
100 우리나라 민속놀이	沈雨晟	15,000원
101 歌訣(중국역대명언경구집)	李宰碩 편역	20,000원
102 아니마와 아니무스	A. 융 / 박해순	8,000원
103 나, 너, 우리	L. 이리가라이 / 박정오	12,000원
104 베케트연극론	M. 푸크레 / 박형섭	8,000원
105 포르노그래피	A. 드워킨 / 유혜련	12,000원
106 셀 링	M. 하이데거 / 최상욱	12,000원
107 프랑수아 비용	宋 勉	18,000원
108 중국서예 80제	郭魯鳳 편역	16,000원
109 性과 미디어	W. B. 키 / 박해순	12,000원
110 中國正史朝鮮列國傳(전2권)	金聲九 편역	120,000원
111 질병의 기원	T. 매큐언 / 서 일·박종연	12,000원
112 과학과 젠더	E. F. 켈러 / 민경숙·이현주	10,000원
113 물질문명·경제·자본주의	F. 브로델 / 이문숙 外	절판
114 이탈리아인 태고의 지혜	G. 비코 / 李源斗	8,000원
115 中國武俠史	陳 山 / 姜鳳求	18,000원
116 공포의 권력	J. 크리스테바 / 서민원	23,000원
117 주색잡기속담사전	宋在璇	15,000원
118 죽음 앞에 선 인간(상·하)	P. 아리에스 / 劉仙子	각권 15,000원
119 철학에 대하여	L. 알튀세르 / 서관모·백승욱	12,000원
120 다른 곳	J. 데리다 / 김다은·이혜지	10,000원
121 문학비평방법론	D. 베르제 外 / 민혜숙	12,000원
122 자기의 테크놀로지	M. 푸코 / 이희원	16,000원
123 새로운 학문	G. 비코 / 李源斗	22,000원
124 천재와 광기	P. 브르노 / 김웅권	13,000원
125 중국은사문화	馬 華·陳正宏 / 강경범·천현경	12,000원
126 푸코와 페미니즘	C. 라마자노글루 外 / 최 영 外	16,000원
127 역사주의	P. 해밀턴 / 임옥희	12,000원

128	中國書藝美學	宋 民 / 郭魯鳳	16,000원
129	죽음의 역사	P. 아리에스 / 이종민	18,000원
130	돈속담사전	宋在璇 편	15,000원
131	동양극장과 연극인들	김영무	15,000원
132	生育神과 性巫術	宋兆麟 / 洪 熹	20,000원
133	미학의 핵심	M. M. 이턴 / 유호전	20,000원
134	전사와 농민	J. 뒤비 / 최생열	18,000원
135	여성의 상태	N. 에니크 / 서민원	22,000원
136	중세의 지식인들	J. 르 고프 / 최애리	18,000원
137	구조주의의 역사(전4권)	F. 도스 / 김웅권 外　Ⅰ·Ⅱ·Ⅳ 15,000원 / Ⅲ 18,000원	
138	글쓰기의 문제해결전략	L. 플라워 / 원진숙·황정현	20,000원
139	음식속담사전	宋在璇 편	16,000원
140	고전수필개론	權 瑚	16,000원
141	예술의 규칙	P. 부르디외 / 하태환	23,000원
142	"사회를 보호해야 한다"	M. 푸코 / 박정자	20,000원
143	페미니즘사전	L. 터틀 / 호승희·유혜련	26,000원
144	여성심벌사전	B. G. 워커 / 정소영	근간
145	모데르니테 모데르니테	H. 메쇼닉 / 김다은	20,000원
146	눈물의 역사	A. 벵상뷔포 / 이자경	18,000원
147	모더니티입문	H. 르페브르 / 이종민	24,000원
148	재생산	P. 부르디외 / 이상호	23,000원
149	종교철학의 핵심	W. J. 웨인라이트 / 김희수	18,000원
150	기호와 몽상	A. 시몽 / 박형섭	22,000원
151	융분석비평사전	A. 새뮤얼 外 / 민혜숙	16,000원
152	운보 김기창 예술론연구	최병식	14,000원
153	시적 언어의 혁명	J. 크리스테바 / 김인환	20,000원
154	예술의 위기	Y. 미쇼 / 하태환	15,000원
155	프랑스사회사	G. 뒤프 / 박 단	16,000원
156	중국문예심리학사	劉偉林 / 沈揆昊	30,000원
157	무지카 프라티카	M. 캐넌 / 김혜중	25,000원
158	불교산책	鄭泰爀	20,000원
159	인간과 죽음	E. 모랭 / 김명숙	23,000원
160	地中海	F. 브로델 / 李宗旼	근간
161	漢語文字學史	黃德實·陳秉新 / 河永三	24,000원
162	글쓰기와 차이	J. 데리다 / 남수인	28,000원
163	朝鮮神事誌	李能和 / 李在崑	근간
164	영국제국주의	S. C. 스미스 / 이태숙·김종원	16,000원
165	영화서술학	A. 고드로·F. 조스트 / 송지연	17,000원
166	美學辭典	사사키 겡이치 / 민주식	22,000원
167	하나이지 않은 성	L. 이리가라이 / 이은민	18,000원
168	中國歷代書論	郭魯鳳 譯註	25,000원
169	요가수트라	鄭泰爀	15,000원

170	비정상인들	M. 푸코 / 박정자	25,000원
171	미친 진실	J. 크리스테바 外 / 서민원	25,000원
172	玉樞經 硏究	具重會	19,000원
173	세계의 비참(전3권)	P. 부르디외 外 / 김주경	각권 26,000원
174	수묵의 사상과 역사	崔炳植	근간
175	파스칼적 명상	P. 부르디외 / 김웅권	22,000원
176	지방의 계몽주의	D. 로슈 / 주명철	30,000원
177	이혼의 역사	R. 필립스 / 박범수	25,000원
178	사랑의 단상	R. 바르트 / 김희영	20,000원
179	中國書藝理論體系	熊秉明 / 郭魯鳳	23,000원
180	미술시장과 경영	崔炳植	16,000원
181	카프카—소수적인 문학을 위하여	G. 들뢰즈 · F. 가타리 / 이진경	18,000원
182	이미지의 힘—영상과 섹슈얼리티	A. 쿤 / 이형식	13,000원
183	공간의 시학	G. 바슐라르 / 곽광수	23,000원
184	랑데부—이미지와의 만남	J. 버거 / 임옥희 · 이은경	18,000원
185	푸코와 문학—글쓰기의 계보학을 향하여	S. 듀링 / 오경심 · 홍유미	26,000원
186	각색, 연극에서 영화로	A. 엘보 / 이선형	16,000원
187	폭력과 여성들	C. 도펭 外 / 이은민	18,000원
188	하드 바디—할리우드 영화에 나타난 남성성	S. 제퍼드 / 이형식	18,000원
189	영화의 환상성	J. -L. 뢰트라 / 김경온 · 오일환	18,000원
190	번역과 제국	D. 로빈슨 / 정혜욱	16,000원
191	그라마톨로지에 대하여	J. 데리다 / 김웅권	35,000원
192	보건 유토피아	R. 브로만 外 / 서민원	20,000원
193	현대의 신화	R. 바르트 / 이화여대기호학연구소	20,000원
194	회화백문백답	湯兆基 / 郭魯鳳	20,000원
195	고서화감정개론	徐邦達 / 郭魯鳳	30,000원
196	상상의 박물관	A. 말로 / 김웅권	26,000원
197	부빈의 일요일	J. 뒤비 / 최생열	22,000원
198	아인슈타인의 최대 실수	D. 골드스미스 / 박범수	16,000원
199	유인원, 사이보그, 그리고 여자	D. 해러웨이 / 민경숙	25,000원
200	공동 생활 속의 개인주의	F. 드 생글리 / 최은영	20,000원
201	기식자	M. 세르 / 김웅권	24,000원
202	연극미학—플라톤에서 브레히트까지의 텍스트들	J. 셰레 外 / 홍지화	24,000원
203	철학자들의 신	W. 바이셰델 / 최상욱	34,000원
204	고대 세계의 정치	모제스 I. 핀레이 / 최생열	16,000원
205	프란츠 카프카의 고독	M. 로베르 / 이창실	18,000원
206	문화 학습—실천적 입문서	J. 자일스 · T. 미들턴 / 장성희	24,000원
207	호모 아카데미쿠스	P. 부르디외 / 임기대	29,000원
208	朝鮮槍棒敎程	金光錫	40,000원
209	자유의 순간	P. M. 코헨 / 최하영	16,000원
210	밀교의 세계	鄭泰爀	16,000원
211	토탈 스크린	J. 보드리야르 / 배영달	19,000원

254	영화에 대하여—에이리언과 영화철학	S. 멀할 / 이영주	18,000원
255	문학에 대하여—행동하는 지성	H. 밀러 / 최은주	16,000원
256	미학 연습—플라톤에서 에코까지	임우영 外 편역	18,000원
257	조희룡 평전	김영회 外	18,000원
258	역사철학	F. 도스 / 최생열	23,000원
259	철학자들의 동물원	A. L. 브라 쇼파르 / 문신원	22,000원
260	시각의 의미	J. 버거 / 이용은	24,000원
261	들뢰즈	A. 괄란디 / 임기대	13,000원
262	문학과 문화 읽기	김종갑	16,000원
263	과학에 대하여—행동하는 지성	B. 리들리 / 이영주	18,000원
264	장 지오노와 서술 이론	송지연	18,000원
265	영화의 목소리	M. 시옹 / 박선주	20,000원
266	사회보장의 발명	J. 동즐로 / 주형일	17,000원
267	이미지와 기호	M. 졸리 / 이선형	22,000원
268	위기의 식물	J. M. 펠트 / 이충건	18,000원
269	중국 소수민족의 원시종교	洪 熹	18,000원
270	영화감독들의 영화 이론	J. 오몽 / 곽동준	22,000원
271	중첩	J. 들뢰즈 · C. 베네 / 허희정	18,000원
272	대담—디디에 에리봉과의 자전적 인터뷰	J. 뒤메질 / 송대영	18,000원
273	중립	R. 바르트 / 김웅권	30,000원
274	알퐁스 도데의 문학과 프로방스 문화	이종민	16,000원
275	우리말 釋迦如來行蹟頌	高麗 無寄 / 金月雲	18,000원
276	金剛經講話	金月雲 講述	18,000원
277	자유와 결정론	O. 브르니피에 外 / 최은영	16,000원
278	도리스 레싱: 20세기 여성의 초상	민경숙	24,000원
279	기독교윤리학의 이론과 방법론	김희수	24,000원
280	과학에서 생각하는 주제 100가지	I 스탕저 外 / 김웅권	21,000원
281	말로와 소설의 상징시학	김웅권	22,000원
282	키에르케고르	C. 블랑 / 이창실	14,000원
283	시나리오 쓰기의 이론과 실제	A. 로슈 外 / 이용주	25,000원
284	조선사회경제사	白南雲 / 沈雨晟	30,000원
285	이성과 감각	O. 브르니피에 外 / 이은민	16,000원
286	행복의 단상	C. 앙드레 / 김교신	20,000원
287	삶의 의미—행동하는 지성	J. 코팅햄 / 강혜원	16,000원
288	안티고네의 주장	J. 버틀러 / 조현순	14,000원
289	예술 영화 읽기	이선형	19,000원
290	달리는 꿈, 자동차의 역사	P. 치글러 / 조국현	17,000원
291	매스커뮤니케이션과 사회	현택수	17,000원
292	교육론	J. 피아제 / 이병애	22,000원
293	연극 입문	히라타 오리자 / 고정은	13,000원
294	역사는 계속된다	G. 뒤비 / 백인호 · 최생열	16,000원
295	에로티시즘을 즐기기 위한 100가지 기본 용어	J. -C. 마르탱 / 김웅권	19,000원

296 대화의 기술	A. 밀롱 / 공정아	17,000원
297 실천 이성	P. 부르디외 / 김웅권	19,000원
298 세미오티케	J. 크리스테바 / 서민원	28,000원
299 앙드레 말로의 문학 세계	김웅권	22,000원
300 20세기 독일철학	W. 슈나이더스 / 박중목	18,000원
301 휠덜린의 송가 〈이스터〉	M. 하이데거 / 최상욱	20,000원
302 아이러니와 모더니티 담론	E. 벨러 / 이강훈 · 신주철	16,000원
303 부알로의 시학	곽동준 편역 및 주석	20,000원
304 음악 녹음의 역사	M. 채넌 / 박기호	23,000원
305 시학 입문	G. 데송 / 조재룡	26,000원
306 정신에 대해서	J. 데리다 / 박찬국	20,000원
307 디알로그	G. 들뢰즈 · C. 파르네 / 허희정 · 전승화	20,000원
308 철학적 분과 학문	A. 피퍼 / 조국현	25,000원
309 영화와 시장	L. 크레통 / 홍지화	22,000원
310 진정성에 대하여	C. 귀논 / 강혜원	18,000원
311 언어학 이해를 위한 주제 100선	G. 시우피 · D. 반람돈크 / 이선경 · 황원미	18,000원
312 영화를 생각하다	S. 리앙드라 기그 · J. -L. 뢰트라 / 김영모	20,000원
313 길모퉁이에서의 모험	P. 브뤼크네르 · A. 팽키엘크로 / 이창실	12,000원
314 목소리의 結晶	R. 바르트 / 김웅권	24,000원
315 중세의 기사들	E. 부라생 / 임호경	20,000원
316 武德—武의 문화, 武의 정신	辛成大	13,000원
317 욕망의 땅	W. 리치 / 이은경 · 임옥희	23,000원
318 들뢰즈와 음악, 회화, 그리고 일반 예술	R. 보그 / 사공일	20,000원
319 S/Z	R. 바르트 / 김웅권	24,000원
320 시나리오 모델, 모델 시나리오	F. 바누아 / 유민희	24,000원
321 도미니크 이야기—아동 정신분석 치료의 실제	F. 돌토 / 김승철	18,000원
322 빠딴잘리의 요가쑤뜨라	S. S. 싸치다난다 / 김순금	18,000원
323 이마주—영화 · 사진 · 회화	J. 오몽 / 오정민	25,000원
324 들뢰즈와 문학	R. 보그 / 김승숙	20,000원
325 요가학개론	鄭泰爀	15,000원
326 밝은 방—사진에 관한 노트	R. 바르트 / 김웅권	15,000원
327 中國房內秘籍	朴淸正	35,000원
328 武藝圖譜通志註解	朴淸正	30,000원
329 들뢰즈와 시네마	R. 보그 / 정형철	20,000원
330 현대 프랑스 연극의 이론과 실제	이선형	20,000원
331 스리마드 바가바드 기타	S. 브야사 / 박지명	24,000원
332 宋詩槪說	요시카와 고지로 / 호승희	18,000원
1001 베토벤: 전원교향곡	D. W. 존스 / 김지순	15,000원
1002 모차르트: 하이든 현악4중주곡	J. 어빙 / 김지순	14,000원
1003 베토벤: 에로이카 교향곡	T. 시프 / 김지순	18,000원
1004 모차르트: 주피터 교향곡	E. 시스먼 / 김지순	18,000원
1005 바흐: 브란덴부르크 협주곡	M. 보이드 / 김지순	18,000원

1006 바흐: B단조 미사	J. 버트 / 김지순	18,000원
1007 하이든: 현악4중주곡 Op.50	W. 딘 주트클리페 / 김지순	18,000원
1008 헨델: 메시아	D. 버로우 / 김지순	18,000원
1009 비발디: 〈사계〉와 Op.8	P. 에버렛 / 김지순	18,000원
2001 우리 아이들에게 어떤 지표를 주어야 할까?	J. L. 오베르 / 이창실	16,000원
2002 상처받은 아이들	N. 파브르 / 김주경	16,000원
2003 엄마 아빠, 꿈꿀 시간을 주세요!	E. 부젱 / 박주원	16,000원
2004 부모가 알아야 할 유치원의 모든 것들	N. 뒤 소수아 / 전재민	18,000원
2005 부모들이여, '안 돼' 라고 말하라!	P. 들라로슈 / 김주경	19,000원
2006 엄마 아빠, 전 못하겠어요!	E. 리공 / 이창실	18,000원
2007 사랑, 아이, 일 사이에서	A. 가트셀·C. 르누치 / 김교신	19,000원
2008 요람에서 학교까지	J-L. 오베르 / 전재민	19,000원
3001 〈새〉	C. 파글리아 / 이형식	13,000원
3002 〈시민 케인〉	L. 멀비 / 이형식	13,000원
3101 〈제7의 봉인〉 비평 연구	E. 그랑조르주 / 이은민	17,000원
3102 〈쥘과 짐〉 비평 연구	C. 르 베르 / 이은민	18,000원
3103 〈시민 케인〉 비평 연구	J. 루아 / 이용주	15,000원
3104 〈센소〉 비평 연구	M. 라니 / 이수원	18,000원
3105 〈경멸〉 비평 연구	M. 마리 / 이용주	18,000원

【기 타】

모드의 체계	R. 바르트 / 이화여대기호학연구소	18,000원
라신에 관하여	R. 바르트 / 남수인	10,000원
說 苑 (上·下)	林東錫 譯註	각권 30,000원
晏子春秋	林東錫 譯註	30,000원
西京雜記	林東錫 譯註	20,000원
搜神記 (上·下)	林東錫 譯註	각권 30,000원
경제적 공포[메디치賞 수상작]	V. 포레스테 / 김주경	7,000원
古陶文字徵	高 明·葛英會	20,000원
그리하여 어느날 사랑이여	이외수 편	4,000원
너무한 당신, 노무현	현택수 칼럼집	9,000원
노력을 대신하는 것은 없다	R. 쉬이 / 유혜련	5,000원
노블레스 오블리주	현택수 사회비평집	7,500원
딸에게 들려 주는 작은 지혜	N. 레흐레이트너 / 양영란	6,500원
떠나고 싶은 나라―사회문화비평집	현택수	9,000원
미래를 원한다	J. D. 로스네 / 문 선·김덕희	8,500원
바람의 자식들―정치시사칼럼집	현택수	8,000원
사랑의 존재	한용운	3,000원
산이 높으면 마땅히 우러러볼 일이다	유 향 / 임동석	5,000원
서기 1000년과 서기 2000년 그 두려움의 흔적들	J. 뒤비 / 양영란	8,000원
서비스는 유행을 타지 않는다	B. 바게트 / 정소영	5,000원
선종이야기	홍 회 편저	8,000원

■ 섬으로 흐르는 역사　　　　　　　김영회　　　　　　　　　　　　10,000원
■ 세계사상　　　　　　　　　　　　　　　창간호～3호: 각권 10,000원 / 4호: 14,000원
■ 손가락 하나의 사랑 1, 2, 3　　　　D. 글로슈 / 서민원　　　　　각권 7,500원
■ 십이속상도안집　　　　　　　　　　편집부　　　　　　　　　　　8,000원
■ 얀 이야기 ① 얀과 카와카마스　　마치다 준 / 김은진·한인숙　　8,000원
■ 어린이 수묵화의 첫걸음(전6권)　趙 陽 / 편집부　　　　　　각권 5,000원
■ 오늘 다 못다한 말은　　　　　　　이외수 편　　　　　　　　　7,000원
■ 오블라디 오블라다. 인생은 브래지어 위를 흐른다　무라카미 하루키 / 김난주　7,000원
■ 이젠 다시 유혹하지 않으련다　　P. 쌍소 / 서민원　　　　　　9,000원
■ 인생은 앞유리를 통해서 보라　　B. 바게트 / 박해순　　　　　5,000원
■ 자기를 다스리는 지혜　　　　　　한인숙 편저　　　　　　　　10,000원
■ 천연기념물이 된 바보　　　　　　최병식　　　　　　　　　　　7,800원
■ 原本 武藝圖譜通志　　　　　　　　正祖 命撰　　　　　　　　　60,000원
■ 테오의 여행 (전5권)　　　　　　C. 클레망 / 양영란　　　　각권 6,000원
■ 한글 설원 (상·중·하)　　　　　　임동석 옮김　　　　　　　　각권 7,000원
■ 한글 안자춘추　　　　　　　　　　임동석 옮김　　　　　　　　8,000원
■ 한글 수신기 (상·하)　　　　　　　임동석 옮김　　　　　　　　각권 8,000원

【만 화】

■ 동물학　　　　　　　　　　　　　　C. 세르　　　　　　　　　　14,000원
■ 블랙 유머와 흰 가운의 의료인들　C. 세르　　　　　　　　　　14,000원
■ 비스 콩프리　　　　　　　　　　　C. 세르　　　　　　　　　　14,000원
■ 세르(평전)　　　　　　　　　　　　Y. 프레미옹 / 서민원　　　　16,000원
■ 자가 수리공　　　　　　　　　　　C. 세르　　　　　　　　　　14,000원
▨ 못말리는 제임스　　　　　　　　　M. 톤라 / 이영주　　　　　　12,000원
▨ 레드와 로버　　　　　　　　　　　B. 바세트 / 이영주　　　　　12,000원
▨ 나탈리의 별난 세계 여행　　　　　S. 살마 / 서민원　　　　　각권 10,000원

【동문선 주네스】

■ 고독하지 않은 홀로되기　　　　　P. 들레름·M. 들레름 / 박정오　　8,000원
■ 이젠 나도 느껴요!　　　　　　　　이사벨 주니오 그림　　　　　14,000원
■ 이젠 나도 알아요!　　　　　　　　도로테 드 몽프리드 그림　　　16,000원

【조병화 작품집】

■ 공존의 이유　　　　　　　　　　　제11시집　　　　　　　　　　5,000원
■ 그리운 사람이 있다는 것은　　　　제45시집　　　　　　　　　　5,000원
■ 길　　　　　　　　　　　　　　　　애송시모음집　　　　　　　　10,000원
■ 개구리의 명상　　　　　　　　　　제40시집　　　　　　　　　　3,000원
■ 그리움　　　　　　　　　　　　　　애송시화집　　　　　　　　　7,000원
■ 꿈　　　　　　　　　　　　　　　　고희기념자선시집　　　　　　10,000원
■ 넘을 수 없는 세월　　　　　　　　제53시집　　　　　　　　　　10,000원
■ 따뜻한 슬픔　　　　　　　　　　　제49시집　　　　　　　　　　5,000원

■ 버리고 싶은 유산	제1시집	3,000원
■ 사랑의 노숙	애송시집	4,000원
■ 사랑의 여백	애송시화집	5,000원
■ 사랑이 가기 전에	제5시집	4,000원
■ 남은 세월의 이삭	제52시집	6,000원
■ 시와 그림	애장본시화집	30,000원
■ 아내의 방	제44시집	4,000원
■ 잠 잃은 밤에	제39시집	3,400원
■ 패각의 침실	제 3시집	3,000원
■ 하루만의 위안	제 2시집	3,000원

【이외수 작품집】

■ 겨울나기	창작소설	7,000원
■ 그대에게 던지는 사랑의 그물	에세이	8,000원
■ 그리움도 화석이 된다	시화집	6,000원
■ 꿈꾸는 식물	장편소설	7,000원
■ 내 잠 속에 비 내리는데	에세이	7,000원
■ 들 개	장편소설	7,000원
■ 말더듬이의 겨울수첩	에스프리모음집	7,000원
■ 벽오금학도	장편소설	7,000원
■ 장수하늘소	창작소설	7,000원
■ 칼	장편소설	7,000원
■ 풀꽃 술잔 나비	서정시집	6,000원
■ 황금비늘 (1 · 2)	장편소설	각권 7,000원

東文選 文藝新書 72

초문화사

장정밍 / 남종진 옮김

고대의 중국 문화는 다원복합적인 것으로 그 주체가 되는 화하華夏 문화에 대해 말하자면 이원복합적이다. 여기에서 '이원'이란 간단히 말해서 북방 문화와 남방 문화를 의미한다. 만약 춘추 전국 시대로 한정짓는다면 황하 중·하류 문화와 장강 중·하류 문화를 가리킨다. 북방은 산천이 웅장하고, 남방은 경치가 아름답다. 초楚는 남방의 표준이다. 황제黃帝의 신성함과 염제炎帝의 광괴狂怪함 가운데 초민족은 염제 계통에 속한다. 용龍은 위엄 있고 씩씩하여 왠지 두려움을 느끼게 되고 봉鳳은 빼어나고 아름다워 가까이할 만한데, 초는 용을 억누르고 봉을 발양하였다. 유가儒家는 윤리를 중시하고 도가道家는 철리哲理를 중시하였는데, 초는 도가의 고향이다. 《시경詩經》은 바르면서도 꽃과 같고 초사楚辭는 독특하면서도 고운데, 초는 초사의 온상이다.

예로부터 중국의 고대 문화를 논하는 사람들은 대부분 북방을 중시하고 남방을 경시하였으며, 황하를 중시하고 장강을 경시하였다. 또 황제를 중시하고 염제를 무시하였으며, 용을 중시하고 봉을 경시하였으며, 유가를 중시하고 도가를 경시하였다. 따지고 보면 그래도 초사만이 《시경》에 필적할 수 있었을 뿐이다. 그러나 초사는 많은 비난 또한 함께 받아 온 반면 《시경》은 예로부터 찬양만을 받아 왔다.

초문화가 처음 그 모습을 드러냈을 당시에는 중원中原 문화의 말류와 초만楚蠻 문화의 잔영이 뒤섞인 것에 지나지 않아 특색도 두드러지지 않고, 수준 또한 높지 못하여 관심의 대상조차 되지 못했다. 춘추 중기는 초문화가 풍운을 만난 시기로, 이때부터 초문화는 새로운 면모를 드러내면서 중원 문화와 각축을 벌였고, 마침내는 우세한 자리를 차지하게 되었다. 이러한 융합, 성장, 발흥, 전화의 과정에 나타난 문화 발전의 법칙은 자못 흥미롭다.

東文選 文藝新書 40

중국고대사회

—文字와 人類學의 透視

許進雄 지음
洪　熹 옮김

　중국과 그밖의 고대 문명의 문자는 모두 그림에서 기원하고 있다. 상형문자는 고대인의 생활환경, 사용하였던 도구, 생활방식, 심지어는 사물을 처리하는 방법과 사상 관념까지도 반영하고 있다. 이들은 고대인들의 생활상을 이해하는 데 아주 크나큰 도움을 주고 있다. 만일 일상생활과 관련된 古文字의 창제시의 의미를 설명하고, 다시 문헌과 지하에서 발굴된 고고재료를 보충하여 될 수 있는 한 쉽고 간결한 설명과 흥미있는 내용으로 이와 관련된 시대배경을 토론한다면, 아마도 고고나 역사를 전공하지 않은 학생들에게 중국 문화를 배우고자 하는 흥미를 불러 일으킬 수 있을 것이다. 더욱이 중국의 고대 문자는 表意를 위주로 창제되었으므로 이 방면의 재료가 훨씬 더 풍부하다.

　본서는 상형문자를 중심으로 고고학 · 인류학 · 민속학 · 역사학 등의 학문과 결부하여 고대인의 생활과 사상의 허다한 실상을 탐색하고 있으며, 인류 문명의 발전과정을 20장으로 나누어 음식 · 의복 · 주거 · 행위 · 교육 · 오락 · 생사 · 공예 · 기후 · 농업 · 의약 · 상업 · 종교 · 전쟁 · 법제 및 고대인의 생활과 밀접하게 관련된 갖가지 사항들을 토론하고 있다.

　이 책은 깊이 있는 내용들을 알기 쉽게 표현하기 위해 많은 도판들을 제공하고 있으며, 상고시대부터 한대 혹은 현대까지 문자의 연속된 발전과정을 계통적으로 소개하였다.